U0887476

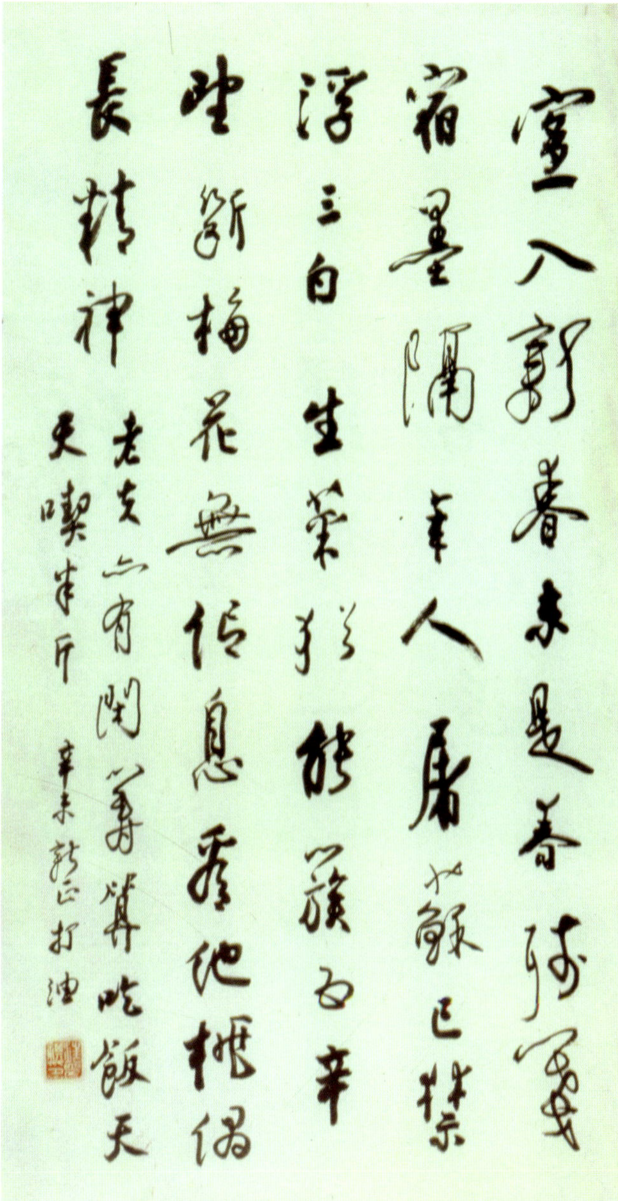

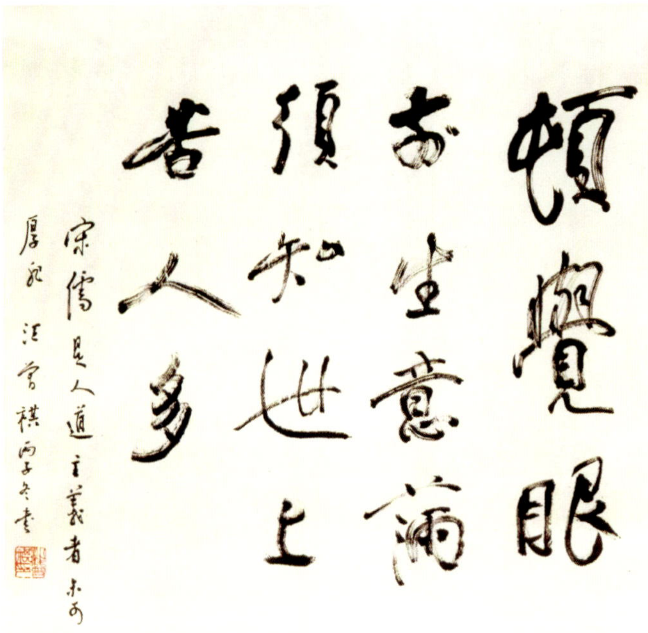
頓覺眼前生意滿
須知世上苦人多
宋儒是人道主義者不可厚非
汪曾祺丙子冬書

一年容易又秋風
九八〇年十二月 曾祺遣興

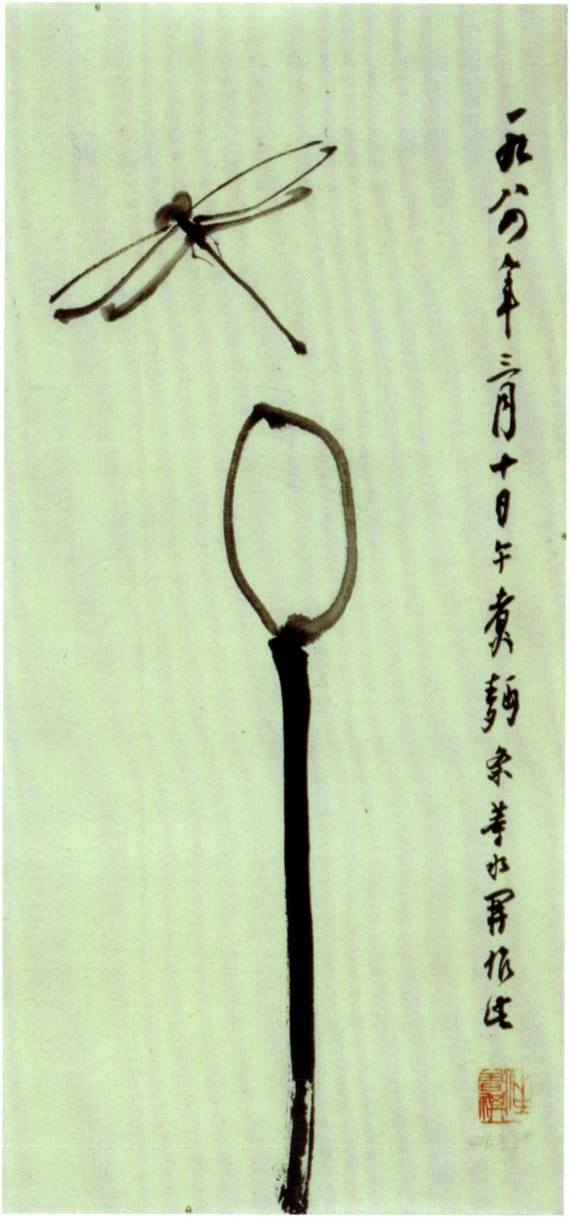
一九八〇年三月十日午夜

秋色无私到草花
曾祺写

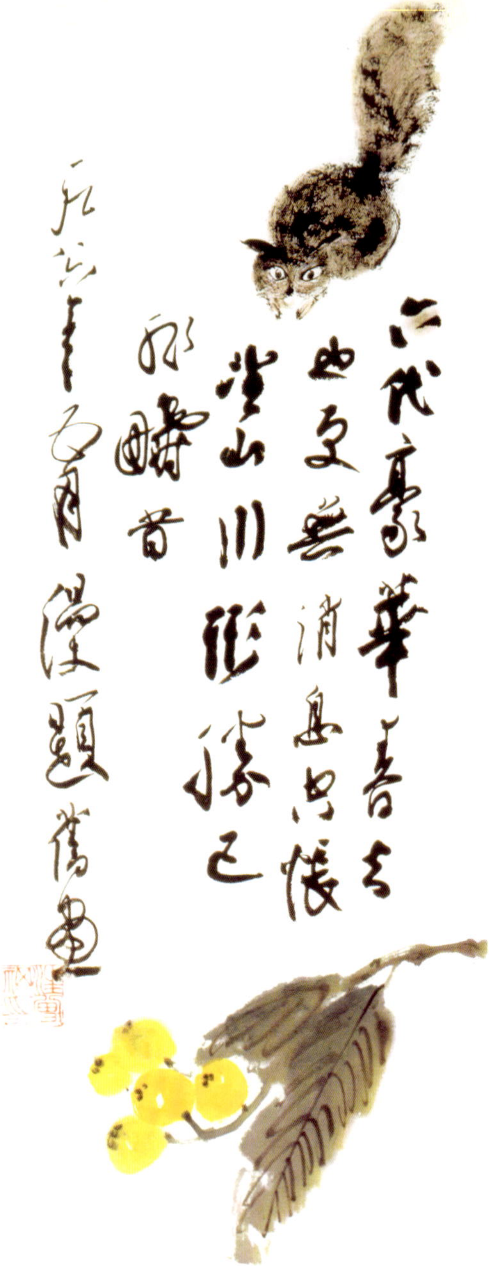
六代豪華春去
也更無消息空悵
望山川形勝已
非疇昔

生命本来从容

汪曾祺/著

北方文艺出版社

图书在版编目（CIP）数据

生命本来从容 / 汪曾祺著 . -- 哈尔滨：北方文艺出版社，2019.6（2023.4 重印）

ISBN 978-7-5317-4525-9

Ⅰ . ①生… Ⅱ . ①汪… Ⅲ . ①散文集 - 中国 - 当代 Ⅳ . ① I267

中国版本图书馆 CIP 数据核字（2019）第 083399 号

生命本来从容

Shengming Benlai Congrong

作　者 / 汪曾祺

责任编辑 / 富翔强　赵晓丹

装帧设计 / 平　平

出版发行 / 北方文艺出版社

发行电话 /（0451）86825533

地　址 / 哈尔滨市南岗区宣庆小区 1 号楼

邮　编 / 150008

经　销 / 新华书店

网　址 / www.bfwy.com

印　刷 / 朗翔印刷（天津）有限公司

字　数 / 210 千

版　次 / 2019 年 6 月第 1 版

开　本 / 880 × 1230　1/32

印　张 / 8.5

印　次 / 2023 年 4 月第 6 次印刷

书　号 / ISBN 978-7-5317-4525-9

定价 / 49.80 元

目录

我的世界

西南联大

我的师承

故人偶记

我的世界

自报家门

京剧的角色出台，大都有一段相当长的独白。向观众介绍自己的历史，最近遇到什么事，他将要干什么，叫作“自报家门”。过去西方戏剧很少用这种办法。西方戏剧的第一幕往往是介绍人物，通过别人之口互相介绍出剧中人。这实在很费事。中国的“自报家门”省事得多。我采取这种办法，也是为了图省事，省得麻烦别人。

法国安妮·居里安女士打算翻译我的小说。她从波士顿要到另一个城市去，已经订好了飞机票。听说我要到波士顿，特意把机票退了，好跟我见一面。她谈了对我的小说的印象，谈得很聪明。有一点是别的评论家没有提过，我自己从来没有意识到的。她说我很多小说里都有水，《大淖记事》是这样。《受戒》写水虽不多，但充满了水的感觉。我想了想，真是这样。这是很自然的。我的家乡是一个水乡，江苏北部一个不大的城市——高邮。在运河的旁边。

运河西边，是高邮湖。城的地势低，据说运河的河底和城墙垛子一般高。我们小时候到运河堤上去玩，可以俯瞰堤下人家的屋顶。因此，常常闹水灾。县境内有很多河道。出城到乡镇，大都是坐船。农民几乎家家都有船。水不但于不自觉中成了我的一些小说的背景，并且也影响了我的小说的风格。水有时是汹涌澎湃的，但我们那里的水平常总是柔软的，平和的，静静地流着。

我是一九二〇年生的。三月五日。按阴历算，那天正好是正月十五，元宵节。这是一个吉祥的日子。中国一直很重视这个节日。到现在还是这样。到了这天，家家吃“元宵”，南北皆然。沾了这个光，我每年的生日都不会忘记。

我的家庭是一个旧式的地主家庭。房屋、家具、习俗，都很旧。整所住宅，只有一处叫作“花厅”的三大间是明亮的，因为朝南的一溜大窗户是安玻璃的。其余的屋子的窗格上都糊的是白纸。一直到我读高中时，晚上有的屋里点的还是豆油灯。这在全城（除了乡下）大概找不出几家。

我的祖父是清朝末科的“拔贡”。这是略高于“秀才”的功名。据说要八股文写得特别好，才能被选为“拔贡”。他有相当多的田产，大概有两三千亩田，还开着两家药店，一家布店，但是生活却很俭省。他爱喝一点酒，酒菜不过是一个咸鸭蛋，而且一个咸鸭蛋能喝两顿酒。喝了酒有时就一个人在屋里大声背唐诗。他同时又是一个免费为人医治眼疾的眼科医生。我们家看眼科是祖传的。在孙辈里他比较喜欢我。他让我闻他的鼻烟。有一回我不停地打嗝，他忽然把我叫到跟前，问我他吩咐我做的事做好了没有。我想了半天，他吩咐过我做什么事呀？我使劲地想。他哈哈大笑：“嗝不打了吧！”他说这是治打嗝的最好的办法。他教过我读《论语》，还教我写过初步的八股文，说如果在清朝，我完全可以中一个秀才（那年我才十三岁）。他赏给我一块紫色的端砚，好几本很名贵的原拓本字帖。一个封建家庭的祖父对于孙子的偏爱，也仅能表现到这个程度。

我的生母姓杨。杨家是本县的大族。在我三岁时，她就死去了。她得的是肺病，早就一个人住在一间偏屋里，和家人隔离了。她不让人把我抱去见她。因此我对她全无印象。我只能从她的遗像（据说画得很像）上知道她是什么样子，另外我从父亲的画室里翻出一摞她生前写的大楷，字写得很清秀。由此我知道我的母亲是读过书的。她嫁给我父亲后还能每天写一张大字，可见她还过着一种闺秀式的生活，不为柴米操心。

我父亲是我所知道的一个最聪明的人。多才多艺。他不但金石书画皆通，而且是一个擅长单杠的体操运动员，一名足球健将。他还练过中国的武术。他有一间画室，为了用色准确，裱糊得“四白落地”。他后半生不常作画，以“懒”出名。他的画室里堆积了很多求画人送来的宣纸，上面都贴了一个红签：“敬求法绘，赐呼 × ×”。我的继母有时提醒：“这几张纸，你该给人家画画了。”父亲看看红签，说：“这人已经死了。”每逢春秋佳日，天气晴和，他就打开画室作画。我非常喜欢站在旁边看他画，对着宣纸端详半天。先用笔杆的一头或大拇指指甲在纸上划几道，决定布局，然后画花头、枝干、布叶、勾筋。画成了，再看看，收拾一遍，题字，盖章，用摁钉钉在板壁上，再反复看看。他年轻时曾画过工笔的菊花。能辨别、表现很多菊花品种。因为他是阴历九月生的，在中国，习惯把九月叫作菊月，所以对菊花特别有感情。后来就放笔作写意花卉了。他的画，照我看是很有功力的。可惜局处在一个小县城里，未能浪游万里，多睹大家真迹。又未曾学诗，题识多用成句，只成“一方之士”，声名传得不远。很可惜！他学过很多乐器，笙箫管笛、琵琶、古琴都会。他的胡琴拉得很好。几乎所有的中国乐器我们家都有过。包括唢呐、海笛。他吹过的箫和笛子是我一生中见过的最好的箫笛。他的手很巧，心很细。我母亲的冥衣（中国人相信人死了，在另一个世界——阴间还要生活，故用纸糊制了生活用物烧了，使死者可以“冥中收用”，统称冥器。）是他亲手糊的。他选购了各种砑花的色纸，糊了很多套，四季衣裳，单夹皮棉，应有尽有。“裘皮”剪得极细，和真的一样，还能分出羊皮、狐皮。他会糊风筝。有一年糊了一个蜈蚣——这是风筝最难的一种，带着儿女到麦田里去放。蜈蚣在天上矫矢摆动，跟活的一样。这是我永远不能忘记的一天。他放蜈蚣用的是胡琴的“老弦”。用琴弦放风筝，我还未见过第二人。他养过鸟，养过蟋蟀。他用钻石刀把玻璃裁成小片，再用胶水一片一片逗拢粘固，做成小船、小亭子、八面玲珑绣球，在里面养金铃子——一种金色的小昆虫，磨翅发声如金铃。我父亲真是一个聪明人。如果我还不算太笨，大概跟我从父亲那里接受的遗传因子有点关系。我的审美意识的形成，跟我从小看他作画有关。

我父亲是个随便的人，比较有同情心，能平等待人。我十几岁时就和他对座饮酒，一起抽烟。他说："我们是多年父子成兄弟。"他的这种脾气也传给了我。不但影响了我和家人子女、朋友后辈的关系，而且影响了我对我所写的人物的态度以及对读者的态度。

我的小学和初中是在本县读的。

小学在一座佛寺的旁边，原来即是佛寺的一部分。我几乎每天放学都要到佛寺里逛一逛，看看哼哈二将、四大天王、释迦牟尼、迦叶阿难、十八罗汉、南海观音。这些佛像塑得生动。这是我的雕塑艺术馆。

从我家到小学要经过一条大街，一条曲曲弯弯的巷子。我放学回家喜欢东看看，西看看，看看那些店铺、手工作坊、布店、酱园、杂货店、爆仗店、烧饼店、卖石灰麻刀的铺子、染坊……我到银匠店里去看银匠在一个模子上錾出一个小罗汉，到竹器厂看师傅怎样把一根竹竿做成篼草的篼子，到车匠店看车匠用硬木车旋出各种形状的器物，看灯笼铺糊灯笼……百看不厌。有人问我是怎样成为一个作家的，我说这跟我从小喜欢东看看西看看有关。这些店铺、这些手艺人使我深受感动，使我闻嗅到一种辛劳、笃实、轻甜、微苦的生活气息。这一路的印象深深注入我的记忆，我的小说有很多篇写的便是这座封闭的、褪色的小城的人事。

初中原是一个道观，还保留着一个放生鱼池。池上有飞梁（石桥），一座原来供奉吕洞宾的小楼和一座小亭子。亭子四周长满了紫竹（竹竿深紫色）。这种竹子别处少见。学校后面有小河，河边开着野蔷薇。学校挨近东门，出东门是杀人的刑场。我每天沿着城东的护城河上学、回家，看柳树，看麦田，看河水。

我自小学五年级至初中毕业，教国文的都是一位姓高的先生。高先生很有学问，他很喜欢我。我的作文几乎每次都是“甲上”。在他所授古文中，我受影响最深的是明朝大散文家归有光的几篇代表作。归有光以轻淡的文笔写平常的人物，亲切而凄婉。这和我的气质很相近，我现在的小说里还时时回响着归有光的余韵。

我读的高中是江阴的南菁中学。这是一座创立很早的学校，至今已有百余年历史。这个学校注重数理化，轻视文史。但我买了一部词学丛书，课余常用毛笔抄宋词，既练了书法，也略窥了词意。词大都是抒情的，多写离别。这和少年人每易有的无端感伤情绪易于相合。到现在我的小说里还带有一点隐隐约约的哀愁。

读了高中二年级，日本人占领了江南，江北危急。我随祖父、父亲在离城稍远的一个村庄的小庵里避难。在庵里大概住了半年。我在《受戒》里写了和尚的生活。这篇作品引起注意，不少人问我当过和尚没有。我没有当过和尚。在这座小庵里我除了带了准备考大学的教科书，只带了两本书，一本《沈从文小说选》，一本屠格涅夫的《猎人日记》。说得夸张一点，可以说这两本书定了我的终身。这使我对文学形成比较稳定的兴趣，并且对我的风格产生深远的影响。我父亲也看了沈从文的小说，说：“小说也是可以这样写的？”我的小说也有人说是不像小说，其来有自。

一九三九年，我从上海经香港、越南到昆明考大学。到昆明，得了一场恶性疟疾，住进了医院。这是我一生第一次住院，也是唯一的一次。高烧超过四十度。护士给我注射了强心针，我问她：“要不要写遗书？”我刚刚能喝一碗蛋花汤，晃晃悠悠进了考场。考完了，一点把握没有。天保佑，发了榜，我居然考中了第一志愿：西南联大中国文学系！

我成不了语言文字学家。我对古文字有兴趣的只是它的美术价值——字形。我一直没有学会国际音标。我不会成为文学史研究者或文学理论专家，我上课很少记笔记，并且时常缺课。我只能从兴趣出发，随心所欲，乱七八糟地看一些书。白天在茶馆里。夜晚在系图书馆。于是，我只能成为一个作家了。

不能说我在投考志愿书上填了西南联大中国文学系是冲着沈从文去的，我当时有点恍恍惚惚，缺乏任何强烈的意志。但是“沈从文”是对我很有吸引力的，我在填表前是想到过的。

沈先生一共开过三门课：各体文习作、创作实习、中国小说史，我都选了。沈先生很欣赏我。我不但是他的入室弟子，可以说是得意高足。

沈先生实在不大会讲课。讲话声音小，湘西口音很重，很不好懂。他讲课没有讲义，不成系统，只是即兴的漫谈。他教创作，反反复复，经常讲的一句话是：要贴到人物来写。很多学生都不大理解这是什么意思。我是理解的。照我的理解，他的意思是：在小说里，人物是主要的，主导的，其余的都是次要的，派生的。作者的心要和人物贴近，富同情，共哀乐。什么时候作者的笔贴不住人物，就会虚假。写景，是制造人物生活的环境。写景处即是写人，景和人不能游离。常见有的小说写景极美，但只是作者眼中之景，与人物无关。这样有时甚至会使人物疏远。即作者的叙述语言也须和人物相协调，不能用知识分子的语言去写农民。我相信我的理解是对的。这也许不是写小说唯一的原则（有的小说可以不着重写人，也可以有的小说只是作者在那里发议论），但是是重要的原则。至少在现实主义的小说里，这是重要原则。

沈先生每次进城（为了躲日本飞机空袭，他住在昆明附近呈贡的乡下，有课时才进城住两三天），我都去看他。还书、借书，听他和客人谈天。他上街，我陪他同去，逛寄卖行、旧货摊，买耿马漆盒，买火腿月饼。饿了，就到他的宿舍对面的小铺吃一碗加一个鸡蛋的米线。有一次我喝得烂醉，坐在路边，他以为是一个生病的难民，一看，是我！他和几个同学把我架到宿舍里，灌了好些酽茶，我才清醒过来。有一次我去看他，牙疼，腮帮子肿得老高，他不说一句话，出去给我买了几个大桔子。

我读的是中国文学系，但是大部分时间是看翻译小说。当时在联大比较时髦的是A·纪德，后来是萨特。我二十岁开始发表作品。外国作家我受影响较大的是契诃夫，还有一个西班牙作家阿索林。我很喜欢阿索林，他的小说像是覆盖着阴影的小溪，安安静静的，同时又是活泼的，流动的。我读了一些弗金妮亚·沃尔芙的作品，读了普特斯特小说的片段。我的小说有一个时期明显地受了意识流方法的影响，如《小学校的钟声》《复仇》。

离开大学后，我在昆明郊区一个联大同学办的中学教了两年书。《小学校的钟声》和《复仇》便是这时写的。当时没有地方发表。后来由沈先生寄给上海的《文艺复兴》，郑振铎先生打开原稿，发现上面已经叫蠹虫蛀了好些小洞。

一九四六年初秋，我由昆明到上海。经李健吾先生介绍，到一个私立中学教了两年书。一九四八年初春离开。这两年写了一些小说，结为《邂逅集》。

到北京，失业半年，后来到历史博物馆任职。陈列室在午门城楼上，展出的文物不多，游客寥寥无几。职员里住在馆里的只有我一个人。我住的那间据说原是锦衣卫值宿的屋子。为了防火，当时故宫范围内都不装电灯，我就到旧货摊上买了一盏白瓷罩子的古式煤油灯。晚上灯下读书，不知身在何世。北京一解放，我就报名参加了四野南下工作团。

我原想随四野一直打到广州，积累生活，写一点刚劲的作品。不想到武汉就被留下来接管文教单位，后来又被派到一个女子中学当副教导主任。一年之后，我又回到北京，到北京市文联工作。一九五四年，调中国民间文艺研究会。

自一九五〇年至一九五八年，我一直当文艺刊物编辑。编过《北京文艺》《说说唱唱》《民间文学》。我对民间文学是很有感情的。民间故事丰富的想象和农民式的幽默，民歌比喻的新鲜和韵律的精巧使我惊奇不置。但我对民间文学的感情被割断了。一九五八年，我被错划成右派，下放到长城外面的一个农业科学研究所劳动，将近四年。

这四年对我来说是很重要的。我和农业工人（即是农民）一同劳动，吃一样的饭，晚上睡在一间大宿舍里，一铺大炕（枕头挨着枕头，虱子可以自由地从最东边一个人的被窝里爬到最西边的被窝里）。我比较切实地看到中国的农村和中国的农民是怎么回事。

一九六二年初，我调到北京京剧团当编剧，一直到现在。

我二十岁开始发表作品，今年六十九岁，写作时间不可谓不长。但我的写作一直是断断续续，一阵一阵的，因此数量很少。过了六十岁，就听到有人称我为“老作家”，我觉得很不习惯。第一，我不大意识到我是一个作家；第二，我没有觉得我已经老了。近两年逐渐习惯了。有什么办法呢，岁数不饶人。杜甫诗：“座下人渐多。”现在每有宴会，我常被请到上席，我已经出了几本书，有点影响。再说我不是作家，就有点矫情了。我算什么样的作家呢？

我年轻时受过西方现代派的影响，有些作品很“空灵”，甚至很不好懂。这些作品都已散失。有人说翻翻旧报刊，是可以找到了。劝我搜集起来出一本书。我不想干这种事。实在太幼稚，而且和人民的疾苦距离太远。我近年的作品渐趋平实。在北京市作协讨论我的作品的座谈会上，我作了一个简短的发言，题为“回到民族传统，回到现实主义”，这大体上可以说是我现在的文学主张。我并不排斥现代主义。每逢有人诋毁青年作家带有现代主义倾向的作品时，我常会为他们辩护。我现在有时也偶尔还写一点很难说是纯正的现实主义的作品，比如《昙花、鹤和鬼火》，就是在通体看来是客观叙述的小说中有时还夹带一点意识流片段，不过评论家不易察觉。我的看似平常的作品其实并不那么老实。我希望能做到融奇崛于平淡，纳外来于传统，不今不古，不中不西。

我是较早意识到要把现代创作和传统文化结合起来的。和传统文化脱节，我以为是开国以后，五十年代文学的一个缺陷。——有人说这是中国文化的“断裂”，这说得严重了一点。有评论家说我的作品受了两千多年前的老庄思想的影响，可能有一点，我在昆明教中学时案头常放的一本书是《庄子集解》。但是我对庄子感极大的兴趣的，主要是其文章，至于他的思想，我到现在还不甚了了。我自己想想，我受影响较深的，还是儒家。我觉得孔夫子是个很有人情味的人，并且是个诗人。他可以发脾气，赌咒发誓。我很喜欢《论语·子路曾皙冉有公西华侍坐章》。他让在座的四位学生谈谈自己的志愿，最后问到曾皙（点）。

> “点，尔何如？”
>
> 鼓瑟希，铿尔，舍瑟而作，对曰：“异乎三子得之撰。”
>
> 子曰：“何伤乎？亦各言其志也。”
>
> 曰：“暮春者，春服既成，冠者五六人，童子六七人，浴乎沂，风乎舞雩，咏而归。”
>
> 夫子喟然叹曰：“吾与点也。”

这写得实在非常美。曾点的超功利的率性自然的思想是生活境界的美的极致。

我很喜欢宋儒的诗：

万物静观皆自得，
四时佳兴与人同。

说得更实在的是：

顿觉眼前生意满，
须知世上苦人多。

我觉得儒家是爱人的，因此我自诩为“中国式的人道主义者”。

我的小说似乎不讲究结构。我在一篇谈小说的短文中，说结构的原则是：随便。有一位年龄略低我的作家每谈小说，必谈结构的重要。他说：“我讲了一辈子结构，你却说：随便！”我后来在谈结构的前面加了一句话：“苦心经营的随便”，他同意了。我不喜欢结构痕迹太露的小说，如莫泊桑，如欧·亨利。我倾向“为文无法”，即无定法。我很向往苏轼所说的：“如行云流水，初无定质，但常行于所当行，常止于所不可不止，文理自然，姿态横生。”我的小说在国内被称为“散文化”的小说。我以为散文化是世界短篇小说发展的一种（不是唯一的）趋势。

我很重视语言，也许过分重视了。我以为语言具有内容性。语言是小说的本体，不是外部的，不只是形式、是技巧。探索一个作者气质、他的思想（他的生活态度，不是理念），必须由语言入手，并始终浸在作者的语言里。语言具有文化性。作品的语言映照出作者的全部文化修养。语言的美不在一个一个句子，而在句与句之间的关系。包世臣论王羲之字，看来参差不齐，但如老翁携带幼孙，顾盼有情，痛痒相关。好的语言正当如此。语言像树，枝干内部液汁流转，一枝摇，百枝摇。语言像水，是不能切割的。一篇作品的语言，是一个有机的整体。

我认为一篇小说是作者和读者共同创作的。作者写了，读者读了，创作过程才算完成。作者不能什么都知道，都写尽了。要留出余地，让读者去捉摸，去思索，去补充。中国画讲究“计白当黑”。包世臣论书以为当使字之上下左右皆有字。宋人论崔灏的《长干歌》“无字处皆有字”。短篇小说可以说是“空白的艺术”。办法很简单：能不说的话就不说。这样一篇小说的容量就会更大了，传达的信息就更多。以己少少许，胜人多多许。短了，其实是长了。少了，其实是多了。这是很划算的事。

我这篇“自报家门”实在太长了。

七十书怀

六十岁生日，我曾经写过一首诗：

冻云欲湿上元灯，
漠漠春阴柳未青。
行过玉渊潭畔路，
去年残叶太分明。

这不是“自寿”，也没有“书怀”，“即事”而已。六十岁生日那天一早，我按惯例到所居近处的玉渊潭溜了一个弯儿，所写是即目所见。为什么提到上元灯？因为我的生日是旧历的正月十五。据说我是日落酉时诞生，那么正是要“上灯”的时候。沾了元宵节的光，我的生日总不会忘记。但是小时不做生日，到了那天，我总是鼓捣一个很大的，下面安四个轱辘的兔子灯，晚上牵了自制的兔子灯，里面插了蜡烛，在家里厅堂过道里到处跑，有时还要牵到相熟的店铺中去串门。我没有“今天是我的生日”的意识，只是觉得过“灯节”（我们那里把元宵叫作“灯节”）很好玩。十九岁离乡，四方漂泊，过什么生日！后来在北京安家，孩子也大了，家里人对我的生日渐渐重视起来，到了那天，总得“表示”一下。尤其是我的孙女和外孙女，她们对我的生日比别人更为热心，因为那天可以吃蛋糕。六十岁是个整寿，但我觉得无所谓。诗的后两句似乎有些感慨，因为这时“文化大革命”过去不久，容易触景生情，但是究竟有什么感慨，也说不清。那天是阴天，好像要下雪，天气其实是很舒服的，诗的前两句隐隐约约有一点喜悦。总之，并不衰瑟，更没有过一年少一年这样的颓唐的心情。

一晃，十年过去了，我七十岁了。七十岁生日那天写了一首《七十书怀出律不改》：

悠悠七十犹耽酒，
唯觉登山步履迟。
书画萧萧余宿墨，
文章淡淡忆儿时。
也写书评也作序，
不开风气不为师。
假我十年闲粥饭，
未知留得几囊诗。

这需要加一点注解。

中国人的平均寿命比以前增高多了。我记得小时候看家里大人和亲戚，过了五十，就是“老太爷”了。我祖父六十岁生日，已经被称为“老寿星”。“人生七十古来稀”，现在七十岁不算稀奇了。不过七十总是个“坎儿”。不知从什么时候起，别人对我的称呼从“老汪”改成了“汪老”。我并无老大之感。但从去年下半年，我一想我再没有六十几了，不免有一点紧张。我并不太怕死，但是进入七十，总觉得去日苦多，是无可奈何的事。所幸者，身体还好。去年年底，还上了一趟武夷山。武夷山是低山，但总是山。我一度心肌缺氧，一般不登山。这次到了武夷绝顶仙游，没有感到心脏有负担。看来我的身体比前几年还要好一些，再工作几年，问题不大。当然，上山比年轻人要慢一些。因此，去年下半年偶尔会有的紧张感消失了。

我的写字画画本是遣兴自娱而已，偶尔送一两件给熟朋友。后来求字求画者渐多。大概求索者以为这是作家的字画，不同于书家画家之作，悬之室中，别有情趣耳，其实，都是不足观的。我写字画画，不暇研墨，只用墨汁。写完画完，也不洗砚盘色碟，连笔也不涮。下次再写、再画，加一点墨汁。“宿墨”是记实。今年（一九九〇）一月十五日，画水仙金鱼，题了两句诗：

宜入新春未是春，
残笺宿墨隔年人。

这幅画的调子是灰的，一望而知用的是宿墨。用宿墨，只是懒，并非追求一种风格。

有一个文学批评用语我始终不懂是什么意思，叫作“淡化”。淡化主题、淡化人物、淡化情节，当然，最终是淡化政治。“淡化”总是不好的。我是被有些人划入淡化一类了的。我所不懂的是：淡化，是本来是浓的，不淡的，或应该是不淡的、硬把它化得淡了。我的作品确实是比较淡的，但它本来就是那样，并没有经过一个“化”的过程。我想了想，说我淡化，无非是说没有写重大题材，没有写性格复杂的英雄人物，没有写强烈的、富于戏剧性的矛盾冲突。但这是我的生活经历，我的文化素养，我的气质所决定的。我没有经历过太多的波澜壮阔的生活，没有见过叱咤风云的人物，你叫我怎么写？我写作，强调真实，大都有过亲身感受，我不能靠材料写作。我只能写我所熟悉的平平常常的人和事，或者如姜白石所说“世间小儿女”。我只能用平平常常的思想感情去了解他们，用平平常常的方法表现他们。这结果就是淡。但是“你不能改变我”，我就是这样，谁也不能下命令叫我照另外一种样子去写。我想照你说的那样去写，也办不到。除非把我回一次炉，重新生活一次。我已经七十岁了，回炉怕是很难。前年《三月风》杂志发表我一篇随笔，请丁聪同志画了我一幅漫画头像，编辑部要我自己题几句话，题了四句诗：

近事模糊远事真，
双眸犹幸未全昏。
衰年变法谈何易，
唱罢莲花又一春。

《绣襦记》《教歌》两个叫花子唱的“莲花落”有句“一年春尽又是一年春”，我很喜欢这句唱词。七十岁了，只能一年又一年，唱几句莲花落。

《七十书怀出律不改》，“出律”指诗的第五六两句失粘，并因此影响最后两句平仄也颠倒了。我写的律诗往往有这种情况，五六两句失粘。为什么不改？因为这是我要说的主要两句话，特别是第六句，所书之怀，也仅此耳。改了，原意即不妥帖。

我是赞成作家写评论的，也爱看作家所写的评论。说实在的，我觉得评论家所写的评论实在有点让人受不了。结果是作法自毙。写评论的差事有时会落到我的头上。我认为评论家最让人受不了的，是他们总是那样自信。他们像我写的小说“鸡鸭名家”里的陆长庚一样，一眼就看出这只鸭是几斤几两，这个作家该打几分。我觉得写评论是非常冒险的事：你就能看得那样准？我没有这样的自信。人到一定岁数，就有为人写序的义务。我近年写了一些序。去年年底就写了三篇，真成了写序专家。写序也很难，主要是分寸不好掌握，深了不是，浅了不是。像周作人写序那样，不着边际，是个办法。但是，一，我没有那样大的学问；二，丝毫不涉及所序的作品，似乎有欠诚恳。因此，临笔踌躇，煞费脑筋。好像是法郎士说过："关于莎士比亚，我所说的只是我自己。"写书评、写序，实际上是写写书评、写序的人自己。借题发挥，拿别人来"说事"，当然不太好，但是书评和序里总会流露出本人的观点，本人的文学主张。我不太希望我的观点、主张被了解，愿意和任何人保持一定的距离；但是自设屏障，拒人千里，把自己藏起来，完全不让人了解，似也不必。因此，"也写书评也作序"。

"不开风气不为师"，是从龚定庵的诗里套出来的。龚定庵的原句是："但开风气不为师"。龚定庵的诗貌似谦虚，实很狂傲。——龚定庵是谦虚的人么？但是龚定庵是有资格说这个话的。他确实是个"开风气"的。他的带有浓烈的民主色彩的个性解放思想撼动了一代人，他的宗法公羊家的奇崛矫矢的文体对于当时和后代都起了很大的影响。他的思想不成体系，不立门户，说是"不为师"倒也是对的。近四五年，有人说我是这个那个流派的始作俑者，这很出乎我的意外。我从来没有想到提倡什么，我绝无"来吾导乎先路也"的气魄，我只是"悄没声地"自己写一点东西而已。有一些青年作家受了我的影响，甚至有人有意地学我，这情况我是知道的。我要诚恳地对这些青年作家说：不要这样。第一，不要"学"任何人。第二，不要学我。我希望青年作家在起步的时候写得新一点，怪一点，朦胧一点，荒诞一点，狂妄一点，不要过早地归于平淡。三四十岁就写得很淡，那，到我这样的年龄，怕就什么也没有了。这个意思，我在几篇序文中都说到，是真话。

看相的说我能活九十岁，那太长了！不过我没有严重的器质性的病，再对付十年，大概还行。我不愿当什么“离休干部”，活着，就还得做一点事。我希望再出一本散文集，一本短篇小说集，把《聊斋新义》写完，如有可能，把酝酿已久的长篇历史小说《汉武帝》写出来。这样，就差不多了。

七十书怀，如此而已。

多年父子成兄弟

这是我父亲的一句名言。

父亲是个绝顶聪明的人。他是画家，会刻图章，画写意花卉。图章初宗浙派，中年后治汉印。他会摆弄各种乐器，弹琵琶，拉胡琴，笙箫管笛，无一不通。他认为乐器中最难的其实是胡琴，看起来简单，只有两根弦，但是变化很多，两手都要有功夫。他拉的是老派胡琴，弓子硬，松香滴得很厚——现在拉胡琴的松香都只滴了薄薄的一层，他的胡琴音色刚亮。胡琴码子都是他自己刻的，他认为买来的不中使。他养蟋蟀养金铃子，他养过花，他养的一盆素心兰在我母亲病故那年死了，从此他就不再养花。我母亲死后，他亲手给她做了几箱子冥衣——我们那里有烧冥衣的风俗。按照母亲生前的喜好，选购了各种花素色纸作衣料，单夹皮棉，四时不缺。他做的皮衣能分得出小麦穗、羊羔、灰鼠、狐肷。

父亲是个很随和的人，我很少见他发过脾气，对待子女，从无疾言厉色。他爱孩子，喜欢孩子，爱跟孩子玩，带着孩子玩。我的姑妈称他为“孩子头”。春天，不到清明，他领一群孩子到麦田里放风筝。放的是他自己糊的蜈蚣（我们那里叫“百脚”），是用染了色的绢糊的。放风筝的线是胡琴的老弦。老弦结实而轻，这样风筝可笔直地飞上去，没有“肚儿”。用胡琴弦放风筝，我还未见过第二人。清明节前，小麦还没有“起身”，是不怕践踏的，而且越踏会越长得旺。孩子们在屋里闷了一冬天，在春天的田野里奔跑跳跃，身心都极其畅快。他用钻石刀把玻璃裁成不同形状的小块，再一块一块斗拢，接缝处用胶水粘牢，做成小桥、小亭子、八角玲珑水晶球。桥、亭、球是中空的，里面养了金铃子。从外面可以看到金铃子在里面自在爬行，振翅鸣叫。他会做各种灯。用浅绿透明的“鱼鳞纸”扎了一只纺织娘，栩栩如生。用西洋红染了色，上深下浅，通草做花瓣，做了一个重瓣荷花灯，真是美极了。用小西瓜（这是拉秧的小瓜，因其小，不中吃，叫作“打瓜”或“笃瓜”）上开小口挖净瓜瓤，在瓜皮上雕镂出极细的花纹，做成西瓜灯。我们在这些灯里点了蜡烛，穿街过巷，邻居的孩子都跟过来看，非常羡慕。

父亲对我的学业是关心的，但不强求。我小时候，国文成绩一直是全班第一。我的作文，时得佳评，他就拿出去到处给人看。我的数学不好，他也不责怪，只要能及格，就行了。他画画，我小时也喜欢画画，但他从不指点我。他画画时，我在旁边看，其余时间由我自己乱翻画谱，瞎抹。我对写意花卉那时还不太会欣赏，只是画一些鲜艳的大桃子，或者我从来没有见过的瀑布。我小时字写得不错，他倒是给我出过一点主意。在我写过一阵“圭峰碑”和“多宝塔”以后，他建议我写写“张猛龙”。这建议是很好的，到现在我写的字还有“张猛龙”的影响。我初中时爱唱戏，唱青衣，我的嗓子很好，高亮甜润。在家里，他拉胡琴，我唱。我的同学有几个能唱戏的。学校开园乐会，他应我的邀请，到学校去伴奏。几个同学都只是清唱，有一个姓费的同学借到一顶纱帽，一件蓝官衣，扮起来唱“朱砂井”，但是没有配角，没有衙役，没有犯人，只是一个赵廉，摇着马鞭在台上走了两圈，唱了一段“郡坞县在马上心神不定”便完事下场。父亲那么大的人陪着几个孩子玩了一下午，还挺高兴。我十七岁初恋，暑假里，在家写情书，他在一旁瞎出主意。我十几岁就学会了抽烟喝酒。他喝酒，给我也倒一杯。抽烟，一次抽出两根，他一根我一根。他还总是先给我点上火。我们的这种关系，他人或以为怪。父亲说：“我们是多年父子成兄弟。”

我和儿子的关系也是不错的。我戴了“右派分子”的帽子下放张家口农村劳动，他那时从幼儿园刚毕业，刚刚学会汉语拼音，用汉语拼音给我写了第一封信。我也只好赶紧学会汉语拼音，好给他写回信。“文化大革命”期间，我被打成“黑帮”，送进“牛棚”。偶尔回家，孩子们对我还是很亲热。我的老伴告诫他们“你们要和爸爸‘划清界限’”，儿子反问母亲：“那你怎么还给他打酒？”

对儿子的几次恋爱，我采取的态度是“闻而不问”。了解，但不干涉。我们相信他自己的选择，他的决定。最后，他悄悄和一个小学时期的女同学好上了，结了婚。有了一个女儿，已近七岁。

我的孩子有时叫我“爸”，有时叫我“老头子！”连我的孙女也跟着叫。我的亲家母说这孩子“没大没小”。我觉得一个现代化的，充满人情味的家庭，首先必须做到“没大没小”。父母叫人敬畏，儿女“笔管条直”最没有意思。

儿女是属于他们自己的。他们的现在，和他们的未来，都应由他们自己来设计。一个想用自己理想的模式塑造自己的孩子的父亲是愚蠢的，而且，可恶！另外作为一个父亲，应该尽量保持一点童心。

我的祖父祖母

我的祖父名嘉勋，字铭甫。他的本名我只在名帖上见过。我们那里有个风俗，大年初一，多数店铺要把东家的名帖投到常有来往的别家店铺。初一，店铺是不开门的，都是天不亮由门缝里插进去。名帖是前两天由店铺的“相公”（学生）在一张一张八寸长、五寸宽的大红纸上用一个木头戳子蘸了墨汁盖上去的，楷书，字有核桃大。我有时也愿意盖几张。盖名帖使人感到年就到了。我盖一张，总要端详一下那三个乌黑的欧体正字：汪嘉勋，好像对这三个字很有感情。

祖父中过拔贡，是前清末科，从那以后就废科举改学堂了。他没有能考取更高的功名，大概是终身遗憾的。拔贡是要文章写得好的。听我父亲说，祖父的那份墨卷是出名的，那种章法叫作“夹凤股”。我不知道是该叫“夹凤”还是“夹缝”，当然更不知道是如何一种“夹”法。拔贡是做不了官的。功名道断。他就在家经营自己的产业。他是个创业的人。

我们家原是徽州人（据说全国姓汪的原来都是徽州人），迁居高邮，从我祖父往上数，才七代。祠堂里的祖宗牌位没有多少块。高邮汪家上几代功名似都不过举人，所做的官也只是“教谕”“训导”之类的“学官”，因此，在邑中不算望族。我的曾祖父曾在外地坐过馆，后来做“盐票”亏了本。“盐票”亦称“盐引”，是包给商人销售官盐的执照，大概是近似股票之类的东西，我也弄不清做盐票怎么就会亏了，甚至把家产都赔尽了。听我父亲说，我们后来的家业是祖父几乎是赤手空拳地创出来的。

创业不外两途：置田地，开店铺。

祖父手里有多少田，我一直不清楚。印象中大概在两千多亩，这是个不小的数目。但他的田好田不多。一部分在北乡。北乡田瘦，有的只能长草，谓之“草田”。年轻时他是亲自管田的，常常下乡。后来请人代管，田地上的事就不再过问。我们那里有一种人，专替大户人家管田产，叫作“田禾先生”。看青（估产）、收租、完粮、丈地……这也是一套学问。田禾先生大都是世代相传的。我们家的田禾先生姓龙，我们叫他龙先生。他给我留下颇深的印象，是因为他骑驴。我们那里的驴一般都是牵磨用，极少用来乘骑。龙先生的家不在城里，在五里坝。他每逢进城办事或到别的乡下去，都是骑驴。他的驴拴在檐下，我爱喂它吃粽子叶。龙先生总是关照我把包粽子的麻筋拣干净，说驴吃了会把肠子缠住。

祖父所开的店铺主要是两家药店，一家万全堂，在北市口，一家保全堂，在东大街。这两家药店过年贴的春联是祖父自撰的。万全堂是“万花仙掌露，全树上林春”，保全堂是“保我黎民，全登寿域”。祖父的药店信誉很好，他坚持必须卖“地道药材”。药店一般倒都不卖假药，但是常常不很地道。尤其是丸散，常言“神仙难识丸散”，连做药店的内行都不能分辨这里该用的贵重药料，麝香、珍珠、冰片之类是不是上色足量。万全堂的制药的过道上挂着一副金字对联“修合虽无人见，存心自有天知”，并非虚语。我们县里有几个门面辉煌的大药店，店里的店员生了病，配方抓药，都不在本店，叫家里人到万全堂抓。祖父并不到店问事，一切都交给“管事”（经理）。只到每年腊月二十四，由两位管事挟了总账，到家里来，向祖父报告一年营业情况。因为信誉好，盈利是有保证的。我常到两处药店去玩，尤其是保全堂，几乎每天都去。我熟悉一些中药的加工过程，熟悉药材的形状、颜色、气味。有时也参加搓“梧桐子大”的蜜丸，碾药，摊膏药。保全堂的“管事”“同事”（配药的店员）、“相公”（学生意未满师的）跟我关系很好。他们对我有一个很亲切的称呼，不叫我的名字，叫“黑少”——我小名叫黑子。我这辈子没有别人这样称呼过我。我的小说《异秉》写的就是保全堂的生活。

祖父是很有名的眼科医生。汪家世代都是看眼科的。他有一球眼药，有一个柚子大，黑咕隆咚的。祖父给人看了眼，开了方子，祖母就用一把大剪子从黑柚子的窟窿抠出耳屎大一小块，用纸包了交给病人，嘱咐病人用清水化开，用灯草点在眼里。这一球眼药不知道有多少年头了，据说很灵。祖父为人看眼病是不收钱也不受礼的。

中年以后，家道渐丰，但是祖父生活俭朴，自奉甚薄。他爱喝一点好茶，西湖龙井。饭食很简单。他总是一个人吃，在堂屋一侧放一张“马杌”——较大的方凳，便是他的餐桌。坐小板凳。他爱吃长鱼（鳝鱼）汤下面。面下在白汤里，汤里的长鱼捞出来便是酒菜——他每顿用一个五彩釉画公鸡的茶盅喝一盅酒。没有长鱼，就用咸鸭蛋下酒。一个咸鸭蛋吃两顿。上顿吃一半，把蛋壳上掏蛋黄蛋白的小口用一块小纸封起来，下顿再吃。他的马杌上从来没有第二样菜。喝了酒，常在房里大声背唐诗：“李白斗酒诗百篇，长安市上酒家眠。天子呼来不上船，自称臣是酒……中……仙……”汪铭甫的俭省，在我们县是有名的。

但是他曾有一个时期舍得花钱买古董字画。他有一套商代的彝鼎，是祭器。不大，但都有铭文。难得的是五件能配成一套。我们县里有钱人家办丧事，六七开吊，常来借去在供桌上摆一天。有一个大霁红花瓶，高可四尺，是明代物。一九八六年我回乡时，我的妹婿问我：“人家都说汪家有个大霁红花瓶，是有过么？”我说：“有过！”我小时天天看见，放在“老爷柜”（神案）上，不过我们并不觉得它有什么名贵，和老爷柜上的锡香炉烛台同等看待之。他有一个奇怪的古董：浑天仪。不是陈列在南京紫金山天文台和北京观象台的那种大家伙，只是一个直径约四寸的铜的溜圆的圆球，上面有许多星星，下面有一个把，安在紫檀木座上。就放在他床前的小条桌上。我曾趴在桌上细细地看过，没有什么好看。是明代御造的。其珍贵处在一次一共只造了几个。祖父不知是从哪里买来的。他还为此起了一个斋名“浑天仪室”，让我父亲刻了一块长方形的图章。他有几张好画。有四幅马远的小屏条。他曾为这四张画亲自到苏州去，请有名的细木匠做了檀木框，把画嵌在里面。对这四幅画的真伪，我有点怀疑，画的构图颇满，不像“马一角”。但“年份”是很旧的。有一个高约八尺的绢地大中堂，画的是“报喜图”。一棵很大的柏树，树上有十多只喜鹊，下面卧着一头豹子。作者是吕纪。我小时候不知吕纪是何许人，只觉得画得很像，豹子的毛是一根一根都画出来的，真亏他有那么多工夫！这几幅画平常是不让人见的，只在他六十大寿时拿出来挂过。同时挂出来的字画，我记得有郑板桥的六尺大横幅，纸本，画的是兰花；陈曼生的隶书对联；汪琬的楷书对联。我对汪琬的对子很有兴趣，字很端秀，尤其是对子的纸，真好看，豆绿色的蜡笺。他有很多字帖，是一次从夏家买下来的。夏家是百年以上的大家，号“十八鹤来堂夏家”（据说堂建成时有十八只仙鹤飞来）。夏家的房屋极多而大，花园里有合抱的大桂花，有曲沼流泉，人称“夏家花园”。后来败落了，就出卖藏书字画。祖父把几箱字帖都买了。我小时候写的《圭峰碑》《闲邪公家传》，以及后来奖励给我的虞世南的《夫子庙堂碑》、褚遂良的《圣教序》、小字《麻姑仙坛》，都是初拓本，原是夏家的东西。祖父有两件宝。一是一块蕉叶白大端砚。据我父亲说，颜色正如芭蕉叶的背面。是夏之蓉的旧物。一是《云麾将军碑》，据说是个很早的拓本，海内无二，这两样东西祖父视为性命，每遇“兵荒”，就叫我父亲首先用油布包了埋起来。这两件宝物，我都没有看见过。解放后还在，现在不知下落。

我弄不清祖父的“思想”是怎么回事。他是幼读孔孟之书的，思想的基础当然是儒家。他是学佛的，在教我读《论语》的桌上有一函《南无妙法莲华经》。他是印光法师的弟子。他屋里的桌上放的两部书，一部是顾炎武的《日知录》，另一部是《红楼梦》！更不可理解的是，他订了一份杂志：邹韬奋编的《生活周刊》。

我的祖父本来是有点浪漫主义气质，诗人气质的，只是因为所处的环境，使他的个性不可能得到发展。有一年，为了避乱，他和我父亲这一房住在乡下一个小庙里，即我的小说《受戒》所写的菩提庵里，就住在小说所写“一花一世界”那间小屋里。这样他就常常让我陪他说说闲话。有一天，他喝了酒，忽然说起年轻时的一段风流韵事，说得老泪纵横。我没怎么听明白，又不敢问个究竟。后来我问父亲：“是有那么一回事吗？”父亲说：“有！是一个什么大官的姨太太。”老人家不知为什么要跟他的孙子说起他的艳遇，大概他的尘封的感情也需要宣泄宣泄吧。因此我觉得我的祖父是个人。

我的祖母是谈人格的女儿。谈人格是同光年间本县最有名的诗人，一县人都叫他“谈四太爷”。我的小说《徙》里所写的谈甓渔就是参照一些关于他的传说写的。他的诗我在小说《故里杂记·李三》的附注里引用过一首《警火》。后来又读了友人从旧县志里抄出寄来的几首。他的诗明白晓畅，是“元和体”，所写多与治水、修坝，筑堤有关，是“为事而发”，属闲适一类者较少。看来他是一个关心世务的明白人，县人所传关于他的糊涂放诞的故事不怎么可靠。

祖母是个很勤劳的人，一年四季不闲着。做酱。我们家吃的酱油都不到外面去买。把酱豆瓣加水熬透，用一个牛腿似的布兜子“吊”起来，酱油就不断由布兜的末端一滴一滴滴在盆里。这“酱油兜子”就挂在祖母所住房外的廊檐上。逢年过节，有客人，都是她亲自下厨。她做的鱼圆非常嫩。上坟祭祖的祭菜都是她做的。端午，包粽子。中秋洗“连枝藕”——藕得有五节，极肥白，是供月亮用的。做糟鱼。糟鱼烧肉，我小时候不爱吃那种味儿，现在想起来是很好吃的东西。腌咸蛋。入冬，腌菜。腌“大咸菜”，用一个能容五担水的大缸腌“青菜”。我的家乡原来没有大白菜，只有青菜，似油菜而大得多。腌芥菜。腌“辣菜”，——小白菜晾去水分，入芥末同腌，过年时开坛，色如淡金，辣味冲鼻，极香美。自离家乡。我从来没吃过这么好吃的咸菜。风鸡，——大公鸡不去毛，揉入粗盐，外包荷叶，悬之于通风处，约二十日即得，久则愈佳。除夕，要吃一顿“团圆饭”，祖父与儿孙同桌。团圆饭必有一道鸭羹汤，鸭丁与山药丁、慈姑丁同煮。这是徽州菜。大年初一，祖母头一个起来，包“大圆子”，即汤团。我们家的大圆子特别“油”。圆子馅前十天就以洗沙猪油拌好，每天放在饭锅头蒸一次，油都“吃”进洗沙里去了，煮出，咬破，满嘴油。这样的圆子我最多能吃四个。

祖母的针线很好。祖父的衣裳鞋袜都是她缝制的。祖父六十岁时，祖母给他做了几双“挖云子”的鞋，——黑呢鞋面上挖出“云子”，内衬大红薄呢里子。这种鞋我只在戏台上和古画上见过。老太爷穿上，高兴得像个孩子。祖母还会剪花样。我的小说《受戒》写小英子的妈赵大娘会剪花样，这细节是从我祖母身上借去的。

祖母对祖父照料得非常周到。每天晚上用一个“五更鸡”（一种点油的极小的炉子）给他炖大枣。祖父想吃点甜的，又没有牙，祖母就给他做花生酥，——花生用饼槌碾细，掺绵白糖，在一个针箍子（即顶针）里压成一个个小圆糖饼。

祖母是吃长斋的。有一年祖父生了一场大病。她在佛前许愿，从此吃了长斋。她吃的菜离不了豆腐、面筋、皮子（豆腐皮）……她的素菜里最好吃的是香蕈饺子。香蕈（即冬菇）熬汤，荠菜馅包小饺子，油炸后倾入滚汤中，刺啦一声。这道菜她一生中也没有吃过几次。

她没有休息的时候。没事时也总在捻麻线。一个牛拐骨，上面有个小铁钩，续入麻丝后，用手一转牛拐，就捻成了麻线。我不知道她捻那么多麻线干什么，肯定是用不完的。小时候读归有光的《先妣事略》：“孺人不忧米盐，乃劳苦若不谋夕，”觉得我的祖母就是这样的人。

祖母很喜欢我。夏天晚上，我们在天井里乘凉，她有时会摸着黑走过来，躺在竹床上给我“说古话”（讲故事）。有时她唱“偈”，声音哑哑的：“观音老母站桥头……”这是我听她唱过的唯一的“歌”。

一九九一年十月，我回了一趟家乡，我的妹妹、弟弟说我长得像祖母。他们拿出一张祖母的六寸相片，我一看，是像，尤其是鼻子以下，两腮，嘴，都像。我年轻时没有人说过我像祖母。大概年轻时不像，现在，我老了，像了。

我的家乡

法国人安妮·居里安女士听说我要到波士顿，特意退了机票，推迟了行期，希望和我见一面。她翻译过我的几篇小说。我们谈了约一个小时，她问了我一些问题。其中一个是，为什么我的小说里总有水？即使没有写到水，也有水的感觉。这个问题我以前没有意识到过。是这样。这是很自然的。我的家乡是一个水乡，我是在水边长大的，耳目之所接，无非是水。水影响了我的性格，也影响了我的作品的风格。

我的家乡高邮在京杭大运河的下面。我小时候常常到运河堤上去玩（我的家乡把运河堤叫作“上河堆”或“上河埫”。“埫”字一般字典上没有，可能是家乡人造出来的字，音淌。“堆”当是“堤”的声转）。我读的小学的西面是一片菜园，穿过菜园就是河堤。我的大姑妈（我们那里对姑妈有个很奇怪的叫法，叫“摆摆”，别处我从未听有此叫法）的家，出门西望，就看见爬上河堤的石级。这段河堤有石级，因此地名“御码头”，康熙或乾隆曾在此泊舟登岸（据说御码头夏天没有蚊子）。运河是一条“悬河”，河底比东堤下的地面高，据说河堤和墙垛子一般高，站在河堤上，可以俯瞰堤下街道房屋。我们几个同学，可以指认哪一处的屋顶是谁家的。城外的孩子放风筝，风筝在我们脚下飘。城里人家养鸽子，鸽子飞起来，我们看到的是鸽子的背。几只野鸭子贴水飞向东，过了河堤，下面的人看见野鸭子飞得高高的。

我们看船。运河里有大船。上水的大船多撑篙。弄船的脱光了上身，使劲把篙子梢头顶上肩窝处，在船侧窄窄的舷板上，从船头一步一步走到船尾。然后拖着篙子走回船头，欻的一声把篙子投进水里，扎到河底，又顶着篙子，一步一步向船尾。如是往复不停。大船上用的船篙甚长而极粗，篙头如饭碗大，有锋利的铁尖。使篙的通常是两个人，船左右舷各一个；有时只一个人，在一边。这条船的水程，实际上是他们用脚一步一步走出来的。这种船多是重载，船帮吃水甚低，几乎要漫到船上来。这些撑篙男人都极精壮，浑身作古铜色。他们是不说话的，大都眉棱很高，眉毛很重。因为长年注视着流动的水，故目光清明坚定。这些大船常有一个舵楼，住着船老板的家眷。船老板娘子大都很年轻，一边扳舵，一边敞开怀奶孩子，态度悠然。舵楼大都伸出一支竹竿，晾晒着衣裤，风吹着啪啪作响。

看打鱼。在运河里打鱼的多用鱼鹰。一般都是两条船，一船八只鱼鹰。有时也会有三条、四条，排成阵势。鱼鹰栖在木架上，精神抖擞，如同临战状态。打鱼人把篙子一挥，这些鱼鹰就劈劈啪啪，纷纷跃进水里。只见它们一个猛子扎下去，眨眼工夫，有的就叼了一条鳜鱼上来——鱼鹰似乎专逮鳜鱼。打鱼人解开鱼鹰脖子上的金属的箍（鱼鹰脖子上都有一道箍，否则它就会把逮到的鱼吞下去），把鳜鱼扔进船里，奖给它一条小鱼，它就高高兴兴，心甘情愿地转身又跳进水里去了。有时两只鱼鹰合力抬起一条大鳜鱼上来，鳜鱼还在挣蹦，打鱼人已经一手捞住了。这条鳜鱼够四斤！这真是一个热闹场面。看打鱼的，鱼鹰都很兴奋激动，倒是打鱼人显得十分冷静，不动声色。

远远地听见嘣嘣嘣嘣的响声，那是在修船、造船。嘣嘣的声音是斧头往船板上敲钉。船体是空的，故声音传得很远。待修的船翻扣过来，底朝上。这只船辛苦了很久，它累了，它正在休息。一只新船造好了，油了桐油，过两天就要下水了。看看崭新的船。叫人心里高兴——生活是充满希望的。船场附近照例有打船钉的铁匠炉，丁丁当当。有碾石粉的碾子，石粉是填船缝用的。有卖牛杂碎的摊子。卖牛杂碎的是山东人。这种摊子上还卖锅盔（一种很厚很大的面饼）。

我们有时到西堤去玩。我们那里的人都叫它西湖。湖很大，一眼望不到边，很奇怪，我竟没有在湖上坐过一次船。湖西是还有一些村镇的。我知道一个地名，菱塘桥，想必是个大镇子。我喜欢菱塘桥这个地名，引起我的向往，但我不知道菱塘桥是什么样子。湖东有的村子，到夏天，就把耕牛送到湖西去歇伏。我所住的东大街上，那几天就不断有成队的水牛在大街上慢慢地走过。牛过后，留下很大的一堆一堆牛屎。听说是湖西凉快，而且湖西有茭草，牛吃了会消除劳乏，恢复健壮。我于是想象湖西是一片碧绿碧绿的茭草。

高邮湖中，曾有神珠。沈括《梦溪笔谈》载：

> 嘉祐中，扬州有一珠甚大，天晦多见，初出于天长县陂泽中，后转入甓射湖，又后乃在新开湖中，凡十余年，居民行人常常见之。余友人书斋在湖上，一夜忽见其珠甚近，初微开其房，光自吻中出，如横一金线，俄顷忽张壳，其大如半席，壳中白光如银，珠大如拳，灿烂不可正视，十余里间林木皆有影，如初日前照，远处但见天赤如野火，倏然远去，其行如飞，浮于波中，杳杳如日。古有明月之珠，此珠色不类月，荧荧有芒焰，殆类日光。崔伯易尝为《明珠赋》。伯易高邮人，盖常见之。近岁不复出，不知所往，樊良镇正当珠往来处，行人至此，往往维船数宵以待观。名其亭为“玩珠”。

这就是“秦邮八景”的第一景“甓射珠光”。沈括是很严肃的学者，所言凿凿，又生动细微，似乎不容怀疑。这是个什么东西呢？是一颗大珠子？嘉祐到现在也才九百多年，已经不可究诘了。高邮湖亦称珠湖，以此。我小时学刻图章，第一块刻的就是“珠湖人”，是一块肉红色的长方形图章。

湖通常是平静的，透明的。这样一片大水，浩浩淼淼（湖上常常没有一只船），让人觉得有些荒凉，有些寂寞，有些神秘。

黄昏了。湖上的蓝天渐渐变成浅黄，桔黄，又渐渐变成紫色，很深很深的紫色。这种紫色使人深深感动。我永远忘不了这样的紫色的长天。

闻到一阵阵炊烟的香味，停泊在御码头一带的船上正在烧饭。

一个女人高亮而悠长的声音：

“二丫头……回来吃晚饭来……”

像我的老师沈从文常爱说的那样，这一切真是一个圣境。

高邮湖也是一个悬湖。湖面，甚至有的地方的湖底，比运河东面的地面都高。

湖是悬湖，河是悬河，我的家乡随处在大水的威胁之中。翻开县志，水灾接连不断。我所经历过的最大的一次水灾，是民国二十年。

这次水灾是全国性的。事前已经有了很多征兆。连降大雨，西湖水位增高，运河水平了漕，坐在河堤上可以“踢水洗脚”。有许多很“瘆人”的不祥的现象。天王寺前，虾蟆爬在柳树顶上叫。老人们说：虾蟆在多高的地方叫，大水就会涨得多高。我们在家里的天井里躺在竹床上乘凉，忽然拨刺一声，从阴沟里蹦出一条大鱼！运河堤上，龙王庙里香烛昼夜不熄。七公殿也是这样。大风雨的黑夜里，人们说是看见“耿庙神灯”了。耿七公是有这个人的，生前为人治病施药，风雨之夜，他就在家门前高旗杆上挂起一串红灯，在黑暗的湖里打转的船，奋力向红灯划去，就能平安到岸。他死后，红灯还常在浓云密雨中出现，这就是耿庙神灯——“秦邮八景”中的一景。耿七公是渔民和船民的保护神，渔民称之为七公老爷，渔民每年要做会，谓之七公会。神灯是美丽的，但同时也给人一种神秘的恐怖感。阴历七月，西风大作。店铺都预备了高挑灯笼——长竹柄，一头用火烤弯如钩状，上悬一个灯笼，轮流值夜巡堤。告警锣声不绝。本来平静的水变得暴怒了。一个浪头翻上来，会把东堤石工的丈把长的青石掀起来。看来堤是保不住了。终于，我记得是七月十三（可能记错），倒了口子。我们那里把决堤叫作倒口子。西堤四处，东堤六处。湖水涌入运河，运河水直灌堤东。顷刻之间，高邮成为泽国。

我们家住进了竺家巷一个茶馆的楼上（同时搬到茶馆楼上的还有几家），巷口外的东大街成了一条河，“河”里翻滚着箱箱柜柜，死猪死牛。“河”里行了船。会水的船家各处去救人（很多人家爬在屋顶上、树上）。

约一星期后，水退了。

水退了，很多人家的墙壁上留下了水印，高及屋檐。很奇怪，水印怎么擦洗也擦洗不掉。全县粮食几乎颗粒无收。我们这样的人家还不至挨饿，但是没有菜吃。老是吃慈姑汤，很难吃。比慈姑汤还要难吃的是芋头梗子做的汤。日本人爱喝芋梗汤，我觉得真不可理解。大水之后，百物皆一时生长不出，唯有慈姑芋头却是丰收！我在小学的教务处地上发现几个特大的蚂蟥，缩成一团，有拳头大，踩也踩不破！

我小时候，从早到晚，一天没有看见河水的日子，几乎没有。我上小学，倘不走东大街而走后街，是沿河走的。上初中，如果不从城里走，走东门外，则是沿着护城河。出我家所在的巷子南头，是越塘。出巷北，往东不远，就是大淖。我在小说《异秉》中所写的老朱，每天要到大淖去挑水，我就跟着他一起去玩。老朱真是个忠心耿耿的人，我很敬重他。他下水把水桶弄满（他两腿都是筋疙瘩——静脉曲张），我就拣选平薄的瓦片打水漂。我到一沟、二沟、三垛，都是坐船。到我的小说《受戒》所写的庵赵庄去，也是坐船。我第一次离家乡去外地读高中，也是坐船——轮船。

水乡极富水产。鱼之类，乡人所重者为、白、（花鱼即鳜鱼）。虾有青白两种。青虾宜炒虾仁，呛虾（活虾酒醉生吃）则用白虾。小鱼小虾，比青菜便宜，是小户人家佐餐的恩物。小鱼有名“罗汉狗子”“猫杀子”者，很好吃。高邮湖蟹甚佳，以作醉蟹，尤美。高邮的大麻鸭是名种。我们那里八月中秋兴吃鸭，馈送节礼必有公母鸭成对。大麻鸭很能生蛋。腌制后即为著名的高邮咸蛋。高邮鸭蛋双黄者甚多。江浙一带人见面问起我的籍贯，答云高邮，多肃然起敬，曰：“你们那里出咸鸭蛋。”好像我们那里就只出咸鸭蛋似的！

我的家乡不只出咸鸭蛋。我们还出过秦少游，出过散曲作家王磐，出过经学大师王念孙、王引之父子。

县里的名胜古迹最出名的是文游台。这是秦少游、苏东坡、孙莘老、王定国文酒游会之所。台基在东山（一座土山）上，登台四望，眼界空阔。我小时常凭栏看西面运河的船帆露着半节。在密密的杨柳梢头后面，缓缓移过，觉得非常美。有一座镇国寺塔，是个唐塔，方形。这座塔原在陆上，运河拓宽后，为了保存这座塔，留下塔的周围的土地，成了运河当中的一个小岛。镇国寺我小时还去玩过，是个不大的寺。寺门外有一堵紫色的石制的照壁，这堵照壁向前倾斜，却不倒。照壁上刻着海水，故名水照壁。寺内还有一尊肉身菩萨的坐像，是一个和尚坐化后漆成的。寺不知毁于何时。另外还有一座净土寺塔，明代修建。我们小时候记不住什么镇国寺、净土寺，因其一在西门，名之为西门宝塔；一在东门，便叫它东门宝塔。老百姓都是这么叫的。

全国以邮字为地名的，似只高邮一县。为什么叫作高邮？因为秦始皇曾在高处建邮亭。高邮是秦王子婴的封地，至今还有一条河叫子婴河，旧有子婴庙，今不存。高邮为秦代始建，故又名秦邮。外地人或以为这跟秦少游有什么关系，没有。

我的家

十年前我回了一次家乡，一天闲走，去看了看老家的旧址，发现我们那个家原来是不算小的。我家的大门开在科甲巷（不知道为什么这条巷子起了这么个名字，其实这巷里除了我的曾祖父中过一名举人，我的祖父中过拔贡外，没有别的人家有过功名），而在西边的竺家巷有一个后门。我的家即在这两条巷子之间。临街是铺面。从科甲巷口到竺家巷口，计有这么几家店铺：一家豆腐店，一家南货店，一家烧饼店，一家棉席店，一家药店，一家烟店，一家糕店，一家剃头店，一家布店。我们家在这些店铺的后面，占地多少平米我不知道，但总是不小的，住起来是相当宽敞的。

这所老宅子分作东西两截，或两区。东边住着祖父母（我们叫“太爷”“太太”）和大房——大伯父一家。西边是二房（我的二伯母）和三房——我父亲的一家。东西地势相差约有三尺，由东边到西边要上几层台阶。

正屋的东边的套间住着太爷、太太，西边是大伯父和大伯母（我们叫“大爷”“大妈”）。当中是一个堂屋，因为敬神祭祖都在这间堂屋里，所以叫作“正堂屋”。正堂屋北面靠墙是一个很大的“老爷柜”，即神案，但我们那里都叫作“老爷柜”，这东西也确实是一个很长的大柜，当中和两边都有抽屉，下面还有钉了铜环的柜门。老爷柜上，当中供的是家神菩萨，左边是文昌帝君神位，右边是祖宗龛——一个细木雕琢的像小庙一样的东西，里面放着祖宗的牌位——神主。这正堂屋大概是我的曾祖父手里盖的，因为两边板壁上贴着他中秀才、中举人的报条。有年头了。原来大概是相当恢宏的。庭柱很粗，是“布灰布漆”的——木柱外涂瓦灰，裹以夏布，再施黑漆。到我记事时漆灰有多处已经剥落。这间老堂屋的铺地的箩底砖（方砖）的边角都磨圆了，而且特别容易返潮。天将下雨，砖地上就是潮乎乎的。若遇连阴天，地面简直像涂了一层油，滑的。我很小就知道“础润而雨”。用不着看柱础，从正堂屋砖地，就知道雨一时半会晴不了。一想到正堂屋，总会想到下雨，有时接连下几天，真是烦人。雨老不停，我的一个堂姐就会剪一个纸人贴在墙上，这纸人一手拿着簸箕，一手拿笤帚，风一吹，就摇动起来，叫“扫晴娘”。也真奇怪，扫晴娘扫了一天，第二天多少会放晴。

这间正堂屋的用处是：过年时敬神，清明祭祖。祭祖时在正中的方桌上放一大碗饭，这碗特别的大，有一个小号洗脸盆那样大，很厚，是白色的古瓷的，除了祭祖装饭外，不作别的用处。饭压得很实，鼓起如坟头，上面插了好多双红漆的筷子。筷子插多少双，是有定数的，这事总是由我的祖母做。另有四样祭菜。有一盘白切肉，一盘方块粉，——绿豆粉，切成名片大小，三分厚。这方块粉在祭祖后分给两房。这粉一点味道都没有，实在不好吃，所以我一直记得。其余两样祭菜已无印象。十月朝（旧历十月初一）“烧包子”，即北方的“送寒衣”。一个一个纸口袋，内装纸钱，包上写明各代考妣冥中收用，一袋一袋排在祭桌前，上面铺一层稻草。磕头之后，由大爷点火焚化。每年除夕，要在这方桌上吃一顿团圆饭。我们家吃饭的制度是：一口锅里盛饭，大房、三房都吃同一锅饭，以示并未分家；菜则各房自炒，又似分爨。但大年三十晚上，祖父和两房男丁要同桌吃一顿。菜都是太太手制的。照例有一大碗鸭羹汤。鸭丁、山药丁、慈姑丁合烩。这鸭羹汤很好吃，平常不做，据说是徽州做法。我们的老家是徽州（姓汪的很多人的老家都是徽州），我们家有些菜的做法还保持徽州传统。比如肉丸蘸糯米蒸熟，有些地方叫珍珠丸子或蓑衣丸子，我们家则叫“徽团”。

我对大堂屋有一点特殊的记忆，是我曾在这里当过一回孝子。我的二伯父（二爷）死得早，立嗣时经过一番讨论。按说应该由长房次子，我的堂弟曾炜过继，但我的二伯母（二妈）不同意，她要我，因为她和我的生母感情很好，从小喜欢我。我是次房长子，长子过继，不合古理。后来是定了一个折衷方案，曾炜和我都过继给二妈，一个是“派继”，一个是“爱继”。二妈死后，娘家提了一些条件，一是指定要用我的祖父的寿材盛殓。太爷五十岁时就打好了寿材，逐年加漆，漆皮已经很厚了。因为二妈是年轻守节，娘家提出，不能不同意。一是要在正堂屋停灵，也只好同意了（本来上有老人，是不该在正屋停灵的）。我和曾炜于是履行孝子的职责。亲视含殓（围着棺材走一圈），戴孝披麻，一切如制。最有意思的是逢七的时候得陪张牌李牌吃饭。逢七，鬼魂要回来接受烧纸，由两个鬼役送回来。这两个鬼役即张牌李牌。一个较大的方机凳，两副筷子，一碟白肉，一碟豆腐，两杯淡酒。我和曾炜各用一个小板凳陪着坐一会。陪鬼役吃饭，我还是头一回。六七开吊，我是孝子一直在场，所以能看到全部过程。家里办丧事，气氛和平常全不一样，所有的人都变得庄严肃穆起来。开吊像是演一场戏，大家都演得很认真。“初献”“亚献”“终献”，有条不紊，节奏井然。最后是“点主”。点主要一个功名高的人。给我的二伯母点主的是一个叫李芳的翰林，外号李三麻子。“点主”是在神主上加点。神主（木制小牌位）事前写好“×孺人之神王”，李三麻子就位后，礼生喝道：“凝神，想象，请加墨主。”李三麻子拈起一支新笔在“王”字上加一墨点。礼生再赞：“凝神，想象，请加朱主。”李三麻子用朱笔在黑点上加一点。这样死者的魂灵就进入神主了。我对“凝神，想象”印象很深，因为这很有点诗意。其实李三麻子对我的二伯母无从想象，因为他根本没有见过我的二伯母。

正堂屋对面，隔一个天井，是穿堂。

穿堂对面原来有一排三开间的房子，是我的叔曾祖父的一个老姨太太住的。房子很旧了，屋顶上长了很多瓦松，隔扇上糊的白纸都已成了灰色。这位老姨太太多年衰病，总是躺着。这一排房子里听不到一点声音，非常寂静，只有这位老姨太太的女儿——我们叫她小姑奶奶，带着孩子来住一阵，才有一点活气。

老姨太太死了，她没有儿子，由我一个叔祖父过继给他。这位叔祖父行六，我们叫他六太爷。这是个很有风趣的人，很喜欢孩子。老姨太太逢七，六太爷要来守灵烧纸。烧了纸，他弄一壶酒，慢慢喝着，给孩子讲故事——说书，说“大侠甘凤池”，一直说到深夜。因此，我们总是盼着老姨太太逢七。

祖父过六十岁的头年，把东边的房屋改建了一下。正堂屋没动。穿堂加大了。老姨太太原来住的一排房子拆了，盖了一个“敞厅”。房屋翻盖的情况我还记得，先由瓦匠头、木匠头挖出整整齐齐的一方土，供在老爷柜上。破土后，请全体瓦木匠在正堂屋吃一次饭。这顿饭的特别处是有一碗泥鳅，泥鳅我们家是不进门的，但是请瓦木匠必得有这道菜，这是规矩。我觉得这规矩对瓦木匠颇有嘲讽意味。接着是上梁竖柱，放鞭炮，撒糕馒，如式。

敞厅的特点是敞，很宽敞。盖得后，祖父的六十大寿在这里布置过寿堂，宴过客，此外就没有怎么用过，平常总是空着。我的堂姐姐有时把两张方桌拼起来，在上面缝被子。

敞厅对面，一道砖墙之外，是花园。花园原来没有园名，祖父命之曰“民圃”，因为他字铭甫，取其谐音。我父亲选了两块方砖，刻了“民圃”两个小篆，嵌在一个六角小门的额上。但是我们还是叫它花园，不叫民圃。祖父六十大寿时自撰了一副长联，末署“民圃叟六十自寿”“民圃”字样也只在长联里出现过，别处没有用过。

西边半截的房屋大概是祖父手里盖的，格局较小，主要房屋只是两个堂屋，上堂屋和下堂屋。

上堂屋两边的套间，东侧是三房，西侧是二房。

我的二伯父早逝，我没有见过。他房间里的板壁上挂着他的八寸放大照片，半侧身，穿着一身古典燕尾服，前身无下摆，雪白的圆角硬领衬衫，一只胳臂夹着一根象牙头的短手杖，完全是年轻的英国绅士派头，很英俊。听我父亲说，二伯父是个性格很刚烈的人。他是新党，但崇拜的不是孙文而是黄兴。有一次历史教员（那时叫作“教习”）在课堂上讲了黄兴几句不恭敬的话，他上去就给了这个教员一个嘴巴。二伯父和我父亲那时都在南京读中学（旧制中学）。他的死也跟他的负气任性的脾气有关。放暑假从南京回来，路过镇江，带着行李，镇江车站的搬运工人敲了他们一下，索价很高。二伯父一生气，把几个人的行李绑在一起，一个人就背了起来。没有走几步，一口血吐在地上，从此不起。

二伯母守节有年，她变得有些古怪。我的小说《珠子灯》里所写的孙小姐的原型，就是我的二伯母。

> 她变得有点古怪了，她屋里的东西都不许人动。王常生活着的时候是什么样子，永远是什么样子，不许挪动一点。王常生用过的手表、座钟、文具，还有他养的一盆雨花石，都放在原来的位置。孙小姐原是个爱洁成癖的人，屋里的桌子、椅子、茶壶茶杯，每天都要用清水洗三遍。自从王常生死后，除了过年之前，她亲自监督着一个从娘家陪嫁过来的女佣人大洗一天之外，平常

不许擦拭。里屋炕几上有一套茶具：一个白瓷的茶盘，一把茶壶，四个茶杯。茶杯倒扣着，上面落了细细的尘土。茶壶是荸荠形扁圆的，茶壶的鼓肚子下面落不着尘土，茶盘里就清清楚楚留下一个干净的圆印子。

她病了，说不清是什么病。除了逢年过节起来几天，其余的时间都在床上躺着，整天地躺着，除那个女佣人，没有人上她屋里去。

有一个人是常上她屋里去的，我。我去了，坐在她床前的机凳上，陪她一会儿。她精神好的时候，教我《长恨歌》《西厢记·长亭》。

春风桃李花开日，
秋雨梧桐叶落时。

碧云天，
黄花地，
西风紧，
北雁南飞。
晓来谁染霜林醉，
都是离人泪。

也有的时候，她也会讲一点轻松一些的文学故事，念苏东坡嘲笑小妹的诗：

人前走不上三五步，

额头先到画堂前。

这样的时候，她脸上也会有一点笑意。她的记忆很好，教我念诗，都是背出来的。她背诗，抑扬顿挫，节奏很强，富于感情，因此她教过我的诗词，我一直记得很清楚。她的诗词，是邑中一个老名士教的。

她老是叫我坐在她床前吃东西，吃饭，吃点心。吃两口，她就叫我张开嘴让她看看。接着就自言自语："王二娘个猫，王二娘个猫，王二娘个猫。"不知道这是什么意思。她是王二娘，我是她的猫？有时我不在跟前，她一个人在屋里也叨咕："王二娘个猫，王二娘个猫。"

每年夏天，她要回娘家住一阵，归宁那天，且出不了房门哩。跨出来，转身又跨进去，跨出来，又跨进去。轿子等在大门口（她回娘家都是坐轿子），轿前两盏灯笼换了几次蜡烛，她还没跨出房门。

这种精神状态，我们那里叫作"魇"。

下堂屋左边是我父亲的画室，右边是"下房"，女佣人住的地方。

下堂屋南，一道花瓦墙外，即是花园，墙上也有一个小六角门。

开开六角门，是一片砖墁的平地。更南，是花厅。花厅是我们这所住宅里最明亮的屋子，南边一溜全是大玻璃窗，听说我父亲年轻时常请一些朋友来，在花厅里喝酒，唱戏，吹弹歌舞，到我记事的时候，就没有看过这种热闹。花厅也总是闲着。放暑假，我们到花厅里来做假期作业。每年做酱的时候，我的祖母在花厅里摊晾煮熟的黄豆和烤过的发面饼，让豆、饼长毛发酵。花厅外的砖地上有一口大缸，装着豆酱，一口浅缸，装着甜面酱。

砖地东面，是一个花台，种着四棵很大的腊梅花，主干都有碗口粗，每年开很多花。这种腊梅的花心是紫檀色的。按说"磬石檀心"是腊梅的名种，但是我们那里重白心的，叫作"冰心腊梅"，而将檀心者起一个不好听的名称，叫“狗心腊梅”。下雪之后，上树摘花，是我的事，腊梅的骨朵很密。相中一大枝，折下来，养在大胆瓶里，过年。

腊梅花的对面，是两棵桂花。一棵金桂，一棵银桂。每年秋天，吐蕊开花。桂花树下，长了一片萱草，也没人管它，自己长得很旺盛。萱花未尽开时摘下，阴干，我们那里叫作金针，北方叫作黄花菜。我小时最讨厌黄花菜，觉得淡而无味。到了北方，学做打卤面，才知道缺这玩意还不行。

桂花树后，是南北向的花瓦墙，墙上开一圆门，即北方所说的月亮门。

出圆门，是一畦菜地。我的祖母每年在这里种乌青菜，即上海人所说的塌苦菜。这块菜地土很瘦，乌青菜都不肥大，而茎叶液汁浓厚，旋摘煮食，味道极好，远胜市上买来的，叫作“起水鲜”，经霜后，叶缘皆作紫红色，尤其甜美。

菜畦左侧有一棵紫薇，一房多高，开花时乱红一片，晃人眼睛。游蜂无数，——齐白石爱画的那种大个的黑蜂，穿花抢蕊，非常热闹。西侧，有一座六角亭，可以小坐。

菜畦东边有一条砖路。砖路尽处是一棵木瓜，一棵矾杏，一棵柿树，都很少结果。

树之外，是一座船亭。这是祖父六十大寿头年盖的。船头向东，两边墙上各开了海棠形的窗户。祖父盖船亭，是为了“无事此静坐”，但是他只来坐过几次，平常不来，经常锁着。隔着正面的玻璃隔扇，可以看到里面铁梨木琴几上摆着几件彝器，几把檀木椅子，萧萧爽爽。

船亭对面，有一棵很大的柳树。挨着柳树，是一个高高的花坛。花坛上原来想是栽了不少花的，但因为无人料理，只剩下一棵石榴，一丛鱼儿牡丹。鱼儿牡丹开一串一串粉红的花，花作鸡心形，像是童话里的植物。

花坛对面，是土山。这座土山不知是哪年堆成的。这些土是从园里挖出的，还是从外面运进来的，均不知道。土山左脚，种了两棵碧桃，一棵白的，一棵浅红的。碧桃花其实是很好看的，花开得很繁茂，花期也长，应该对它珍贵一点，但是大家都不把它当回事，也许因为它花开得太多，也太容易养活了。土山正面，种了四棵香橼，每年都要结很多，香橼就是“橘逾淮南则为枳”的枳，但其实枳和橘是两种植物。香橼秋天成熟。香橼的香气很冲，不大好闻。但香橼花的气味是很好的，苦甜苦甜的。花白色，瓣微厚，五出深裂，如小酒盏，很好看。山顶有两棵龙爪槐，一在东，一在西。西边的一棵是我的读书树。我常常爬上去，在分杈的树干上靠好，带一块带筋的干牛肉或一块榨菜，一边慢慢嚼着，一边看小说。土山外隔一道墙是一个尼庵，靠在树上可以看见小尼姑从井里汲水浇菜。这尼庵的尼姑是带发修行的。因此我看的小尼姑是一头黑发。

从土山东边下山，是一片空地。空地上有一口很大的缸，养着很大的金鱼，这是大伯父养的。因此，在我们的印象里这一边是大爷的地方。但是我们并未分家，小孩子是可以自由来去的。

金鱼缸的西北边有一架紫藤。盛花时，紫云拂地。花谢，垂下一根一根长长的刀豆。

鱼缸正北，一棵白丁香，一棵紫丁香。

丁香之左，一片紫鸢。

往南，墙边一丛金雀花。

紫鸢的东边，荒草而已。这片草地每年下面结不少甘露，我们那里叫作螺蛳菜或宝塔菜，甘露洗净后装白布袋，可入甜面酱缸腌渍。

草地之东有一排很大的冬青树。夏天开密密的小白花，也有香味。秋后结了很多紫色的胡椒粒大的果实。

冬青之外，是“草房”，堆草的屋子。我们那里烧草——芦柴，一次要置很多担草，垛积在一排空屋里。

冬青的北面，是花房，房顶南檐是玻璃盖的，原是大爷养花的地方，但他后来不养花了，花房就空着。一壁挂着一个老鹰风筝。据我父亲说这个老鹰是独脑线的，——只有一根脑线。老鹰风筝是大爷年轻时放过的。听我父亲说，放上去之后，曾有真的老鹰和它打过架。空空的花房里只有两盆颇大的夹竹桃。夹竹桃红花殷殷的，我忽然觉得有些紧张，因为天忽然黑下来了，只有我一个人，在空空的花园里。

听大人说，这花园里有一个白胡子老头。这白胡子老头是神仙？还是妖怪？但是，晚上是没有人到花园里去的，东边和西边的小六角门都上了铁锁。

我们这座花园实在很难叫作花园，没有精心安排布置过，草木也都是随意种植的，常有一点半自然的状态。但是这确是我童年的乐园，我在这里掬过很多蟋蟀，捉过知了、天牛、蜻蜓，捅过马蜂窝，——这马蜂窝结在冬青树上，有蒲扇大！

自得其乐

孙犁同志说写作是他的最好的休息。是这样。一个人在写作的时候是最充实的时候，也是最快乐的时候。凝眸既久（我在构思一篇作品时，我的孩子都说我在翻白眼），欣然命笔，人在一种甜美的兴奋和平时没有的敏锐之中，这样的时候，真是虽南面王不与易也。写成之后，觉得不错，提刀却立，四顾踌躇，对自己说："你小子还真有两下子！"此乐非局外人所能想象。但是一个人不能从早写到晚，那样就成了一架写作机器，总得岔乎岔乎，找点事情消遣消遣，通常说，得有点业余爱好。

我年轻时爱唱戏。起初唱青衣、梅派；后来改唱余派老生。大学三四年级唱了一阵昆曲，吹了一阵笛子。后来到剧团工作，就不再唱戏吹笛子了，因为剧团有许多专业名角，在他们面前吹唱，真成了班门弄斧，还是以藏拙为好。笛子本来还可以吹吹，我的笛风甚好，是"满口笛"，但是后来没法再吹，因为我的牙齿陆续掉光了，撒风漏气。

这些年来我的业余爱好，只有：写写字、画画画，做做菜。

我的字照说是有些基本功的。当然从描红模子开始。我记得我描的红模子是："暮春三月，江南草长，杂花生树，群莺乱飞。"这十六个字其实是很难写的，也许是写红模子的先生故意用这些结体复杂的字来折磨小孩子，而且红模子底子是欧字，这就更难落笔了。不过这也有好处，可以让孩子略窥笔意，知道字是不可以乱写的。大概在我十一二岁的时候，那年暑假，我的祖父忽然高了兴，要亲自教我《论语》，并日课大字一张，小字二十行。大字写《圭峰碑》、小字写《闲邪公家传》，这两本帖都是祖父从他的藏帖中选出来的。祖父认为我的字有点才分，奖了我一块猪肝紫端砚，是圆的，并且拿了几本初拓的字帖给我，让我常看看。我记得有小字《麻姑仙坛》、虞世南的《夫子庙堂碑》、褚遂良的《圣教序》。小学毕业的暑假，我在三姑父家从一个姓韦的先生读桐城派古文，并跟他学写字。韦先生是写魏碑的，但他让我临的却是《多宝塔》。初一暑假，我父亲拿了一本影印的《张猛龙碑》，说："你最好写写魏碑，这样字才有骨力。"我于是写了相当长时期《张猛龙碑》。用的是我父亲选购来的特殊的纸。这种纸是用稻草做的，纸质较粗，也厚，写魏碑很合适，用笔须沉着，不能浮滑。这种纸一张有二尺高，尺半宽，我每天写满一张。写《张猛龙》使我终身受益，到现在我的字的间架用笔还能看出痕迹。这以后，我没有认真临过帖，平常只是读帖而已。我于二王书未窥门径。写过一个很短时期的《乐毅论》，放下了，因为我很懒。《行穰》《丧乱》等帖我很欣赏，但我知道我写不来那样的字。我觉得王大令的字的确比王右军写得好。读颜真卿的《祭侄文》，觉得这才是真正的颜字，并且对颜书从二王来之说很信服。大学时，喜读宋四家。有人说中国书法一坏于颜真卿，二坏于宋四家，这话有道理。但我觉得宋人字是书法的一次解放，宋人字的特点是少拘束，有个性，我比较喜欢蔡京和米芾的字（苏东坡字太俗，黄山谷字做作）。有人说米字不可多看，多看则终身摆脱不开，想要升入晋唐，就不可能了。一点不错。但是有什么办法呢！打一个不太好听的比方，一写米字，犹如寡妇失了身，无法挽回了。我现在写的字有点《张猛龙》的底子、米字的意思，还加上一点乱七八糟的影响，形成我自己的那么一种体，格韵不高。

我也爱看汉碑。临过一遍《张迁碑》，《石门铭》《西狭颂》看看而已。我不喜欢《曹全碑》。盖汉碑好处全在筋骨开张，意态从容，《曹全碑》则过于整饬了。

我平日写字，多是小条幅，四尺宣纸一裁为四。这样把书桌上书籍信函往边上推推，摊开纸就能写了。正儿八经地拉开案子，铺了画毡，着意写字，好像练了一趟气功，是很累人的。我都是写行书。写真书、太吃力了。偶尔也写对联。曾在大理写了一副对子：

苍山负雪
洱海流云

字大径尺。字少，只能体兼隶篆。那天喝了一点酒，字写得飞扬霸悍，亦是快事。对联字稍多，则可写行书。为武夷山一招待所写过一副对子：

四围山色临窗秀
一夜溪声入梦清

字颇清秀，似明朝人书。

我画画，没有真正的师承。我父亲是个画家，画写意花卉，我小时爱看他画画，看他怎样布局（用指甲或笔杆的一头划几道印子），画花头，定枝梗，布叶，钩筋，收拾，题款，盖印。这样，我对用墨，用水，用色，略有领会。我从小学到初中，都“以画名”。初二的时候，画了一幅墨荷，裱出后挂在成绩展览室里。这大概是我的画第一次上裱。我读的高中重数理化，功课很紧，就不再画画。大学四年，也极少画画。工作之后，更是久废画笔了。当了右派，下放到一个农业科学研究所，结束劳动后，倒画了不少画，主要的“作品”是两套植物图谱，一套《中国马铃薯图谱》、一套《口蘑图谱》，一是淡水彩，一是钢笔画。摘了帽子回京，到剧团写剧本，没有人知道我能画两笔。重拈画笔，是运动促成的。运动中没完没了地写交待，实在是烦人，于是买了一刀元书纸，于写交待之空隙，瞎抹一气，少抒郁闷，这样就一发而不可收，重新拾起旧营生。有的朋友看见，要了去，挂在屋里，被人发现了，于是求画的人渐多。我的画其实没有什么看头，只是因为是作家的画，比较别致而已。

我也是画花卉的。我很喜欢徐青藤、陈白阳，喜欢李復堂，但受他们的影响不大。我的画不中不西，不今不古，真正是“写意”，带有很大的随意性。曾画了一幅紫藤，满纸淋漓，水气很足，几乎不辨花形。这幅画现在挂在我的家里。我的一个同乡来，问：“这画画的是什么？”我说是：“骤雨初晴。”他端详了一会，说：“哎，经你一说，是有点那个意思！”他还能看出彩墨之间的一些小块空白，是阳光。我常把后期印象派方法融入国画。我觉得中国画本来都是印象派，只是我这样做，更是有意识的而已。

画中国画还有一种乐趣，是可以在画上题诗，可寄一时意兴，抒感慨，也可以发一点牢骚，曾用干笔焦墨在浙江皮纸上画冬日菊花，题诗代简，寄给一个老朋友，诗是：

新沏清茶饭后烟，
自搔短发负晴暄，
枝头残菊开还好，
留得秋光过小年。

为宗璞画牡丹，只占纸的一角，题曰：

人间存一角，
聊放侧枝花，
欣然亦自得，
不共赤城霞。

宗璞把这首诗念给冯友兰先生听了，冯先生说："诗中有人。"

今年洛阳春寒，牡丹至期不开。张抗抗在洛阳等了几天，败兴而归，写了一篇散文《牡丹的拒绝》。我给她画了一幅画，红叶绿花，并题一诗：

看朱成碧且由他，
大道从来直似斜，
见说洛阳春索寞，
牡丹拒绝著繁花。

我的画，遣兴而已，只能自己玩玩，送人是不够格的。最近请人刻一闲章"只可自怡悦"，用以押角，是实在话。

体力充沛，材料凑手，做几个菜，是很有意思的。做菜，必须自己去买菜。提一菜筐，逛逛菜市，比空着手遛弯儿要"好白相"。到一个新地方，我不爱逛百货商场，却爱逛菜市，菜市更有生活气息一些。买菜的过程，也是构思的过程。想炒一盘雪里蕻冬笋，菜市场冬笋卖完了，却有新到的荷兰豌豆，只好临时"改戏"。做菜，也是一种轻量的运动。洗菜，切菜，炒菜，都得站着（没有人坐着炒菜的），这样对成天伏案的人，可以改换一下身体的姿势，是有好处的。

做菜待客，须看对象。聂华苓和保罗·安格尔夫妇到北京来，中国作协不知是哪一位，忽发奇想，在宴请几次后，让我在家里做几个菜招待他们，说是这样别致一点。我给做了几道菜，其中有一道煮干丝。这是淮扬菜。华苓是湖北人，年轻时是吃过的。但在美国不易吃到。她吃得非常惬意，连最后剩的一点汤都端起碗来喝掉了。不是这道菜如何稀罕，我只是有意逗引她的故国乡情耳。台湾女作家陈怡真（我在美国认识她），到北京来，指名要我给她做一回饭。我给她做了几个菜。一个是干烧小萝卜。我知道台湾没有“杨花萝卜”（只有白萝卜）。那几天正是北京小萝卜长得最足最嫩的时候。这个菜连我自己吃了都很惊诧：味道鲜甜如此！我还给她炒了一盘云南的干巴菌。台湾咋会有干巴菌呢？她吃了，还剩下一点，用一个塑料袋包起，说带到宾馆去吃。如果我给云南人炒一盘干巴菌，给扬州人煮一碗干丝，那就成了鲁迅请曹靖华吃柿霜糖了。

做菜要实践。要多吃，多问，多看（看菜谱），多做。一个菜点得试烧几回，才能掌握咸淡火候。冰糖肘子、乳腐肉，何时粑软入味，只有神而明之，但是更重要的是要富于想象。想得到，才能做得出。我曾用家乡拌荠菜法凉拌菠菜。半大菠菜（太老太嫩都不行），入开水锅焯至断生，捞出，去根切碎，入少盐，挤去汁，与香干（北京无香干，以熏干代）细丁、虾米、蒜末、姜末一起，在盘中抟成宝塔状，上桌后淋以麻酱油醋，推倒拌匀。有余姚作家尝后，说是“很像马兰头”。这道菜成了我家待不速之客的应急的保留节目。有一道菜，敢称是我的发明：塞肉回锅油条。油条切段，寸半许长，肉馅剁至成泥，入细葱花、少量榨菜或酱瓜末拌匀，塞入油条段中，入半开油锅重炸。嚼之酥碎，真可声动十里人。

我很欣赏《杨恽报孙会宗书》:“田彼南山，芜秽不治。种一顷豆，落而为萁。人生行乐耳，须富贵何时。”“人生行乐耳，须富贵何时”，说得何等潇洒。不知道为什么，汉宣帝竟因此把他腰斩了，我一直想不透。这样的话，也不许说么?

本命年和岁交春

今年是猴年，我属猴，是我的本命年。北方把本命年很当一回事，以为是个“坎儿”，这一年要系一条红裤腰带。南方似无此说道。全国属猴的约占十二分之一。即使这一年对属猴的都不利，那么倒霉的也只是十二分之一的人口，小意思！

今年又是“岁交春”，大年初一立春。语云：“千年难得龙华会，万年难得岁交春”，难得的。据说岁交春大吉大利，这一年会风调雨顺，国泰民安。

假如猴年对我不利，而岁交春则非常吉利，那么，至少可以两抵。

北方人，尤其是北京人，很重视立春，那天要吃春饼。生葱、嫩韭、炒豆芽、炒菠菜、炒鸡蛋，与清酱肉、腊鸭，卷于薄面饼中食之。很好吃。管他吉利不吉利，今年初一，我下定决心：吃一次春饼！

旧病杂忆

对口

那年我还小，记不清是几岁了。我母亲故去后，父亲晚上带着我睡。我觉得脖子后面不舒服。父亲拿灯照照，肿了，有一个小红点。半夜又照照，有一个小桃子大了。天亮再照照，有一个莲子盅大了。父亲说：坏了，是对口！

"对口"是长在第三节颈椎处的恶疮，因为正对着嘴，故名"对口"，又叫"砍头疮"。过去刑人，下刀处正在这个地方。——杀头不是乱砍的，用刀在第三颈节处使巧劲一推，脑袋就下来了，"身首异处"。"对口"很厉害，弄不好会把脖子烂通。——那成什么样子！

父亲拉着我去看张冶青。张冶青是我父亲的朋友，是西医外科医生，但是他平常极少为人治病，在家闲居。他叫我趴在茶几上，看了看，哆里哆嗦地找出一包手术刀，挑了一把，在酒精灯上烧了烧。这位张先生，连麻药都没有！我父亲在我嘴里塞了一颗蜜枣，我还没有一点准备，只听得"呼"的一声，张先生已经把我的对口豁开了。他怎么挤脓挤血，我都没看见，因为我趴着。他拿出一卷绷带，搓成条，蘸上药，——好像主要就是凡士林，用一个镊子一截一截塞进我的刀口，好长一段！这是我看见的。我没有觉得疼，因为这个对口已经熟透了，只觉得往里塞绷带时怪痒痒。都塞进去了，发胀。

我的蜜枣已经吃完了，父亲又塞给我一颗，回家！

张先生嘱咐第二天去换药。把绷带条抽出来，再用新的蘸了药的绷带条塞进去。换了三四次。我注意塞进去的绷带条越来越短了。不几天，就收口了。

张先生对我父亲说："令郎真行，哼都不哼一声！"干吗要哼呢？我没觉得怎么疼。

以后，我这一辈在遇到生理上或心理上的病痛时，我很少哼哼。难免要哼，但不是死去活来，弄得别人手足无措，惶惶不安。

现在我的后颈至今还落下了个疤拉。

衔了一颗蜜枣，就接受手术，这样的人大概也不多。

疟疾

我每年要发一次疟疾，从小学到高中，一年不落，而且有准季节。每年桃子一上市的时候，就快来了，等着吧。

有青年作家问爱伦堡：头疼是什么感觉？他想在小说里写一个人头疼。爱伦堡说：这么说你从来没有头疼过，那你真是幸福！头疼的感觉是没法说的。中国（尤其是北方）很多人是没有得过疟疾的。如果有一位青年作家叫我介绍一下疟疾的感觉，我也没有办法。起先是发冷，来了！大老爷升堂了！——我们那里把疟疾开始发作，叫作"大老爷升堂"，不知是何道理。赶紧钻被窝。冷！盖了两床厚棉被还是冷，冷得牙齿得得地响。冷过了，发热，浑身发烫。而且，剧烈地头疼。有一首散曲咏疟疾："冷时节似冰凌上坐，热时节似蒸笼里卧，疼时节疼得天灵破，天呀天，似这等寒来暑往人难过！”反正，这滋味不大好受。好了！出汗了！大汗淋漓，内衣湿透，遍体轻松，疟疾过去了，“大老爷退堂”。擦擦额头的汗，饿了！坐起来，粥已经煮好了，就一碟甜酱小黄瓜，喝粥。香啊！

杜牧诗云：“忍过事则喜”，对于疟疾也只有忍之一法。挺挺，就过来了，也吃几剂汤药（加减小柴胡汤之类），不管事。发了三次之后，都还是吃“蓝印金鸡纳霜”（即奎宁片）解决问题。我父亲说我是阴虚，有一年让我吃了好些海参。每天吃海参，真不错！不过还是没有断根。一直到一九三九年，生了一场恶性疟疾，我身体内部的“古老又古老的疟原虫”才跟我彻底告别。

恶性疟疾是在越南得的。我从上海坐船经香港到河内，乘滇越铁路火车到昆明去考大学。到昆明寄住在同济中学的学生宿舍里，通过一个间接的旧日同学的关系。住了没有几天，病倒了。同济中学的那个学生把我弄到他们的校医室，验了血，校医说我血里有好几种病菌，包括伤寒病菌什么的，叫赶快送医院。

到医院，护士给我量了量体温，体温超过四十度。护士二话不说，先给我打了一针强心针。我问：“要不要写遗书？”

护士嫣然一笑：“怕你烧得太厉害，人受不住！”

抽血，化验。

医生看了化验结果，说有多种病菌潜伏，但是主要问题是恶性疟疾。开了注射药针。过了一会，护士拿了注射针剂来。我问：是什么针？

“606”。

我赶紧声明，我生的不是梅毒，我从来没有……

“这是治疗恶性疟疾的特效药。奎宁、阿脱平，对你已经不起作用。”

606，疟原虫、伤寒菌，还有别的不知什么菌，在我的血管里混战一场。最后是606胜利了。病退了，但是人很“吃亏”，医生规定只能吃藕粉。藕粉这东西怎么能算是“饭”呢？我对医院里的藕粉印象极不佳，并从此在家里也不吃藕粉。后来可以喝蛋花汤。蛋花汤也不能算饭呀！

我要求出院，医生不准。我急了，说，我到昆明是来考大学的，明天就是考期，不让我出院，那怎么行！

医生同意了。

喝了一肚子蛋花汤，晕晕乎乎地进了考场。天可怜见，居然考取了！

自打生了一次恶性疟疾，我的疟疾就除了根，半个多世纪以来，没有复发过。也怪。

牙疼

我从大学时期，牙就不好。一来是营养不良，饥一顿，饱一顿；二来是不讲口腔卫生。有时买不起牙膏，常用食盐、烟灰胡乱地刷牙。又抽烟，又喝酒。于是牙齿龋蛀，时常发炎，——牙疼。牙疼不很好受，但不至于像契诃夫小说《马姓》里的老爷一样疼得吱哇乱叫。“牙疼不是病，疼起来要人命”，不见得。我对牙疼泰然置之，而且有点幸灾乐祸地想：我倒看你疼出一朵什么花来！我不会疼得“五心烦躁”，该咋着还咋着。照样活动。腮帮子肿得老高，还能谈笑风生，语惊一座。牙疼于我何有哉！

不过老疼，也不是个事。有一只槽牙，已经活动，每次牙疼，它是祸始。我于是决心拔掉它。昆明有一个修女，又是牙医，据说治牙很好，又收费甚低，我于是攒借了一点钱，想去找这位修女。她在一个小教堂的侧门之内“悬壶”。不想到了那里，侧门紧闭，门上贴了一个字条：修女因事离开昆明，休诊半个月。我当时这个高兴呀！王子猷雪夜访戴，乘兴而去，兴尽而归，何必见戴！我拿了这笔钱，到了小西门马家牛肉馆，要了一盘冷拼，四两酒，美美地吃了一顿。

昆明七年，我没有治过一次牙。

在上海教书的时候，我听从一个老同学母亲的劝告，到她熟识的私人开业的牙医处让他看看我的牙。这位牙科医生，听他的姓就知道是广东人，姓麦。他拔掉我的早已糟朽不堪的槽牙。他的“手艺”（我一直认为治牙镶牙是一门手艺）如何，我不知道，但是我对他很有好感，因为他的候诊室里有一本A·纪德的《地粮》。牙科医生而读纪德，此人不俗！

到了北京，参加剧团，我的牙越发地不行，有几颗跟我陆续辞行了。有人劝我去装一副假牙，否则尚可效力的牙齿会向空缺的地方发展。通过一位名琴师的介绍，我去找了一位牙医。此人是京剧票友，唱大花脸。他曾为马连良做过一枚内外纯金的金牙。他拔掉我的两颗一提溜就下来的病牙，给我做了一副假牙。说：“你这样就可以吃饭了，可以说话了。”我还是应该感谢这位票友牙医，这副假牙让我能吃爆肚，虽然我觉得他颇有江湖气，不像上海的麦医生那样有书卷气。

“文化大革命”中，我正要出剧团的大门，大门“哐”地一声被踢开，正摔在我的脸上。我当时觉得嘴里乱七八糟！吐出来一看，我的上下四颗门牙都被震下来了，假牙也断成了两截。踢门的是一个翻跟头的武戏演员，没有文化。就是他，有一天到剧团来大声嚷嚷：“同志们！告诉你们一个好消息，往后吃油饼便宜了！”——“怎么啦？”——“大庆油田出油了！”这人一向是个冒失鬼。剧团的大门是可以里外两面开的玻璃门，玻璃上糊了一层报纸，他看不见里面有人出来。这小子不推门，一脚踹开了。他直道歉：“对不起！对不起！”我说：“没事儿！没事儿！你走吧！”对这么个人，我能说什么呢？他又不是有心。掉了四颗门牙，竟没有流一滴血，可见这四颗牙已经衰老到什么程度，掉了就掉了吧。假牙左边半截已经没有用处，右边的还能凑合一阵。我就把这半截假牙单摆浮搁地安在牙床上，既没有钩子，也没有套子，嗨，还真能嚼东西。当然也有不方便处：一，不能吃脆萝卜（我最爱吃萝卜）；二、不能吹笛子了（我的笛子原来是吹得不错的）。

这样对付了好几年。直到一九八六年我随中国作家代表团访问香港前，我才下决心另装一副假牙。有人跟我说："瞧你那嘴牙，七零八落，简直有伤国体！"

我找到一个小医院，建筑工人医院。医院的一个牙医师小宋是我的读者，可以不用挂号、排队，进门就看。小宋给我检查了一下，又请主任医师来看看。这位主任用镊子依次掰了一下我的牙，说"都得拔了。全部'二度动摇'。做一副满口。这么凑合，不行。做一副，过两天，又掉了，又得重做，多麻烦！"我说："行！不过再有一个月，我就要到香港去，拔牙、安牙，来得及吗？"——"来得及。"主任去准备麻药，小宋悄悄跟我说："我们主任，是在日本学的。她的劲儿特别大，出名的手狠。"我的硕果仅存的十一颗牙，一个星期，分三次，全部拔光。我于拔牙，可谓曾经沧海，不在乎。不过拔牙后还得修理牙床骨，——因为牙掉的先后不同，早掉的牙床骨已经长了突起的骨质小骨朵，得削平了。这位主任真是大刀阔斧，不多一会，就把我的牙骨铲平了。小宋带我到隔壁找做牙的技师小马，当时就咬了牙印。

一般拔牙后要经一个月，等伤口长好才能装假牙。但有急需，也可以马上就做，这有个专用名词，叫作"即刻"。

"即刻"本是权宜之计，小马让我从香港回来再去做一副。我从香港回来，找了小马，小马把我的假牙看了看，问我："有什么不舒服吗？"——"没有。"——"那就不用再做了，你这副很好。"

我从拔牙到装上假牙，一共才用了两个星期，而且一次成功，少有。这副假牙我一直用到现在。

常见很多人安假牙老不合适，不断修理，一再重做，最后甚至就不再戴。我想，也许是因为假牙做得不好，但是也由于本人不能适应，稍不舒服，即觉得别扭。要能适应。假牙嘛，哪能一下就合适，开头总会格格不入的。慢慢地，等牙床和假牙已经严丝合缝，浑然一体，就好了。

凡事都是这样，要能适应、习惯、凑合。

我的父亲

我父亲行三。我的祖母有时叫他的小名“三子”。他是阴历九月初九重阳节那天生的，故名菊生（我父亲那一辈生字排行，大伯父名广生，二伯父名常生）。字淡如。他作画时有时也题别号：亚痴、灌园生……他在南京读过旧制中学。所谓旧制中学大概是十年一贯制的学堂。我见过他在学堂时用过的教科书，英文是纳氏文法，代数几何是线装的有光纸印的，还有“修身”什么的。他为什么没有升学，我不知道。“旧制中学生”也算是功名。他的这个“功名”我在我的继母的“铭旌”上见过，写的是扁宋体的泥金字，所以记得。什么是“铭旌”。看《红楼梦》贾府办秦可卿丧事那回就知道，我就不噜苏了。

我父亲年轻时是运动员。他在足球校队踢后卫。他是撑杆跳选手，曾在江苏全省运动会上拿过第一。他又是单杠选手。我还见过他在天王寺外边驻军所设置的单杠上表演过空中大回环两周，这在当时是少见的。他练过武术，腿上带过铁砂袋。练过拳，练过刀，枪。我见他施展过一次武功，我初中毕业后，他陪我到外地去投考高中，在小轮船上，一个初来的侦缉队以检查为名勒索乘客的钱财。我父亲一掌，把他打得一溜跟头，从船上退过跳板，一屁股坐在码头上。我父亲平常温文尔雅，我还没见过他动手打人，而且，真有两下子！我父亲会骑马。南京马场有一匹劣马，咬人，没人敢碰它，平常都用一截粗竹筒套住他的嘴。我父亲偷偷解开缰绳，一蹁腿骑了上去。一趟马道子跑下来，这马老实了。父亲还会游泳，水性很好。这些，我都不知道他是什么时候学的。

从南京回来后，他玩过一个时期乐器。他到苏州去了一趟，买回来好些乐器，笙箫管笛、琵琶、月琴、拉秦腔的胡胡、扬琴，甚至还有大小唢呐。唢呐我从未见他吹过。这东西吵人，除了吹鼓手、戏班子，一般玩乐器人都不在家里吹。一把大唢呐，一把小唢呐（海笛）一直放在他的画室柜橱的抽屉里。我们孩子们有时翻出来玩。没有哨子，吹不响，只好把铜嘴含在嘴里，自己呜呜作声，不好玩！他的一支洞箫、一支笛子，都是少见的上品。洞箫箫管很细，外皮作殷红色，很有年头了。笛子不是缠丝涂了一节一节黑漆的，是整个笛管擦了荸荠紫漆的，比常见的笛子管粗。箫声幽远，笛声圆润。我这辈子吹过的箫笛无出其右者。这两支箫笛不是从乐器店里买的，是花了大价钱从私人手里买的。他的琵琶是很好的，但是拿去和一个理发店里换了。他拿回理发店的那面琵琶又脏又旧、油里咕叽的。我问他为什么要换了这么一面脏琵琶回来，他说："这面琵琶声音好！"理发店用一面旧琵琶换了他的几乎是全新的琵琶，当然乐意。不论什么乐器，他听听别人演奏，看看指法，就能学会，他弹过一阵古琴，说：都说古琴很难，其实没有什么。我的一个远房舅舅，有一把一个法国神父送他的小提琴，我父亲跟他借回来，鼓揪鼓揪，几天工夫，就能拉出曲子来，据我父亲说：乐器里最难，最要功夫的，是胡琴。别看它只有两根弦，很简单，越是简单的东西越不好弄。他拉的胡琴我拉不了，弓子硬，马尾多，滴的松香很厚，松香拉出一道很窄的深槽，我一拉，马尾就跑到深槽的外面来了。父亲不在家的时候我有时使劲拉一小段，我父亲一看松香就知道我动过他的胡琴了。他后来不大摆弄别的乐器了，只有胡琴是一直拉着的。

摒挡丝竹以后，父亲大部分时间用于画画和刻图章，他画画并无真正的师承，只有几个画友。画友中过从较密的是铁桥，是一个和尚，善因寺的方丈。我写的小说《受戒》里的石桥，就是以他为原型的。铁桥曾在苏州邓尉山一个庙里住过，他作画有时下款题为“邓尉山僧”。我父亲第二次结婚，娶我的第一个继母，新房里就挂了铁桥的一个条幅，泥金纸，上角画了几枝桃花，两只燕子，款题“淡如仁兄嘉礼弟铁桥写贺”。在新房里挂一幅和尚的画，我的父亲可谓全无禁忌；这位和尚和俗人称兄道弟，也真是不拘礼法。我上小学的时候，就觉得他们有点“胡来”。这条画的两边还配了我的一个舅舅写的一幅虎皮宣的对子：“蝶欲试花犹护粉，莺初学啭尚羞簧”，我后来懂得对联的意思了，觉得实在很不像话！铁桥能画，也能写。他的字写石鼓，画法任伯年。根据我的印象，都是相当有功力的。我父亲和铁桥常来往，画风却没有怎么受他的影响。也画过一阵工笔花卉。我们那里的画家有一种理论，画画要从工笔入手，也许是有道理的。扬州有一位专画菊花的画家，这位画家画菊按朵论价，每朵大洋一元。父亲求他画了一套菊谱，二尺见方的大册页。我有个姑太爷，也是画画的，说：“像他那样的玩法，我们玩不起！”兴化有一位画家徐子兼，画猴子，也画工笔花卉。我父亲也请他画了一套册页。有一开画的是罂粟花，薄瓣透明，十分绚丽。一开是月季，题了两行字：“春水蜜波为花写照”。“春水”“蜜波”是月季的两个品种，我觉得这名字起得很美，一直不忘。我见过父亲画工笔菊花，原来花头的颜色不是一次敷染，要“加”几道。扬州有菊花名种“晓色”，父亲说这种颜色最不好画。“晓色”，很空灵，不好捉摸。他画成了，我一看，是晓色！他后来改了画写意，用笔略似吴昌硕，照我看，我父亲的画是有功力的，但是“见”得少，没有行万里路，多识大家真迹。受了限制。他又不会做诗，题画多用前人陈句，故布局平稳，缺少创意。

父亲刻图章，初宗浙派，清秀规矩。他年轻时刻过一套《陋室铭》印谱，有几方刻得不错，但是过于著意，很拘谨。有“兰带”“折钉”，都是“做”出来的。有一方“草色入帘青”是双钩，我小时觉得很好看，稍大，即觉得纤巧小气。《陋室铭》印谱只是他初学刻印的成绩。三十多岁后，渐渐豪放，以治汉印为主。他有一套端方的《匋斋印存》，经常放在案头。有时也刻浙派少印。我记得他给一个朋友张仲陶刻过一块青田涑石小长方印，文曰“中匋”，实在漂亮。“中匋”两字也很好安排。

刻印的人多喜藏石。父亲的石头是相当多的，他最心爱的是三块田黄，我在小说《岁寒三友》中写的靳彝甫的三块田黄，实际上写的是我父亲的三块图章。

他盖章用的印泥是自己做的。用的是“大劈砂”，这是朱砂里最贵重的。大劈砂深紫色的，片状，制成印泥，鲜红夺目。他说见过一些明朝画，纸色已经灰暗，而印色鲜明不变。大劈砂盖的图章可以“隐指”，即用手指摸摸，印文是鼓出的。他的画室的书橱里摆了一列装在玻璃瓶的大劈砂和陈年的蓖麻子油，蓖麻油是调印色用的。

我父亲手很巧，而且总是活得很有兴致。他会做各种玩意。元宵节，他用通草（我们家开药店，可以选出很大片的通草）为瓣，用画牡丹的西洋红（西洋红很贵，齐白石作画，有一个时期，如用西洋红，是要加价的）染出深浅，做成一盏荷花灯，点了蜡烛，比真花还美。他用蝉翼笺染成浅绿，以铁丝为骨，做了一盏纺织娘灯，下安细竹棍。我和姐姐提了，举着这两盏灯上街，到邻居家串门，好多人围着看，清明节前，他糊风筝。有一年糊了一只蜈蚣（我们那里叫“百脚”），是绢糊的，他用药店里称麝香用的小戥子约蜈蚣两边的鸡毛，——鸡毛必须一样重，否则上天就会打滚。他放这只蜈蚣不是用的一般线，是胡琴的老弦。我们那里用老弦放风筝的，家父实为第一人（用老弦放风筝，风筝可以笔直地飞上去，没有“肚子”。）他带了几个孩子在傅公桥麦田里放风筝。这时麦子尚未

"起身"，是不怕踩的，越踩越旺。春服既成，惠风和畅，我父亲这个孩子头带着几个孩子，在碧绿的麦垅间奔跑呼叫，为乐如何？我想念我的父亲（我现在还常常梦见他），想念我的童年，虽然我现在是七十二岁，皤然一老了。夏天，他给我们糊养金铃子的盒子。他用钻石刀把玻璃裁成一小块一小块，再合拢，接缝处用皮纸糨糊固定，再加两道细蜡笺条，成了一只船、一座小亭子、一个八角玲珑玻璃球，里面养着金铃子。隔着玻璃，可以看到金铃子在里面爬，吃切成小块的梨，张开翅膀"叫"。秋天，买来拉秧的小西瓜，把瓜瓤掏空，在瓜皮上镂刻出很细致的图案，做成几盏西瓜灯，西瓜灯里点了蜡烛，撒下一片绿光，父亲鼓捣半天，就为让孩子高兴一晚上。我的童年是很美的。

我母亲死后，父亲给她糊了几箱子衣裳，单夹皮棉，四时不缺。他不知从哪里搜罗来各种颜色，砑出各种花样的纸。听我的大姑妈说，他糊的皮衣跟真的一样，能分出滩羊、灰鼠。这些衣服我没看见过，但他用剩的色纸，我见过。我们用来折"手工"。有一种纸，银灰色，正像当时时兴的"慕本缎子"。

我父亲为人很随和，没架子。他时常周济穷人，参与一些有关公益的事情。因此在地方上人缘很好。民国二十年发大水，大街成了河。我每天看见他蹚着齐胸的水出去，手里横执了一根很粗的竹篙，穿一身直罗褂，他出去，主要是办赈济。我在小说《钓鱼的医生》里写王淡人有一次乘了船，在腰里系了铁链，让几个水性很好的船工也在腰里系了铁链，一头拴在王淡人的腰里，冒着生命危险，渡过激流，到一个被大水围困的孤村去为人治病，这写的实际是我父亲的事。不过他不是去为人治病，而是去送"华洋义赈会"发来的面饼（一种很厚的面饼，山东人叫"锅盔"）。这件事写进了地方上人送给我祖父的六十寿序里，我记得很清楚。

父亲后来以为人医眼为职业。眼科是汪家祖传。我的祖父、大伯父都会看眼科。我不知道父亲懂眼科医道。我十九岁离开家乡，离乡之前，我没见过他给人看眼睛。去年回乡，我的妹婿给我看了一册父亲手抄的眼科医书，字很工整，是他年轻时抄的。那么，他是在眼科上下过功夫的。听说他的医术还挺不错。有一邻居的孩子得了眼疾，双眼肿得像桃子，眼球红得像大红缎子。父亲看过，说不要紧。他叫孩子的父亲到阴城（一片乱葬坟场，很大，很野，据说韩世忠在这里打过仗）去捉两个大田螺来。父亲在田螺里倒进两管鹅翎眼药，两撮冰片，把田螺扣在孩子的眼睛上，过了一会田螺壳裂了。据那个孩子说，他睁开眼，看见天是绿的。孩子的眼好了。一生没有再犯过眼病。田螺治眼，我在任何医书上没看见过，也没听说过。这个“孩子”现在还在，已经五十几岁了。是个理发师傅。去年我回家乡，从他的理发店门前经过，那天，他又把我父亲给他治眼的经过，向我的妹婿详细地叙述了一次。这位理发师傅希望我给他的理发店写一块招牌。当时我很忙，没有来得及给他写。我会给他写的。一两天就写了托人带去。

我父亲配制过一次眼药。这个配方现在还在，但是没有人配得起，要几十种贵重的药，包括冰片、麝香、熊胆、珍珠……珍珠要是人戴过的。父亲把祖母帽子上的几颗大珠子要了去。听我的第二个继母说，他制药极其虔诚，三天前就洗了澡（“斋戒沐浴”），一个人住在花园里，把三道门都关了，谁也不让去。

父亲很喜欢我。我母亲死后，他带着我睡。他说我半夜醒来就笑。那时我三岁（实年）。我到江阴去投考南菁中学，是他带着我去的。住在一个市庄的栈房里，臭虫很多。他就点了一支蜡烛，见有臭虫，就用蜡烛油滴在它身上。第二天我醒来，看见席子上好多好多蜡烛油点子。我美美地睡了一夜，父亲一夜未睡。我在昆明时，他还在信封里用玻璃纸包了一小包“虾松”寄给我过。我父亲很会做菜，而且能别出心裁。我的祖父春天忽然想吃螃蟹。这时候哪里去找螃蟹？父亲就用瓜鱼（即水仙鱼），给他伪造了一盘螃蟹，据说吃起来跟真螃蟹一样。“虾松”是河虾剁成米大小粒，掺以小酱瓜丁，入温油炸透。我也吃过别人做的“虾松”，都比不上我父亲的手艺。

我很想念我的父亲，现在还常常做梦梦见他。我的那些梦本和他不相干，我梦里的那些事，他不可能在场，不知道怎么会搀和进来了。

我的母亲

我父亲结过三次婚。我的生母姓杨。我不知道她的学名。杨家不论男女都是排行的。我母亲那一辈“遵”字排行，我母亲应该叫杨遵什么。前年我写信问我的姐姐，我们的母亲叫什么。姐姐回信说：叫“强四”。我觉得很奇怪，怎么叫这么个名呢？是小名么？也不大像。我知道我母亲不是行四。一个人怎么会连自己母亲的名字都不知道呢？因为我母亲活着的时候我太小了。

我三岁的时候，母亲就故去了。我对她一点印象都没有。她得的是肺病，病后即移住在一个叫“小房”的房间里，她也不让人把我抱去看她。我只记得我父亲用一个煤油箱自制了一个炉子。煤油箱横放着，有两个火口，可以同时为母亲熬粥，熬参汤、燕窝，另外还记得我父亲雇了一只船陪她到淮城去就医，我是随船去的。还记得小船中途停泊时，父亲在船头钓鱼，我记得船舱里挂了好多大头菜。我一直记得大头菜的气味。

我只能从母亲的画像看看她。据我的大姑妈说，这张像画得很像。画像上的母亲很瘦，眉尖微蹙。样子和我的姐姐很相似。

我母亲是读过书的。她病倒之前每天还写一张大字。我曾在我父亲的画室里找出一摞母亲写的大字，字写得很清秀。

前年我回家乡，见着一个老邻居，她记得我母亲。看见过我母亲在花园里看花。——这家邻居和我们家的花园只隔一堵短墙。我母亲叫她“小新娘子”。“小新娘子，过来过来，给你一朵花戴。”我于是好像看见母亲在花园里看花，并且觉得她对邻居很和善。这位“小新娘子”已经是八十多岁的老太太了！

我还记得我母亲爱吃京冬菜。这东西我们家乡是没有的，是托做京官的亲戚带回来的，装在陶制的罐子里。

我母亲死后，她养病的那间“小房”锁了起来，里面堆放着她生前用的东西，全部嫁妆，——“摞橱”、皮箱和铜火盆，朱漆的火盆架子……我的继母有时开锁进去，取一两样东西，我跟着进去看过。“小房”外面有一个小天井。靠南有一个秋叶形的小花台。花台上开了一些秋海棠。这些海棠自开自落，没人管它。花很伶仃，但是颜色很红。

我的第一个继母娘家姓张。她们家原来在张家庄住，是个乡下财主。后来在城里盖了房子，才搬进城来。房子是全新的，新砖，新瓦，油漆的颜色也都很新。没有什么花木，却有一片很大的桑园。我小时就觉得奇怪，又不养蚕，种那么多桑树做什么？桑树都长得很好，干粗叶大，是湖桑。

我的继母幼年丧母，她是跟姑妈长大的，姑妈家姓吴。继母的姑妈年轻守寡。她住的房子二梁上挂着一块匾，朱地金字：“松贞柏节”，下款是“大总统题”。这大总统不知是谁，是袁世凯？还是黎元洪？吴家家境不富裕，住的房子是张家的三间偏房。老姑奶奶有两个儿子，一个叫大和子，一个叫小和子。两个儿子都没上学校，念了几年私塾，专学珠算。同年龄的少年学“鸡兔同笼”，他们却每天打“归除”“斤求两，两求斤”。他们是准备到钱庄去学生意的。

我的继母归宁，也到她的继母屋里坐坐，但大部分时间都在这三间偏房里和姑妈在一起。我父亲到老丈人那边应酬应酬，说些淡话，也都在“这边”陪姑妈闲聊。直到“那边”来请坐席了，才过去。

继母身体不好。她婚前咳嗽得很厉害，和我父亲拜堂时是服用了一种进口的杏仁露压住的。

她是长女，但是我的外公显然并不钟爱她。她的陪嫁妆奁是不丰的。她有时准备出门做客，才戴一点首饰。比较好的首饰是副翡翠耳环。有一次，她要带我们到外公家拜年，她打扮了一下，换了一件灰鼠的皮袄。我觉得她一定会冷。这样的天气，穿一件灰鼠皮袄怎么行呢？然而她只有一件皮袄。我忽然对我的继母产生一种说不出来的感情。我可怜她，也爱她。

后娘不好当。我的继母进门就遇到一个局面，“前房”（我的生母）留下三个孩子：我姐姐，我，还有一个妹妹。这对于“后娘”当然会是沉重的负担。上有婆婆，中有大姑子，小姑子，还有一些亲戚邻居，她们都拿眼睛看着，拿耳朵听着。

也许我和娘（我们都叫继母为娘）有缘，娘很喜欢我。

她每次回娘家，都是吃了晚饭才回来。张家总是叫了两辆黄包车，姐姐和妹妹坐一辆，娘搂着我坐一辆。张家有个规矩（这规矩是很多人家都有的），姑娘回自己婆家，要给孩子手里拿两根点着了的安息香。我于是拿着两根安息香，偎在娘怀里。黄包车慢慢地走着。两旁人家、店铺的影子向后移动着，我有点迷糊。闻着安息香的香味，我觉得很幸福。

小学一年级时，冬天，有一天放学回家，我大便急了，憋不住，拉在裤子里了（我记得我拉的屎是热腾腾的）。我兜着一裤兜屎，一扭一扭地回了家。我的继母一闻，二话没说，赶紧烧水，给我洗了屁股。她把我擦干净了，让我围着棉被坐着。接着就给我洗衬裤刷棉裤。她不但没有说我一句，连眉头都没有皱一下。

我妹妹长了头虱，娘煎了草药给她洗头，用篦子给她篦头发。张氏娘认识字，念过《女儿经》。《女儿经》有几个版本，她念过的那本，她从娘家带了过来，我看过。里面有这样的句子："张家长，李家短，别人的事情我不管。"她就是按照这一类道德规范做人的。她有时念经：《金刚经》《心经》《高王经》。她是为她的姑妈念的。

她做的饭菜有些是乡下做法，比如番瓜（南瓜）熬面疙瘩、煮百合先用油炒一下。我觉得这样的吃法很怪。

她死于肺病。

我的第二个继母姓任。任家是邵伯大地主，庄园有几座大门，庄园外有壕沟吊桥。

我父亲是到邵伯结的婚。那年我已经十七岁，读高二了。父亲写信给我和姐姐，叫我们去参加他的婚礼。任家派一个长工推了一辆独轮车到邵伯码头来接我们。我和姐姐一人坐一边。我第一次坐这种独轮车，觉得很有趣。

我已经很大了，任氏娘对我们很客气，称呼我是"大少爷"。我十九岁离开家乡到昆明读大学。一九八六年回乡，这时娘才改口叫我"曾祺"。——我这时已经六十六岁，也不是什么"少爷"了。

我对任氏娘很尊敬。因为她伴随我的父亲度过了漫长的很艰苦的沧桑岁月。

她今年八十六岁。

大莲姐姐

大莲姐姐可以说是我的保姆。她是我母亲从娘家带过来的。她在杨家伺候大小姐——我母亲，到了我们家“带”我。我们那里把女佣人都叫作“莲子”，“大莲子”“小莲子”。伺候我的二伯母的女佣人，有一个奇怪称呼，叫“高脚牌大莲子”。不知道怎么会这样称呼，可能是她的脚背特别高。全家都叫我的保姆为“大莲子”，只有我叫她“大莲姐姐”。

我小时候是个“惯宝宝”。怕我长不大，于是认了好几个干妈，在和尚庙、道士观里都记了名，我的法名叫“海鳌”。我还记得在我父亲的卧室的一壁墙上贴着一张八寸高五寸宽的梅红纸，当中一行字“三宝弟子求取法名海鳌”，两边各有一个字，一边是“皈”，一边是“依”。我大概是从这张记名红纸上才认得这个“皈”字的。因为是“惯宝宝”，才有一个保姆专门“看”我。大莲姐姐对我的姐姐和妹妹是不大管的，就管照看我一个人。

大莲姐姐对我母亲很有感情，对我的继母就有一种敌意。继母还没有过门，嫁妆先发了过来，新房布置好了。她拍拍一张小八仙桌，对我的姐姐说：“这是红木的，不是海梅的！”“海梅”别处不知叫什么，在我们那里是最贵重的木料。我母亲的嫁妆就是海梅的。她还教我们唱：

小白菜呀

地里黄呀……

我虽然很小，也觉得这不好。

大莲姐姐对我是很好。我小时不好好吃饭，老是围着桌子转，她就围着桌子追着喂我。不知要转多少圈，才能把半碗饭喂完。

晚上，她带着我睡。

我得了小肠疝气，有时发作，就在床上叫："大莲姐姐，我疼。"她就熬了草药，倒在一个痰盂里，抱我坐在上面熏。熏一会，坠下来的小肠就能收缩回去。她不知从哪里学到一些偏方，都试过。煮了胡萝卜，让我吃。我天天吃胡萝卜，弄得我到现在还不喜欢胡萝卜的味儿。把鸡蛋打匀了，用个秤锤烧红了，放在鸡蛋里，刺啦一声，鸡蛋熟了。不放盐，吃下去。真不好吃!

我上小学后，大莲姐姐辞了事，离开我们家。她好像在别的人家做了几年。后来，就不帮人了，住在臭河边一个白衣庵里。她信佛，听我姐姐说，她受过戒。并未剃去头发，只在头顶上剃了一块，烧的戒疤也少，头发长长了，拢上去，看不出来。她成了个"道婆子"。我们那里有不少这种道婆子。她们每逢那个庙的香期，就去"坐经"，——席地坐着，一坐一天。不管什么庙，是庙就"坐"。东岳庙、城隍庙，本来都是道士住持，她们不管，一屁股坐下就念"南无阿弥陀佛"，我放学回家，路过白衣庵，她有时看着我走过，有时也叫我到她那里去玩。白衣庵实在没有什么好"玩"的。这是一个小庵，殿上塑着十一尊白衣观音。天井东西各有一间小屋，大莲姐姐住东屋，西屋住的也是一个"带发修行"的道婆子。

她后来又和同善社、"理教劝戒烟酒会"的一些人混在一起。我们那里没有一贯道。如果有，她一定也会入一贯道的。她是什么都信的。

我的小学

我读的小学是县立第五小学，简称五小，在城北承天寺的旁边，五小有一支校歌。我在小说《徙》的开头提到这支校歌。歌词如下：

西挹神山爽气，
东来邻寺疏钟，
看吾校巍巍峻宇，
连云栉比列其中。
半城半郭尘嚣远，
无女无男教育同。
桃红李白，芬芳馥郁，
一堂济济坐春风。
愿少年，乘风破浪，
他日毋忘化雨功。

“神山爽气”是秦邮八景之一。“神山”即“神居山”，在高邮湖西，我没有去过，“爽气”也不知道是一种什么样子的气。“东来邻寺疏钟”的“邻寺”即承天寺。这倒是每天必须经过的。这是一座古寺，张士诚就是在承天寺称王的。张士诚攻下高邮在至正十三年（一三五三），称王在次年。那时就有这座寺了。以后也没听说重修过（我没见过重修碑记）。这也就是一个一般的寺庙。一个大雄宝殿，三世佛；殿后是站在鳌鱼头上的南海观音；西侧是罗汉堂，罗汉堂有一口大钟，我写的《幽冥钟》就是写的这口钟；东边是僧众的宿舍和膳堂，廊子上挂了一条很大的木头鱼，画出蓝色的鱼鳞，一口像倒挂的如意云头的铁磬，木鱼铁磬从来没听见敲响过。寺古房旧僧白头，佛像髹漆都暗淡了。看不出一点张士诚即位称王的痕迹。他在什么地方坐朝的呢？总不能在大雄宝殿上，也不会在罗汉堂里。

学校的对面，也就是承天寺的对面，是“天地坛”。原来大概是祭天地的地方，但我从小就没有见过祭过天地。这是一片很大的空地，安下一个足球场还有富余。天地坛四边有砖砌的围墙，但是除了五小的学生来踢球，跑步，可以说毫无用处。坛的四面长满了荒草，草丛中有枸杞，秋天结了很多红果子，我们叫它“狗奶子”。

“巍巍峻宇”“连云栉比”，实在过于夸张了。一个只有六个班的小学，怎么能有这样高大，这样多的房子呢！

学校门外的地势比校内高，进大门，要下一个慢坡，慢坡是“站砖”铺的。不是笔直的，而是有点弯。不知道为什么，我们对这道弯弯的慢坡很有感情。如果它是笔直的，就没有意思了。

慢坡的东端是门房，同时也是斋夫（校工）詹大胖子的宿舍。詹大胖子墙上挂着一架时钟，桌上有一把铜铃，一个玻璃匣子放着花生糖、芝麻糖，是卖给学生吃的。学校不许他卖，他还是偷偷地卖。

詹大胖子的房子的对面，隔着慢坡，是大礼堂。大礼堂的用处是做“纪念周”，开“同乐会”。平常日子，是音乐教室，唱歌。

大礼堂的北面是校园。校园里花木不多，比较突出的是一架很大的“十姊妹”。我对这个校园留下很深的印象是：有一年我们县境闹蝗虫，蝗虫一过，遮天蔽日，学校里遍地都是蝗虫，我们就见蝗虫就捉，到校园里用两块砖头当磨子，把蝗虫磨得稀烂，蝗虫太可恶了！

校园之北，是教务处。一个很大的房间，两边靠墙摆了几张三屉桌，供教员备课，批改学生作业。当中有一张相当大的会议桌。这张会议桌平常不开会，有一个名叫夏普天的教员在桌上画炭画像。这夏普天（不知道为什么，学生背后都不称他为“夏先生”，径称之为“夏普天”，有轻视之意）在教员中有其特别处。一是他穿西服（小学教员穿西服者甚少）；二是他在教小学之外还有一个副业：画像。用一个刻有方格的有四只脚的放大镜，放在一张照片上，在大张的画纸上画了经纬方格，看着放大镜，勾出铅笔细线条，然后用剪秃了的羊毫笔，蘸炭粉，涂出深浅浓淡。说是“涂”不大准确，应该说是“蹭”。我在小学时就知道这不叫艺术，但是有人家请他画，给钱。夏普天的画像真正只是谋生之术。夏家原是大族，后来败落了。夏普天画像，实非不得已。过了好多年，我才知道夏普天是我们县的最早的共产党员之一！夏普天给我的印象是：一个非常聪明的人。

教务处的北面是幼稚园。现在一般都叫幼儿园，我入园时叫幼稚园。五小设幼稚园是创举。这个幼稚园是全县第一个幼稚园。

幼稚园的房子是新盖的。一切都是新的。新砖，新瓦、新门、新窗。这座房子有点特别，是六角形的。进门，是一个宽敞明亮的大厅。铺着漆成枣红色的地板，用白漆画出一个很大的圆圈。这圆圈是为了让“小朋友”沿着唱歌跳舞而画出的。“小朋友”每天除了吃点心，大部分时间是唱歌跳舞。规定：上幼稚园的“小朋友”的家里都要预备一双“软底鞋”，——普通的布鞋，但是鞋底是几层布“绗”出来的软底。

幼稚园的老师是王文英，她是我们县里头一个从“幼稚师范”毕业的专业老师。整个幼稚园只有一个老师，教唱歌、跳舞都是她。我在幼稚园学过很多歌，有一些是“表演唱”。我至今记得的是《小羊儿乖乖》，母亲出去了，狼来了：

狼：小羊儿乖乖，
　　把门儿开开，
　　快点儿开开，
　　我要进来。
小羊：不开不开不能开，
　　　母亲不回来，
　　　谁也不能开。
狼：小兔子乖乖，
　　把门儿开开，
　　快点儿开开，
　　我要进来。
小兔：不开不开不能开，
　　　母亲不回来，
　　　谁也不能开。
狼：小螃蟹乖乖，
　　把门儿开开，
　　快点儿开开，
　　我要进来。
螃蟹：就开就开我就开——（开门）
狼：啊呜！（把小螃蟹吃了）
小羊、小兔：可怜小螃蟹，
　　　　　　从此不回来。

另外还有：

拉锯，送锯，
你来，我去。
拉一把，推一把，
哗啦哗啦起风啦。
小小狗，快快走；
小小猫，快快跑！

（王老师除了教唱，领着小朋友唱，还用一架风琴伴奏。）

幼稚园门外是一个游戏场，有一个沙坑，一架秋千，还有一个“巨人布”。一根粗大柱，半截埋在土里，柱顶有一个火炬形的顶子，顶与柱之间是铁的轴辊，柱顶牵出八条粗麻绳，小朋友各攥住一根麻绳，连跑几步，拳起腿一悠，柱顶即转动，小朋友能悠好多圈。我到现在还不知道这个游戏器械为什么叫“巨人布”。也许应该写成“巨人步”。这种游戏大概是从外国传进来的。

在全班小朋友中我是最受王老师宠爱的。我们那一班临毕业前曾在游戏场上照了一张合影。我骑在一头木马上。这是我第一次留了一回马上英姿（另外还有一个同学骑在一个灰色的木鸭子上，其他小朋友都蹲着，坐着）。

离开五小后很少和王老师见面。我十九岁离开家乡。和王老师不通音讯。她和我的初中国文老师张道仁先生结了婚，我也不知道。

一九八六年我回了一次故乡，带了两盒北京的果脯，去看张老师和王老师。我给张老师和王老师都写了一张字。给王老师写的是一首不文不白的韵文：

"小羊儿乖乖，

把门儿开开"，

歌声犹在，耳畔徘徊。

念平生美育，

从此培栽。

我今亦老矣，

白髭盈腮。

但师恩母爱，

岂能忘怀。

愿吾师康健，

长寿无灾。

这首"诗"使王老师哭了一个晚上。她对张先生说："我教了那么多学生，还没有一个来看看我的。"张先生非常感慨地再三说："师恩母爱！师恩母爱！……"他说王老师告诉他，我上幼稚园的时候还戴着我妈妈的孝。王老师不说，我还真不记得。

教务处和幼稚园的东面，是一、二、三、四年级教室。两排。两排教室之前是一片空地。空地的路边有几棵很大的梧桐。到了秋天，落了一地很大的梧桐叶。我很小的时候就知道"一叶落而天下惊秋"。而且不胜感慨。我们捡梧桐子。梧桐子炒熟了，是可以吃的，很香。

往后走，是五年级、六年级教室。这是另外一个区域，不仅因为隔着一个院子，有几棵桂花，而且因为五、六年级是"高年级"（一、二年级是初年级，三、四年级是中年级），到了这里俨然是"大人"了，不再是毛孩子了。

五年级教室在西边的平地上。教室外面是一口塘。塘里有鱼。常常看到有打鱼的来摸鱼，有时摸上很大的一条。从五年级的北窗伸出钓竿，就可以钓鱼。我有一次在窗里看着一条大黑鱼咬了钩，心里怦怦跳。不料这条大黑鱼使劲一挣，把钩线挣断了，它就带着很长的一截钓线游走了！

六年级教室在一座楼上。这楼是承天寺的旧物，年久失修，真是一座“危楼”，在楼上用力蹦跳，楼板都会颤动。然而它竟也不倒。

我小时了了。去年回乡，遇到一个小学同班姓许的同学（他现在是有名的中医），说我多年都是全班第一。他大概记得不准，我从三年级后算术就不好。语文（初中年级叫“国语”，高年级叫“国文”）倒是总是考第一的。

我觉得那时的语文课本有些篇是选得很好的。一年级开头虽然是“大狗跳，小狗叫”，后面却有《咏雪》这样的诗：

一片一片又一片，
两片三片四五片。
七片八片九十片，
飞入芦花都不见。

我学这一课时才虚岁七岁，可是已经能够感受到“飞入芦花都不见”的美。我现在写散文、小说所用的方法，也许是从“飞入芦花都不见”悟出的。

二年级课文中有两则谜语，其中一则是：

远观山有色，
近听水无声。
春去花还在，

人来鸟不惊。

谜底是：画。这对培养儿童的想象力是有好处的。

我希望教育学家能搜集各个时期的课本，研究研究，吸取有益的部分，用之今日。

教三、四年级语文的老师是周席儒。我记不得他教的课文了，但一直觉得他真是一个纯然儒者。他总是坐在三年级和四年级教室之间的一间小屋的桌上批改学生的作文，“判”大字。他判字极认真，不只是在字上用红笔画圈，遇有笔画不正处，都用红笔矫正。有“间架”不平衡的字，则于字旁另书此字示范。我是认真看周先生判的字而有所领会的。我的毛笔字稍具功力，是周先生砸下的基础。周先生非常喜欢我。

教五年级国文的是高北溟先生。关于高先生，我写过一篇小说《徙》。小说，自然有很多地方是虚构，但对高先生的为人治学没有歪曲。关于高先生，我在下一篇《初中》中大概还会提到，此处从略。

教六年级国文的是张敬斋，张先生据说很有学问，但是他的出名却是因为老婆长得漂亮，外号“黑牡丹”。他教我们《老残游记》，讲得有声有色。我留下印象最深的是大明湖上的对联：“四面荷花三面柳，一城山色半城湖”，这使我对济南非常向往。但是他讲“黑妞白妞说书”，文章里提到一个湖南口音的人发了一通议论，张先生也就此发了一通议论，说：为什么要说“湖南口音”呢？因为湖南话很蛮，俗说是“湖南骡子”。这实在是没有根据。我长大后到过湖南，从未听湖南人说自己是“骡子”。外省人也不叫湖南人是“湖南骡子”。不像外省人说湖北人是“九头鸟”，湖北人自己也承认。也许张先生的话有证可查，但我小时候就觉得他是胡说。不知道为什么，我对张先生的“歪批”总也忘不了。

我在五小颇有才名，是因为我的画画很不错。教我们图画的老师姓王，因为他有一个口头语："譬如"，学生就给他起了个外号："王譬如"。王先生有时带我们出校"野外写生"，那是最叫人高兴的事。常去的地方是运河堤，因为离学校很近。画得最多的是堤上的柳树，用的是六个B的铅笔。

一九九一年十月，我回高邮，见到同班同学许医生，他说我曾经送过他一张画：只用大拇指蘸墨，在纸上一按，加几笔犄角、四蹄、尾巴，就成了一头牛。大拇指有腡纹，印在纸上有牛毛效果。我三年级时是画过好些这种牛。后来就没有再画。

我对五小很有感情。每天上学，暑假、寒假还会想起到五小看看。夏天，到处长了很高的草。有一年寒假，大雪之后，我到学校去。大门没有锁，轻轻一推开了。没有一个人，连詹大胖子也不在。一片白雪，万籁俱静。我一个人踏雪走了一会，心里很感伤。

我十九岁离乡，六十六岁回故乡住了几天。我去看看我的母校：什么也没有了。承天寺、天地坛，都没有了。五小当然没有了。

这是我的小学，我亲爱的，亲爱的小学！

"愿少年，乘风破浪，

他日毋忘化雨功！"

我的初中

初中全名是高邮县立初级中学，是全县的最高学府。我们县过去连一所高中都没有。

地点在东门。原址是一个道观，名曰“赞化宫”。我上初中时，二门楣上还保留着“赞化宫”的砖额，字是《曹全碑》体隶书，写得不错，所以我才记得。

赞化宫的遗物只有：一个白石砌的圆形的放生池，池上有石桥。平日池干见底，连日大雨之后有水。东北角有一座小楼，原是供奉吕祖的。年久失修，岌岌可危。吕祖楼的对面有一土阜。阜上有亭，倒还结实。亭子的墙壁外面涂成红色。我们就叫它“小亭子”。亭之三面有圆形的窗洞。拳起两脚，坐在窗洞里，可以俯看墙外的土路。小亭之下长了相当大一丛紫竹。紫竹皮色深紫，极少见。我们县里好像只有这一丛紫竹。不知是何年，何人所种。小亭子左边有一棵楮树，我们那里叫“壳树”。楮树皮可造纸，但我们那里只是采其大叶以洗碗。因为楮叶有细毛，能去油腻。还有一棵很奇怪的树，叫“五谷树”，一棵结五种形状不同的小果子，我们家乡从哪一种果子结得多少，以占今年宜豆宜麦。

初中的主要房屋是新建的。靠南墙是三间教室，依次为初一、初二、初三，对面是教导处和教员休息室。初三教室之东，有一个圆门，门外有一座楼，两层。楼上是图书馆，主要藏书是几橱万有文库。楼下是“住读生”的宿舍，初中学生大部分是“走读”，有从四乡村镇来的学生，城区无亲友家可寄住，就住在学校里，谓之“住读”。

初中的主课是“英（文）、国（文）、算（数学）”。学期终了结算学生的总平均分数，也只计算这三门。

初一、初二的英文没有学到什么东西，因为教员不好。初三却有一门奇怪的课：“英文三民主义”。不知道这是国民党的统一规定，还是我们学校里特别设置的。教这一课的是校长耿同霖。耿同霖解放后被枪毙了，不知道他有什么罪恶，但他在当我们的校长时看不出有多坏。他有一个习惯，讲话或上课时爱用两手抹煞前胸。他老是穿一件墨绿色的毛料的夹袍。在我的想象里，他被枪毙时也是穿的这件夹袍。

初一、初二国文是高北溟先生教的。他的教学法大体如我在小说《徙》中所写的那样。有些细节是虚构的，如小说中写高先生编过一本《字形音义辨》，实际上他没有编过这样一本书，他只是让学生每周抄写一篇《字辨》上的字。但他编过一些字形的歌诀，如：“戌横、戍点、戊中空。”《国学常识》是编过一本讲义的，学生要背：“三坟五典八索九丘乾三连、坤六断、震仰盂、艮覆碗”……他讲书前都要朗读一遍。有时从高先生朗读的顿挫中学生就能体会到文义。“小子识之：苛政猛于虎也！永州之野产异蛇，黑质而白章……”他讲书，话不多，简明扼要。如讲《训俭示康》：“……‘厅事前仅容旋马’，闭目一想，就知道房屋有多狭小了。”这使我受到很大启发，对写小说有好处。小说的描叙要使读者有具体的印象。如果记录厅事的尺寸，即无意义。高先生教书很严，学生背不出来，是要打手心的。我的堂弟汪曾炜挨过多次打。因为他小时极其顽皮，不用功。曾炜后来发愤读书，现在是著名的心脏外科专家了。我的同班同学刘子平后来在高邮中学教书，和高先生是同事了。曾问过高先生：“你从前为什么对我们那么严？”高先生叹了一口气，说：“我现在想想，真也不必。”小说《徙》中写高先生在初中未能受聘，又回小学去教书了，是为了渲染高先生悲怆遭遇而虚构的，事实上高先生一直在高邮中学任教，直至寿终。

教初三国文的是张道仁先生。他是比较有系统地把新文学传到高邮来的。他是上海大夏大学毕业的。我在写给张先生的诗中有两句：“汲源来大夏，播火到小城”。一九八六年，我和张先生提起，他说他主要根据的是孙俍工的一本书。

教初二代数的是王仁伟先生。王先生少孤。他的父亲曾游食四方。王先生曾拿了一册他的父亲所画的册页，让我交给我父亲题字。我看了这套册页，都是记游之作。其中有驴、骡、骆驼，大概是在北方的时候多。王先生学历不高，没有上过大学。他的家境不宽裕，白天在学校上课，晚上还要在家里为十多个学生补习，够辛苦的。也许因为他的脾气不好，多疑而易怒，见人总是冷着脸子。我的代数不好。但王先生却很喜欢我。我有一次病了几天，他问我的堂哥汪曾浚（他和我同班）：“汪曾祺的病怎么样？”我那堂哥回答：“他死不了。”王先生大怒，说：“你死了我也不问！”

教初三几何的是顾调笙先生。他同时是教导主任。他是中央大学毕业的，中央大学是名牌国立大学，因此他看不起私立大学毕业的教员，称这种大学为“野鸡大学”，有时在课堂公开予以讥刺。他对我的几何加意辅导。因为他一心想培养我将来进中央大学，学建筑，将来当建筑师。学建筑同时要具备两种条件，一是要能画画，一是要数学好，特别是几何。我画画没有问题，数学——几何却不行。他在我身上花了很多工夫，没有效果，叹了一口气说：“你的几何是桐城派几何！”桐城派文章简练，而几何是要一步步论证的，我那种跳跃式的演算，不行！顾先生走路总是反抄着两手，因为他有点驼背，想用这种姿势纠正过来。他这种姿势显得人更为自负。

教美术的是张杰夫先生。“夫”字的行草似“大人”两个字合在一起，学生背后便称之为“杰大人”。他不是本地人，是盐城人，上海艺专毕业。他画水彩，也画国画。每天写大字一张，临《礼器碑》。《礼器碑》用笔结体都比较奇峭，高邮人不欣赏。他的业绩是开辟了一个图画教室，就在吕祖楼东边的一排闲房里。订制了画架，画板（是银杏木的）。我们这才知道画西洋画是要把纸钉在画板上斜立在画架上画的（过去我们画画都是把纸平放在桌子上画的）。三年级以后，画水彩画，我开始知道分层布色，知道什么叫“笔触”。我们画的次数最多的是鱼，两条鱼，放在瓷盘里。我们最有兴趣的是倒石膏模子。张先生性格有点孤僻，和本地籍的同事很少来往。算是知交的，只有一个常州籍教地理学的史先生。史先生教了一学年，离开了。张先生写了一首诗送他：“侬今送君人笑痴，他日送侬知是谁？”这是活剥《葬花词》，但是当时我们觉得写得很好，很贴切。大概当时的教员都有一点无端的感伤主义。

教音乐的也是一位姓张的先生，他的特别处是发给学生乐谱不是简谱，是五线谱；教了一些外国歌。我学会《伏尔加船夫曲》就是在那时候。张先生郁郁不得志，他学历不高，薪水也低。

东门外是刑场。出东门，有一道铁板桥，脚踏在上面，咚咚地响。桥下是水闸，闸上闸下落差很大，水声震耳，如同瀑布。这道桥叫作“掉魂桥”，说是犯人到了桥上，魂就掉了。过去刑人是杀头的。东门外南北大路也有四五个圆的浅坑，就是杀人的遗迹。据说，犯人跪在坑里，由刽子手从后面横切一刀，人头就落地了。后来都改成枪毙了，我们那里叫作“铳人”。在教室里上着课，听着凄厉的拉长音的号声，就知道：铳人了。一下课，我们就去看。犯人的尸首已经装在一具薄皮棺材里，抬到城墙外面的荒地里，地下一滩泛出蓝光的血。

东门之东，过一小石桥，有几间瓦房。原来大概是一个什么祠，后来成了耕种学田的农民的住家。瓦房外是打谷场。有一棵大桑树。桑树下卧着一头牛。不知道为什么，我一想起桑树和牛，就很感动，大概是因为看得太熟了。

城墙下是护城河，就是流经掉魂桥的河。沿河种了一排很大的柳树。柳树远看如烟，有风则起伏如浪。我第一次体会到什么是“烟柳”“柳浪”。感受到中国语言之美。可以这样说：这排柳树教会我怎样使用语言。

往南走，是东门宝塔。

除了到打谷场上看看，沿护城河走走，我们课余的活动主要有：爬城墙、跳河。

操场东面，隔一道小河，即是城墙。城墙外壁是砖砌的，内壁不封砖，只是夯土。内壁有一点坡度，但还是很陡。我们几乎每天搞一次登山运动。上了陡坡，手扶垛口，心旷神怡。然后由陡坡飞奔而下，这可是相当危险的，无法减速，下到平地收不住脚，就会一直窜到河里去。

操场北面，沿东城根到北城根，虽在城里，却很荒凉。人家不多，很分散。有一些农田，东一块，西一块，大大小小，很不规整。种的多是杂粮，豆子、油菜、大麦……地大概是无主的地，种地的也不正经地种，荒秽不治，靠天收。地块之间，芦荻过人。我曾经在一片开着金黄的菊形的繁花的茼蒿上面（茼蒿开花时高可尺半）看到成千上万的粉蝶，上下翻飞，真是叫人眼花缭乱。看到这种超常景象，叫人想狂叫。

这里有很多野蔷薇，一丛一丛，开得非常旺盛。野蔷薇是单瓣的，不耐细看，好处在多，而且，甜香扑鼻。我自离初中后，再也没有看到这样多的野蔷薇。

稍远处有一片杂木林。我有一次在林子里看到一个猎人。我从来没有看到过猎人。我们那里打鱼的很多，打猎的几乎没有。这个猎人黑瘦瘦的，眼睛很黑，他穿了一身黑的衣裤，小腿上缠了通红的绑腿。这个猎人给我一种非常猛厉的印象。他在追逐一只斑鸠。斑鸠已经发觉，它在逃避。斑鸠在南边的树头枝叶密处，猎人从北往南走。他走得从容不迫，一步，一步。快到树林南边。斑鸠一翅飞到北边树上。猎人又由南往北走，一步，一步。这是一种无声的紧张，持续的意志的角逐。我很奇怪，斑鸠为什么不飞出树林。这样往复多次，斑鸠慌神了，它飞得不稳了。一声枪响，斑鸠落地。猎人拾起斑鸠，放进猎袋，走了。他的大红的绑腿鲜明如火。我觉得斑鸠和猎人都很美。

这一片荒野上有一些纵横交错的小河。我们几乎每天来比赛“跳河”。起跑一段，纵身一跳，跳到对岸。河阔丈许，跳不好就会掉在河里，但我的记忆中似没有一人惨遭灭顶。

跳河有大王，大王名孙普，外号黑皮。他是多宽的河也敢跳的。

赞化宫之外，有一处房屋也是归初中使用的：孔庙。孔庙离赞化宫很近，往西三分钟即到。孔庙大门前有一个半圆形的“泮池”，常年有水，池上围以石栏。泮池南面是一片大坪场，整整齐齐地栽了很多松树，都已经很大了。孔庙的主体建筑是“明伦堂”，原是祭孔的地方，后来成了初中的大礼堂。至圣先师的牌位被请到原来住“训导”“教谕”的厢房里去了，原来供牌位的地方挂了孙中山。明伦堂的东西两壁挂了十六条彩印的条幅，都是民族英雄，有苏武牧羊、闻鸡起舞、班超投笔、木兰从军……其余的，记不得了。为什么要挂这样的画？这时“九一八”事变已经发生，全国上下抗战救国情绪高涨。我们的国文、历史课都增加培养民族意识的内容，作文也多出这方面的题目。有一次高北溟先生出了一道作文题：“救国策”，我那堂哥汪曾浚辟头写道：“国将亡，必欲救，此不易之理也。”他的名句我一直记得。他大概读了一些《东莱博议》之类的书，学会了这种调调。这有点可笑，一个初中学生能拿出什么救国之策呢？但是大敌当前，全民奋起，精神可贵。我到现在还觉得应该教初中、小学的学生背会《木兰词》，唱“苏武留胡节不辱”。这对培养青少年的情操和他们的审美意识，都是有好处的。

冬天

天冷了，堂屋里上了槅子。槅子，是春暖时卸下来的，一直在厢屋里放着。现在，搬出来，刷洗干净了，换了新的粉连纸，雪白的纸。上了槅子，显得严紧，安适，好像生活中多了一层保护。家人闲坐，灯火可亲。

床上拆了帐子，铺了稻草。洗帐子要捡一个晴朗的好天，当天就晒干。夏布的帐子，晾在院子里，夏天离得远了。稻草装在一个布套里，粗布的，和床一般大。铺了稻草，暄腾腾的，暖和，而且有稻草的香味，使人有幸福感。

不过也还是冷的。南方的冬天比北方难受，屋里不升火。晚上脱了棉衣，钻进冰凉的被窝里，早起，穿上冰凉的棉袄棉裤，真冷。

放了寒假，就可以睡懒觉。棉衣在铜炉子上烘过了，起来就不是很困难了。尤其是，棉鞋烘得热热的，穿进去真是舒服。

我们那里生烧煤的铁火炉的人家很少。一般取暖，只是铜炉子，脚炉和手炉。脚炉是黄铜的，有多眼的盖。里面烧的是粗糠。粗糠装满，铲上几铲没有烧透的芦柴火（我们那里烧芦苇，叫作“芦柴”）的红灰盖在上面。粗糠引着了，冒一阵烟，不一会，烟尽了，就可以盖上炉盖。粗糠慢慢延烧，可以经很久。老太太们离不开它。闲来无事，抹抹纸牌，每个老太太脚下都有一个脚炉。脚炉里粗糠太实了，空气不够，火力渐微，就要用“拨火板”沿炉边挖两下，把粗糠拨松，火就旺了。脚炉暖人。脚不冷则周身不冷。焦糠的气味也很好闻。仿日本俳句，可以作一首诗：“冬天，脚炉焦糠的香。”手炉较脚炉小，大都是白铜的，讲究的是银制的。炉盖不是一个一个圆窟窿，大都是镂空的松竹梅花图案。手炉有极小的，中置炭墼（煤炭研为细末，略加蜜，筑成饼状），以纸煤头引着。一个炭墼能经一天。

冬天吃的菜，有乌青菜、冻豆腐、咸菜汤。乌青菜塌棵，平贴地面，江南谓之“塌苦菜”，此菜味微苦。我的祖母在后园辟小片地，种乌青菜，经霜，菜叶边缘作紫红色，味道苦中泛甜。乌青菜与“蟹油”同煮，滋味难比。“蟹油”是以大螃蟹煮熟剔肉，加猪油“炼”成的，放在大海碗里，凝成蟹冻，久贮不坏，可吃一冬。豆腐冻后，不知道为什么是蜂窝状。化开，切小块，与鲜肉、咸肉、牛肉、海米或咸菜同煮，无不佳。冻豆腐宜放辣椒、青蒜。我们那里过去没有北方的大白菜，只有“青菜”。大白菜是从山东运来的，美其名曰“黄芽菜”，很贵。“青菜”似油菜而大，高二尺，是一年四季都有的，家家都吃的菜。咸菜即是用青菜腌的。阴天下雪，喝咸菜汤。

冬天的游戏：踢毽子，抓子儿，下“逍遥”。“逍遥”是在一张正方的白纸上，木版印出螺旋的双道，两道之间印出八仙、马、兔子、鲤鱼、虾……；每样都是两个，错落排列，不依次序。玩的时候各执铜钱或象棋子为子儿，掷骰子，如果骰子是五点，自“起马”处数起，向前走五步，是兔子，则可向内圈寻找另一个兔子，以子儿押在上面。下一轮开始，自里圈兔子处数起，如是六点，进六步，也许是铁拐李，就寻另一个铁拐李，把子儿押在那个铁拐李上。如果数至里圈的什么图上，则到外圈去找，退回来。点数够了，子儿能进终点（终点是一座宫殿式的房子，不知是月宫还是龙门），就算赢了。次后进入的为“二家”“三家”。“逍遥”两个人玩也可以，三个四个人玩也可以。不知道为什么叫作“逍遥”。

早起一睁眼，窗户纸上亮晃晃的，下雪了！雪天，到后园去折腊梅花、天竺果。明黄色的腊梅、鲜红的天竺果，白雪，生意盎然。腊梅开得很长，天竺果尤为耐久，插在胆瓶里，可经半个月。

舂粉子。有一家邻居，有一架碓。这架碓平常不大有人用，只在冬天由附近的一二十家轮流借用。碓屋很小，除了一架碓，只有一些筛子、箩。踩碓很好玩，用脚一踏，吱扭一声，碓嘴扬了起来，嘭的一声，落在碓窝里。粉子舂好了，可以蒸糕，做“年烧饼”（糯米粉为蒂，包豆沙白糖，作为饼，在锅里烙熟），搓圆子（即汤团）。舂粉子，就快过年了。

雪湖

下了两天雪，运河封了冻，轮船不能开，我们决定“起旱”，——从陆上步行。我们四个人，我，——一个放寒假回家的中学生，那三个是跑生意的买卖人。到了邵伯，他们建议“下湖”，从高邮湖上斜插到高邮。他们是老江湖，从湖上起旱已经不止一次，路很熟，远远的湖边的影影绰绰的村子，他们都能指认得出来。对我却是一种新鲜的经验。雪还在下，虽然不大，但是湖面洁白如玉，真是“白茫茫一片大地真干净”。

“高邮到邵伯，六十六”，斜插走湖面，也就是四五十里，今天下晚到高邮，没有问题。因此那三位跑生意的买卖人并不着急赶路。他们走一截，就停下来等等我。见我还不上来，他们就坐在结了冰、落了雪的湖面上坐下来吃牛肉干，喝酒。

我穿了棉衣棉裤，戴了一种护耳的毡帽——这种毡帽叫作“锅腔子”，还有个不好听的名字，叫“狗套头”。走了一程，“哈气”蒸到“狗套头”的帽檐，结冰。

我筋力还好，没有成了三位买卖人的累赘（他们对于“学生子”是很照顾的）。

看见琵琶闸了，县城已经不远。

琵琶闸外的河堤上，无人家，无店铺，只有一个小饭店。

我走进小饭店。小饭店只有一张桌子。墙上贴了一副写在“梅红纸”上的小对联，八个大字：

家常便饭

随意小酌

彩云聚散

焦叶白

我的祖父有几件心爱的宝贝，一到“闹兵荒”，就叫我的父亲用油布包好，埋在我母亲病逝前住的一个小院的地下，把小院的门用砖砌死。一是《云麾将军碑》；一是一块蕉叶白大端砚。还有一件是什么东西我不记得了。《云麾下军碑》是初拓本。流传的《云麾将军碑》都有残缺，此帖一字不残，当是宋拓，为海内孤本，故极珍贵。“蕉叶白”我没有见过，据父亲说是浅绿色的，难得的是叶脉纹理都是自然生成的，放在桌上，和一片芭蕉叶一模一样。这几件东西都是祖父从十八鹤来堂夏家的后人手里买下的。十八鹤来堂是夏之蓉的堂。夏之蓉是本县名臣，他做过多大的官我不甚了然，只知道他是桐城派古文大家，我小时曾背过他的一两篇文章。据说他建造厅堂时飞来十八只仙鹤，遂以“鹤来”作为堂名。夏之蓉死后，夏家逐渐衰败，后人只得靠变卖祖产为生。蕉叶白、《云麾将军碑》就是一次卖给我的祖父的。同时买进的还有几大箱碑帖。有些碑帖其实是很珍贵的，夏家后人都不当一回事！我小时临过褚河南的《圣教序》，就是祖父从大箱子里挑选出来给我的。我到现在写的字还有点褚河南的笔意，真是令人感慨……

《云麾将军碑》一直在我父亲那里。我曾写信给父亲让他把《云麾将军碑》寄到北京来由我保存，父亲说他要捐献给政府，那还有什么说的呢。“蕉叶白”本在我的一个异母弟弟手里，不知道被他弄到哪里去了。

田黄

我父亲有三块田黄图章，都不大。一块是方的，一块是长方的，一块将就石料，不成形，都恬润似鸡油。数这块不成形的值钱，因为有文三樵刻的边款——印文叫一个不识货的无知的人磨去了，很可惜。我父亲对这三块图章极为珍视，自己用玻璃条做了一个盒子，把三块图章嵌在底座上，置之案头，随时观赏。屡经变乱，无法重问这三块田黄的下落了。

我们那里特重鸡血，一般索价比田黄还高，然亦视石地与“血”的颜色而大有高低。凡品并不难得。兴化有两方名闻远近的鸡血章，地子是藕粉地，极纯净，“血”不散乱，映着日光，从近乎透明的底子外面，可以清楚地看到两石各有鲜血似的一滴血，正在往下滴。我父亲曾专到兴化，去看过这两块鸡血章，终因价钱过高，没有买，事后觉得非常可惜。

珍珠

我有一个堂叔在本家中是比较有钱的，他结婚时新娘子的鞋尖上缀的两颗珍珠有指头顶大。他的家产都被他从鸦片烟枪里抽掉了。他抽鸦片谱很大，穷得什么都没有了，到鸦片烟馆里，只能在地下铺一张席子，枕一块砖头，就是这样，他还不自己烧烟，得有人烧了烟泡，给他装在斗上。

“人老珠黄”，珠子老了，就失去容光，不值钱了。但老珠子有老珠子的用处，入药。我父亲合眼药，要用珍珠，而且还是要用人戴过的。父亲跟我祖母要去她的帽子上的珍珠。我们家几代家传看眼科，父亲熬眼药极虔诚，三天前就沐浴。熬制时把自己关在小花园内，不跟人接触。他的眼药里还有熊胆之类的名贵药材。

师恩母爱

五小（县立第五小学）创立了我们县的第一所幼儿园（当时叫作“幼稚园”），我是幼稚园第一届的学生。幼稚园是新建的，什么都是新的。新的瓦顶，新的砖墙，新的大窗户，新的地板。地板是油漆过的，地板上用白漆漆了一个很大的圆圈。地板门窗发出很好闻的木料的香味。这是我们的教室。教室一边是放玩具的安了玻璃窗的柜橱，一边是一架风琴。教室门前是一片草坪。草坪一侧是滑梯、跷跷板（当时叫作“轩轾板”，这名称很文，我们都不知道为什么叫这样的名称）、沙坑，另一侧有一根粗大的木柱，木柱有顶，中有铁轴，可转动。柱顶垂下七八根粗麻绳，小朋友手握麻绳，快走几步，两腿用力蹬地，两脚蜷缩，人即腾起，围着木柱而转。这件体育器材叫作“巨人布”。我至今不明白这东西怎么会叫这样一个奇怪名字，而且我以后再也没有见过这样的奇怪东西。这就是我们的幼稚园，我们真正的乐园。

幼稚园也上下课。课业内容是唱歌、跳舞、游戏。教我们唱歌游戏的是王先生（那时没有“阿姨”这种称呼），名文英，最初学的是简单的短歌：

“拉锯，送锯，
你来我去。
拉一把，推一把，

哗啦哗啦起风啦，

小小狗，

小小猫，快快跑。”

后来学了带一点情节性的表演唱：

母亲要外出，嘱咐孩子关好门，有人叫门，不要开。

狼来了，唱唱：

“小孩子乖乖，

把门儿开开，

快点儿开开，

我要进来。”

“不开不开不能开，

母亲不回来，

谁也不能开！”

狼依次叫小兔子乖乖、小羊儿乖乖开门，他们都不开。最后叫小螃蟹：

“小螃蟹乖乖，

把门儿开开，

快点儿开开，

我要进来。”

小螃蟹答应：

“就开就开我就开——”

小螃蟹开了门，“啊呜！”狼一口把它吃掉了：

合唱：

> “可怜小螃蟹，
> 从此不回来！”

最后就能排演有歌有舞，有舞台动作的小歌剧《麻雀和小孩》了。开头是老麻雀教小麻雀学飞：

> “飞飞，飞飞，慢慢飞。
> 要上去就要把头抬，
> 要下来尾巴摆一摆，
> 这个样子飞到这里来。”

老麻雀出去寻食，老不回来。小孩上，问小麻雀：

> “小麻雀呀，
> 你的母亲哪里去了？”

小麻雀答：

> “我的母亲打食去了，
> 还不回来，
> 饿的真难受。”

小孩把小麻雀接回去，给它喂食充饥。

老麻雀回来，发现女儿不见了，十分焦急，唱：

“啊呀不好了，
女儿不见了！
焦焦，
女儿，
年纪小，
不会高飞上树梢。
渺渺茫茫路远山遥……”

小孩把小麻雀送回来，老麻雀看见女儿，非常高兴，问它是不是饿坏了。女儿说小孩人很好，给它喂了食：

“小青虫，小青豆，
吃了一个饱，
我的妈妈呀！”

老麻雀感谢小孩。

全剧终。

剧情很简单，音乐曲调也很简单，但是感情却很丰富，麻雀母女之情，小孩的善良仁爱，都在小朋友的心灵中留下深刻长久的影响。

所有的歌舞表演都是王文英先生一句一句地教会的。我们在表演时，王先生踏风琴伴奏。我至今听到风琴声音还是很感动。

我在五小毕业，后来又读了初中、高中，人也大了，就很少到幼稚园去看看。十九岁离乡，四方漂泊，一直没有回去过。我一直没有再见过王先生。她和我的初中的教国文的张道仁先生结了婚，我是大了以后才知道的。

一九八一年秋，我应邀回阔别多年的家乡讲学，带了一点北京的果脯去看王先生和张先生，并给他们各送了一首在招待所急就的诗。给王先生的一首不文不白，毫无雕饰。第二天，张先生带着两瓶酒到招待所来看我，我说哪有老师来看学生的道理，还带了酒！张先生说，是王先生一定要他送来的。说王先生看了我的诗，哭了一晚上。这首诗全诗是：

“小孩子乖乖，把门儿开开，”
歌声犹在，耳边徘徊。
我今亦老矣，白髭盈腮，
念一生美育，从此培栽，
师恩母爱，岂能忘怀！
愿吾师康健，长寿无灾。

张先生说，王先生对他说：“我教过那么多学生，长大了，还没有一个来看过我的！”王先生指着“师恩母爱，岂能忘怀”对张先生说：“他进幼稚园的时候还戴着他妈妈的孝！”我这才知道王先生为什么对我特别关心，特别喜爱。张先生反复念了这两句，连说：“师恩母爱！师恩母爱！”

王先生已经去世几年了。我不知道她的准确的寿数，但总是八十以上了。

我觉得幼儿园的老师对小朋友都应该有这样的“师恩母爱”。

一个暑假

我们家乡人要出一本韦鹤琴先生纪念册，来信嘱写一篇小序。我觉得这篇序由我来写不合适，我是韦先生受业弟子，弟子为老师的纪念册写序，有些僭妄，而且我和韦先生接触不多，对他的生平不了解，建议这篇序还是请邑中耆旧和韦先生熟识的来写，我只寄去一首小诗：

> 绿纱窗外树扶疏，
> 长夏蝉鸣课楷书。
> 指点桐城申义法，
> 江湖满地一纯儒。

诗后加了一个附注：

> 小学毕业之暑假，我在三姑父孙石君家从韦先生学。韦先生每日讲桐城派古文一篇，督临《多宝塔》一纸。我至今作文写字，实得力于先生之指授。忆我从学之时，已经六十年矣，而先生之声容态度，闲闲雅雅，犹在耳目。

关于这个附注，也还需要再作一点说明。我的三姑父——我们家乡对姑妈有一个奇怪的称呼叫“摆摆”，姑父则叫“姑摆摆”，原是办教育的，他后来弃教从商，经营过水泵、造过酱醋，但他一直是个“儒商”，平日交往的还是以清白方正，有学问的教员居多。他对韦先生很敬佩，这年暑假就请他住到家里，教我的表弟和我。

“绿纱窗外树扶疏”是记实。三姑父在生活上是个革新派。他们家是不供菩萨的，也没有祖宗牌位。堂屋正面的墙上挂着两副对子。一副我还记得：“谈禅不落三乘后，负耒还期十亩前”好像就是韦先生写的。他家的门窗，都钉了绿色的铁纱，这在我们县里当时是少见的。因此各间屋里都没有苍蝇蚊子。而且绿纱沉沉，使人感到一片凉意，窗外是有一些树的。有一棵苹果树，这也是少见的。每年也结几个苹果，很小，而且酸。树上当然是有知了叫的。

三姑父家后面有一片很大的空地。有几个山东人看中了这片地，租下开了一个锅厂。锅厂有几个小伙计，除了眼睛、嘴唇，一天脸都是黑的，煤烟熏的。他们老是用大榔头把生铁块砸碎，成天听到当啷当啷的声音。不过并不吵人。

我就在蝉鸣和砸铁声中读书写字。这个暑假我觉得过得特别的安静。

韦先生学问广博，但对桐城派似乎下的功夫尤其深。他教我的都是桐城派的古文，每天教一篇。我印象最深的是姚鼐的《游泰山记》、方苞的《左忠毅公逸事》、戴名世的《画纲巾先生传》等等诸篇。《游泰山记》里的名句：“苍山负雪，明烛天南，望晚日照城郭，汶水、徂崃如画，而半山居雾若带然”，我一直记得。尤其是“明烛天南”，我觉得写得真美，我第一次知道“烛”字可以当动词用。“居雾”的“居”字也下得极好。左光斗在狱中的表现实在感人：“国家事糜烂至此，……不速去，吾今即扑杀汝！”这真是一条铁汉子。《画纲巾先生传》写得浅了一点，但也不失为一篇立场鲜明的文章。刘大櫆、薛福成等人的文章，我也背过几篇。

我一直认为“桐城义法”是有道理的，不能一概斥之为“谬种”。

韦先生是写魏碑的，我的祖父六十岁的寿序的字是韦先生写的（文为高北溟先生所撰），写在万年红纸上，字极端整，无一败笔。我后来看到一本影印的韦先生临的魏碑诸体的字帖，才知道韦先生把所有的北碑几乎都临过，难怪有这样深的功力。不过他为什么要我临《多宝塔》呢？最近看到韦先生的诗藁，明白了：韦先生的字的底子是颜字。诗藁是行楷，结体用笔实自《祭姪文》《争座位》出。写了两个月《多宝塔》，对我以后写字，是大有好处的。

我的小诗附注中说：“我至今作文写字，实得力于先生之指授”，是诚实的话，非浮泛语。 暑假结束后，我读了初中，韦先生回家了，以后，我和韦先生再也没有见过面。

听说韦先生一直在三垛，很少进城。

抗战时期，他拒绝出任伪职，终于家。

韦先生名子廉，鹤琴是别号。我怀疑“子廉”也是字，非本名。

我的创作生涯

我生在一个地主家庭。祖父是清朝末科的拔贡，——从他那一科以后，就“废科举，改学堂”了。他对我比较喜欢。有一年暑假，他忽然高了兴，要亲自教我《论语》。我还在他手里“开”了“笔”，做过一些叫作“义”的文体的作文。“义”就是八股文的初步。我写的那些作文里有一篇我一直还记得：“孟子反不伐义”。孟子反随国君出战，兵败回城，他走在最后。事后别人给他摆功，他说：“非敢后也，马不前也。”为什么我对孟子反不伐其功留下深刻的印象呢？现在想起来，这一小段《论语》是一篇极短的小说：有人物，有情节，有对话。小说，或带有小说色彩的文章，是会给人留下深刻的印象的。并且，这篇极短的小说对我的品德的成长，是有影响的。小说，对人是有作用的。我在后面谈到文学功能的问题时还会提到。我的父亲是个很有艺术气质的人。他会画画，刻图章，拉胡琴，摆弄各种乐器，糊风筝。他糊的蜈蚣（我们那里叫作“百脚”）是用胡琴的老弦放的。用胡琴弦放风筝，我还没有见过第二人。如果说我对文学艺术有一点“灵气”，大概跟我从父亲那里接受来的遗传基因有点关系。我喜欢看我父亲画画。我喜欢“读”画帖。我家里有很多有正书局珂罗版影印的画帖，我就一本一本地反复地看。我从小喜欢石涛和恽南田，不喜欢仇十洲，也不喜欢王石谷。倪云林我当时还看不懂。我小时也“以画名”，一直想学画。高中毕业后，曾想投考当时在昆明的杭州美专。直到四十多岁，我还想彻底改行，到中央美术学院从头学画。我的喜欢看画，对我的文学创作是有影响的。我把作画的手法融进了小说。有的评论家说我的小说有“画意”，这不是偶然的。我对画家的偏爱，也对我的文学创作有影响。我喜欢疏朗清淡的风格，不喜欢繁复浓重的风格，对画，对文学，都如此。

一个人成为作家，跟小时候所受的语文教育，跟所师事的语文教员很有关系。从小学五年级到初中三年级，教我们语文（当时叫作“国文”），都是高北溟先生。我有一篇小说《徙》，写的就是高先生。小说，当然会有虚构，但是基本上写的是高先生。高先生教国文，除了部定的课本外，自选讲义。我在《徙》里写他“所选的文章看来有一个标准：有感慨，有性情，平易自然。这些文章有一个贯串性的思想倾向，这种倾向大体上可以归结为：人道主义”，是不错的。他很喜欢归有光，给我们讲了《先妣事略》《项脊轩志》。我到现在还记得他讲到“世乃有无母之人，天乎痛哉”“庭有枇杷树，吾妻死之年所手植也，今已亭亭如盖矣”的时候充满感情的声调。有一年暑假，我每天上午到他家里学一篇古文，他给我讲的是“板桥家书”“板桥道情”。我的另一位国文老师是韦子廉先生。韦先生没有在学校里教过我。我的三姑父和他是朋友，一年暑假请他到家里来教我和我的一个表弟。韦先生是我们县里有名的书法家，写魏碑，他又是一个桐城派。韦先生让我每天写大字一页，写《多宝塔》。他教我们古文，全部是桐城派。我到现在还能背诵一些桐城派古文的片段。印象最深的是姚鼐的《登泰山记》。“苍山负雪，明烛天南。望晚日照城郭，汶水、徂崃如画，而半山居雾若带然。”“苍山负雪，明烛天南”，我当时就觉得写得非常的美。这几十篇桐城派古文，对我的文章的洗炼，打下了比较坚实的基础。

一九三八年，我们一家避难在乡下，住在一个小庙，就是我的小说《受戒》所写的庵子里。除了准备考大学的数理化教科书外，所带的书只有两本，一本屠格涅夫的《猎人笔记》，一本《沈从文选集》，我就反反复复地看这两本书，这两本书对我后来的写作，影响极大。

一九三九年，我考入西南联大的中国文学系，成了沈从文先生的学生。沈先生在联大开了三门课，一门"各体文习作"是中文系二年级必修课；一门"创作实习"，一门"中国小说史"。沈先生是凤凰人，说话湘西口音很重，声音又小，简直听不清他说的是什么。他讲课可以说是毫无系统。没有课本，也不发讲义。只是每星期让学生写一篇习作，第二星期上课时就学生的习作讲一些有关的问题。《创作实习》由学生随便写什么都可以，《各体文习作》有时会出一点题目。我记得他给我的上一班出过一个题目：《我们的小庭院有什么》。有几个同学写的散文很不错，都由沈先生介绍在报刊上发表了。他给我的下一班出过一个题目，这题目有点怪："记一间屋子的空气"。我那一班他出过什么题目，我倒记不得了。沈先生的这种办法是有道理的，他说："先得学会车零件，然后才能学组装。"现在有些初学写作的大学生，一上来就写很长的大作品，结果是不吸引人，不耐读，原因就是"零件"车得少了，基本功不够。沈先生讲创作，讲得最多的一句话，是"要贴到人物写"。我们有的同学不懂这话是什么意思。照我的理解，他的意思是：小说里，人物是主要的，主导的；其余部分都是次要的，派生的。作者的感情要随时和人物贴得很紧，和人物同呼吸，共哀乐。不能离开人物，自己去抒情，发议论。作品里所写的景象，只是人物生活的环境。所写之景，既是作者眼中之景，也是人物眼中之景，是人物所能感受的，并且是浸透了他的哀乐的。环境，不能和人物游离，脱节。用沈先生的说法，是不能和人物"不相粘附"。他的这个意思，我后来把它称为"气氛即人物"。这句话有人觉得很怪，其实并不怪。作品的对话得是人物说得出的话，如李笠翁所说："写一人即肖一人之口吻。"我们年轻时往往爱把对话写得很美，很深刻，有哲理，有诗意。我有一次写了这样一篇习作，沈先生说："你这不是对话，是两个聪明脑壳打架。"对话写得越平常，越简单，越好。托尔斯泰说过："人是不能用警句交谈的。"如果有两个人在火车站上尽说警句，旁边的人大概会觉得这二位有神经病。沈先生这句简单的话，我以为是富有深刻的现实主义精神的。沈先生教写作，用笔的时候比用口的时候多。他常常在学生的习作后面写很长的读后感（有时比原作还长）。或谈这篇作品，或由此生发开去，谈有关的创作问题。这些读后感都写得很精彩，集中在一起，会是一本很漂亮的文论集。可惜一篇也没有保存下来，都失散了。沈先生教创作，还有一个独到的办法。看了学生的习作，找了一些中国和外国作家用类似的方法写成的作品，让学生看，看看人家是怎么写的，我记得我写过一篇《灯下》（这可能是我发表的第一篇小说），写一个小店铺在上灯以后各种人物的言谈行动，无主要人物，主要情节，散散漫漫，是所谓"散点透视"吧。沈先生就找了几篇这样写法的作品叫我看，包括他自己的《腐烂》。这样引导学生看作品，可以对比参照，触类旁通，是会收到很大效益，很实惠的。

创作能不能教，这是一个世界性的争论的问题。我以为创作不是绝对不能教，问题是谁来教，用什么方法教。教创作的，最好本人是作家。教，不是主要靠老师讲，单是讲一些概论性的空道理，大概不行。主要是让学生去实践，去写，自己去体会。沈先生把他的课程叫作"习作""实习"，是有道理的。沈先生教创作的方法，我以为不失为一个较好的方法。

我二十岁开始发表作品，今年七十岁了，写作生涯整整经过了半个世纪。但是写作的数量很少。我的写作中断了几次。有人说我的写作经过了一个三级跳，可以这样说。四十年代写了一些。六十年代初写了一些。当中"文化大革命"，搞了十年"样板戏"。八十年代后小说、散文写得比较多。有一个朋友的女儿开玩笑说"汪伯伯是大器晚成"。我绝非"大器”，——我从不写大作品，“晚成”倒是真的。文学史上像这样的例子不是很多。不少人到六十岁就封笔了，我却又重新开始了。是什么原因，这里不去说它。

有一位评论家说我是唯美的作家。“唯美”本不是属于“坏话类”的词，但在中国的名声却不大好。这位评论家的意思无非是说我缺乏社会责任感，使命感，我的作品没有强烈的现实意义和教育作用。我于此别有说焉。教育作用有多种层次。有的是直接的。比如看了《白毛女》，义愤填膺，当场报名参军打鬼子。也有的是比较间接的。一个作品写得比较生动，总会对读者的思想感情、品德情操产生这样那样的作用。比如读了孟子反不伐，我不会立刻变得谦虚起来，但总会觉得这是高尚的。作品对读者的影响常常是潜在的，过程很复杂，是所谓“潜移默化”。正如杜甫诗《春雨》中所说：“随风潜入夜，润物细无声。”我曾经说过，我希望我的作品能有益于世道人心，我希望使人的感情得到滋润，让人觉得生活是美好的，人，是美的，有诗意的。你很辛苦，很累了，那么坐下来歇一会，喝一杯不凉不烫的清茶，——读一点我的作品。我对生活，基本上是一个乐观主义者，我认为人类是有前途的，中国是会好起来的。我愿意把这些朴素的信念传达给人。我没有那么多失落感、孤独感、荒谬感、绝望感。我写不出卡夫卡的《变形记》那样痛苦的作品，我认为中国也不具备产生那样的作品的条件。

一个当代作家的思想总会跟传统文化、传统思想有些血缘关系。但是作家的思想是一个复合体，不会专宗哪一种传统思想。一个人如果相信禅宗佛学，那他就出家当和尚去得了，不必当作家。废名晚年就是信佛的，虽然他没有出家。有人说我受了老庄思想的影响，可能有一些。我年轻时很爱读《庄子》。但是我自己觉得，我还是受儒家思想影响比较大一些。我觉得孔子是个通人情，有性格的人，他是个诗人。我不明白，为什么研究孔子思想的人，不把他和“删诗”联系起来。他编选了一本抒情诗的总集——《诗经》，为什么？我很喜欢《论语·曾哲、冉有、公西华侍坐》，“暮春者，春服即成，冠者五六人、童子六七人，浴乎沂，风乎舞雩，咏而归”，曾点的这种潇洒自然的生活态度是很美的。这倒有点近乎庄子的思想。我很喜欢宋儒的一些诗：“万物静观皆自得，四时佳兴与人同”；“顿觉眼前生意满，须知世上苦人多”。“生意满”，故可欣喜，“苦人多”，应该同情。我的小说所写的都是一些小人物、“小儿女”，我对他们充满了温爱，充满了同情。我曾戏称自己是一个“中国式的抒情人道主义者”，大致差不离。

前几年，北京市作协举行了一次我的作品的讨论会，我在会上作了一个简短的发言，题目是“回到现实主义，回到民族传统”。为什么说“回到”呢？因为我在年轻时曾经受过西方现代派的影响。台湾一家杂志在转载我的小说的前言中，说我是中国最早使用意识流的作家。不是这样。在我以前，废名、林徽因都曾用过意识流方法写过小说。不过我在二十多岁时的确有意识地运用了意识流。我的小说集第一篇《复仇》和台湾出版的《茱萸集》的第一篇《小学校的钟声》，都可以看出明显的意识流的痕迹。后来为什么改变原先的写法呢？有社会的原因，也有我自己的原因。简单地说：我是一个中国人。我觉得一个民族和另一个民族无论如何不会是一回事。中国人学习西方文学，绝不会像西方文学一样，除非你侨居外国多年，用外国话思维。我写的是中国事，用的是中国话，就不能不接受中国传统，同时也就不能不带有现实主义色彩。语言，是民族传统的最根本的东西。不精通本民族的语言，就写不出具有鲜明的民族特点的文学。但是我所说的民族传统是不排除任何外来影响的传统，我所说的现实主义是能容纳各种流派的现实主义。比如现代派、意识流，本身并不是坏东西。我后来不是完全排除了这些东西。我写的小说《求雨》，写望儿的父母盼雨。他们的眼睛是蓝的，求雨的望儿的眼睛是蓝的，看着求雨的孩子的过路人的眼睛也是蓝的，这就有点现代派的味道。《大淖记事》写巧云被奸污后错错落落，飘飘忽忽的思想，也还是意识流。不过，我把这些溶入了平常的叙述语言之中了，不使它显得“硌生”。我主张纳外来于传统，融奇崛于平淡，以俗为雅，以故为新。

关于写作艺术，今天不想多谈，我也还没有认真想过，只谈一点：我非常重视语言，也许我把语言的重要性推到了极致。我认为语言不只是形式，本身便是内容。语言和思想是同时存在，不可剥离的。语言不仅是所谓“载体”，它是作品的本体。一篇作品的每一句话，都浸透了作者的思想感情。我曾经说过一句话：写小说就是写语言。语言是一种文化现象。谁也没有创造过一句全新的语言。古人说：无一字无来历。我们的语言都是有来历的，都是从前人的语言里继承下来，或经过脱胎、翻改。语言的后面都有文化的积淀。一个人的文化修养越高，他的语言所传达的信息就会更多。毛主席写给柳亚子的诗“落花时节读华章”“落花时节”不只是落花的时节，这是从杜甫《江南逢李龟年》里化用出来的。杜甫的原诗是：

岐王宅里寻常见，
崔九堂前几度闻。
正是江南好风景，
落花时节又逢君。

“落花时节”就包含了久别重逢的意思。

语言要有暗示性，就是要使读者感受到字面上所没有写出来的东西，即所谓言外之意，弦外之音。朱庆余的《近试上张水部》，写的是一个新嫁娘：

> 洞房昨夜停红烛，
> 待晓窗前拜舅姑。
> 妆罢低声问夫婿，
> 画眉深浅入时无？

诗里并没有写出这个新嫁娘长得怎么样，但是宋人诗话里就指出，这一定是一个绝色的美女。因为字里行间已经暗示出来了。语言要能引起人的联想，可以让人想见出许多东西。因此，不要把可以不写的东西都写出来，那样读者就没有想象余地了。

语言是流动的。

有一位评论家说：汪曾祺的语言很怪，拆开来没有什么，放在一起，就有点味道。我想谁的语言都是这样，每一句都是平常普通的话，问题就在“放在一起”，语言的美不在每一个字，每一句，而在字与字之间，句与句之间的关系。包世臣论王羲之的字，说他的字单看一个一个的字，并不觉得怎么美，甚至不很平整，但是字的各部分，字与字之间“如老翁携带幼孙，顾盼有情，痛痒相关”。文学语言也是这样，句与句，要互相映带，互相顾盼。一篇作品的语言是有一个整体，是有内在联系的。文学语言不是像砌墙一样，一块砖一块砖叠在一起，而是像树一样，长在一起的，枝干之间，汁液流转，一枝动，百枝摇。语言是活的。中国人喜欢用流水比喻行文。苏东坡说“大略如行云流水”“吾文如万斛泉源”。说一个人的文章写得很顺，不疙里疙瘩的，叫作“流畅”。写一个作品最好全篇想好，至少把每一段想好，不要写一句想一句。那样文气不容易贯通，不会流畅。

《逝水》自序·我的世界

外面的世界很精彩，我的世界很平常。

我的家乡是一个水乡，到处是河，可是我既不会游泳，也不会使船，走在乡下的架得很高的狭窄的木桥上，心里都很害怕。于此可见，我是个没出息的人。高邮湖就在城西，抬脚就到，可是我竟然没有在湖上泛过一次舟，我不大爱动。华南人把到外面创一番事业，叫作“闯世界”，我不是个闯世界的人。我不能设计自己的命运，只能由着命运摆布。

从出生到初中毕业，我是在本城度过的。这一段生活已经写在《逝水》里。除了家、学校，我最熟悉的是由科甲巷至新巷口的一条叫作“东大街”的街。我熟习沿街的、店铺、作坊、摊子。到现在我还能清清楚楚地描绘出这些店铺、作坊、摊子的样子。我每天要去玩一会的地方是我祖父所开的“保全堂”药店。我认识不少药，会搓蜜丸，摊膏药。我熟习中药的气味，熟习由前面店堂到后面堆放草药的栈房之间的腰门上的一副蓝漆字对联：“春暖带云锄芍药，秋高和露种芙蓉”。我熟习大小店铺的老板、店伙、工匠。我熟习这些属于市民阶层的各色人物的待人接物，言谈话语，他们身上的美德和俗气。这些不仅影响了我的为人，也影响了我的文风。

我的高中一二年级是在江阴读的，南菁中学。江阴是一个江边的城市，每天江里涨潮，城里的河水也随之上涨。潮退，河水又归平静。行过虹桥，看河水涨落，有一种无端的伤感。难忘伞墩看梅花遇雨，携手泥涂；君山偶遇，遂成离别。几年前我曾往江阴寻梦，缘悭未值。我这辈子大概不会有机会再到江阴了。

高三时江阴失陷了，我在淮安、盐城辗转“借读”。来去匆匆，未留只字。

我在昆明住过七年，一九三九至一九四六。前四年在西南联大。初到昆明时，身上还有一点带去的钱，可以吃馆子，骑马到黑龙潭、金殿。后来就穷得丁当响了，真是“囚首垢面，而读诗书”。后三年在中学教书，在黄土坡、观音寺、白马庙都住过。

一九四六年夏至一九四七年冬，在上海，教中学。上海无风景，法国公园、兆丰公园都只有一点点大。

一九四八年我在午门历史博物馆工作，我住的地方很特别，在右掖门下，据说原是锦衣卫值宿的所在。

一九四九年三月，参加四野南下工作团。五月，至汉口，在硚口二女中任副教导主任。

一九五〇年夏，回北京。在东单三条、河泊厂都住过一阵。

一九五八年被打成右派，下放张家口沙岭子农业科学研究所劳动。我和农业工人——也就是农民在一起生活了四年，对农村、农民有了比较切近的认识。

一九六一年底回北京后住甘家口。不远就是玉渊潭，我几乎每天要围着玉渊潭散步，和菜农、遛鸟的人闲聊，得到不少知识。

我在一个京剧院当了十几年编剧。认识了一些名角，也认识了一些值得同情但也很可笑的小人物，增加了我对“人生”的一分理解。

我到过不少地方，到过西藏、新疆、内蒙、湖南、江西、四川、广东、福建，登过泰山，在武夷山和永嘉的楠溪江上坐过竹筏……但我于这些地方都只是一个过客，虽然这些地方的山水人情也曾流入我的思想，毕竟只是过眼烟云。

我在这个世界走来走去，已经走了七十三年，我还能走得多远，多久？

西南联大

蔡德惠

我与蔡德惠君说不上什么交情，只是我很喜欢他这个人。同在联大新校舍住了几年，彼此似乎是毫无往来。他不大声说话，也没有引人注意的举动，除了他系里学术上的集会，他大概很少参加人多的场合（我印象如此，许是错了，也未可知），我们那个时候认得他的人恐怕不多。我只记得有一次，一个假日，人多出去了，新校舍显得空空的，树木特别的绿，他一个人在井边草地上洗衣服，一脸平静自然，样子非常的好。自此他成为我一个不能忘去的人。他仿佛一直是如此。既是一个人，照理都有忧苦激愤，感情失常的时候，蔡君短短一生中自必也见过遇过若干足以扰乱他的事情，我与他相知甚浅，不能接触到他生活全面，无由知道。凡我历次所见，他都是那么对世界充满温情，平静而自然的样子。我相信他这样的时候最多。也不知怎么一来，彼此知道名字，路上见到也点点头。他人颇瘦小，精神还不错。

我离开联大到昆明乡下一个中学去教书，就不大再见到他。学校同事中也有熟识他的人，可谈话中未听见提过他的名字。想是他们以为我不认得他。再，他人极含蓄，一身也无甚“故事”可以作谈话资料，或说无甚可以作为谈话资料的故事。我就知道他在生物系书读得极好，毕业后研究植物分类学，很有希望。研究室在什么地方，我亦熟悉，他大概经常在里面工作。有一次学校里教生物的两个先生告诉我要带学生出去看一次，问我高兴不高兴一起去走走，说“蔡德惠也来的”。果然没有几天他就来了。带了一大队学生出去，大家都围着他，随便掐一片叶子，找一朵花，问他，他都娓娓地说出这东西叫什么，生活情形，分布情形如何，有个什么故事与这有关，哪一篇诗里提到过它。说话还是轻轻的，温和清楚。现在想起来，当时不觉得，他似乎比以前更瘦了些。是秋天，野地里开了许多红白蓼花。他好像是穿了一件灰色长衫。

后来，有一次，雨季，我到联大去。太阳一收，雨忽然来了，相当的大，当时正走过他的研究室，心想何不看看他去，一推门就进去了。我来，他毫不觉得突兀。稍为客气地接待我。仿佛谁都可以推开他的门进去的一样。一进门我就看见他墙上一只蛾子，颜色如红宝石，略有黑色斑纹。他指点给我看，说了一些关于蛾蝶的事。他四壁都是植物标本，层层叠叠，尚待整理。他说有好些都是从滇西采集来的，拿出好些东西给我看，都极其特别。他让我拣两样带回去玩，我挑了几片木蝴蝶。这几片东西一直夹在我一本达尔文的书里，有一天还翻出来过。现在那本书丢在昆明，若有人翻出，大概会不知道它是什么玩意，更无从想象是如何得来的了。那天他说话依然极其平和，如说家常，无一分讲堂气。但有一种隐隐的热烈，他把感情都倾注在工作上了，真是一宗爱的事业。

天晴了，我们出来，在他手营的小花圃里看了看。花圃里最亮的一块是金蝶花，正在盛开，黄闪闪的。几丛石竹，则在深深的绿色之中郁郁的红。新雨之后，草头全是水珠。我停步于土墙上一方白色之前，他说，“是个日规。”所谓日规，是方方的涂了一块石灰，大小一手可掩，正中垂直于墙面插了一支竹丁。看那根竹丁的影子，知道是什么时候了。不知什么道理，这东西教人感动，蔡君平时在室内工作，大概常常要出来看一看墙上的影子的吧。我离开那间绿阴深蔽的房子不到几步，已经听到打字机答答地响起来。

这以后我就一直没有看见过他。偶然因为一件小事，想起这么一个沉默的谦和的人员，那么庄严认真的工作，觉得人世甚不寂寞，大有意思。

忽然有一天，朋友告诉我：“蔡德惠进了医院，已经不行了，肺差不多烂完了，一点办法都没有，明天，最多是后天的事情。”

“以前没听说他有病呀？”

“是呢，一直也没有发现。一定很久了，不知道他自己怎么没觉得，一来就吐了血，送医院一检查……”

当时我竟未到医院里去看看他。过两天，有人通知我什么时候在联大新校舍后面坟场上火化，我又糊里糊涂没有去参加。现在人死了已近半年，大家都离开云南，我不知道他孤坟何处，在上海这个人海之中，却又因为一件小事而想起他来，因而写了这篇短文，遥示悼念。希望他生前朋友能够见到。

我离开昆明较晚，走之前曾到联大看过几次。那间研究室锁着锁，外面藤萝密密遮满木窗，小花圃已经零落，犹有几枝残花在寂静中开放，草长得非常非常高。那个日规还好好的在，雪白，竹丁影子斜斜地落在右边。——这样的结尾，不免俗套，近乎完成一个文章格局，虽如此说，只好由他了。原说过，是想给德惠生前朋友看看的。

翠湖心影

有一个姑娘，牙长得好。有人问她："姑娘，你多大了？"

"十七。"

"住在哪里？"

"翠湖西。"

"爱吃什么？"

"辣子鸡。"

过了两天，姑娘摔了一跤，磕掉了门牙。有人问她："姑娘多大了？"

"十五。"

"住在哪里？"

"翠湖。"

"爱吃什么？"

"麻婆豆腐。"

这是我在四十四年前听到的一个笑话。当时觉得很无聊（是在一个座谈会上听一个本地才子说的）。现在想起来觉得很亲切。因为它让我想起翠湖。

昆明和翠湖分不开，很多城市都有湖。杭州西湖、济南大明湖、扬州瘦西湖。然而这些湖和城的关系都还不是那样密切。似乎把这些湖挪开，城市也还是城市。翠湖可不能挪开。没有翠湖，昆明就不成其为昆明了。翠湖在城里，而且几乎就挨着市中心。城中有湖，这在中国，在世界上，都是不多的。说某某湖是某某城的眼睛，这是一个俗得不能再俗的比喻了。然而说到翠湖，这个比喻还是躲不开。只能说：翠湖是昆明的眼睛。有什么办法呢，因为它非常贴切。

翠湖是一片湖，同时也是一条路。城中有湖，并不妨碍交通。湖之中，有一条很整齐的贯通南北的大路。从文林街、先生坡、府甬道，到华山南路、正义路，这是一条直达的捷径。——否则就要走翠湖东路或翠湖西路，那就绕远多了。昆明人特意来游翠湖的也有，不多。多数人只是从这里穿过。翠湖中游人少而行人多。但是行人到了翠湖，也就成了游人了。从喧嚣扰攘的闹市和刻板枯燥的机关里，匆匆忙忙地走过来，一进了翠湖，即刻就会觉得浑身轻松下来；生活的重压、柴米油盐、委屈烦恼，就会冲淡一些。人们不知不觉地放慢了脚步，甚至可以停下来，在路边的石凳上坐一坐，抽一支烟，四边看看。即使仍在匆忙地赶路，人在湖光树影中，精神也很不一样了。翠湖每天每日，给了昆明人多少浮世的安慰和精神的疗养啊。因此，昆明人——包括外来的游子，对翠湖充满感激。

翠湖这个名字起得好！湖不大，也不小，正合适。小了，不够一游；太大了，游起来怪累。湖的周围和湖中都有堤。堤边密密地栽着树。树都很高大。主要的是垂柳。“秋尽江南草未凋”，昆明的树好像到了冬天也还是绿的。尤其是雨季，翠湖的柳树真是绿得好像要滴下来。湖水极清。我的印象里翠湖似没有蚊子。夏天的夜晚，我们在湖中漫步或在堤边浅草中坐卧，好像都没有被蚊子咬过。湖水常年盈满。我在昆明住了七年，没有看见过翠湖干得见了底。偶尔接连下了几天大雨，湖水涨了，湖中的大路也被淹没，不能通过了。但这样的时候很少。翠湖的水不深。浅处没膝，深处也不过齐腰。因此没有人到这里来自杀。我们有一个广东籍的同学，因为失恋，曾投过翠湖。但是他下湖在水里走了一截，又爬上来了。因为他大概还不太想死，而且翠湖里也淹不死人。翠湖不种荷花，但是有许多水浮莲。肥厚碧绿的猪耳状的叶子，开着一望无际的粉紫色的蝶形的花，很热闹。我是在翠湖才认识这种水生植物的。我以后也再也没看到过这样大片大片的水浮莲。湖中多红鱼，很大，都有一尺多长。这些鱼已经习惯于人声脚步，见人不惊，整天只是安安静静地，悠然地浮沉游动着。有时夜晚从湖中大路上过，会忽然拨剌一声，从湖心跃起一条极大的大鱼，吓你一跳。湖水、柳树、粉紫色的水浮莲、红鱼，共同组成一个印象：翠。

一九三九年的夏天，我到昆明来考大学，寄住在青莲街的同济中学的宿舍里，几乎每天都要到翠湖。学校已经发了榜，还没有开学，我们除了骑马到黑龙潭、金殿，坐船到大观楼，就是到翠湖图书馆去看书。这是我这一生去过次数最多的一个图书馆，也是印象极佳的一个图书馆。图书馆不大，形制有一点像一个道观。非常安静整洁。有一个侧院，院里种了好多盆白茶花。这些白茶花有时整天没有一个人来看它，就只是安安静静地欣然地开着。图书馆的管理员是一个妙人。他没有准确的上下班时间。有时我们去得早了，他还没有来，门没有开，我们就在外面等着。他来了，谁也不理，开了门，走进阅览室，把壁上一个不走的挂钟的时针“喀拉拉”一拨，拨到八点，这就上班了，开始借书。这个图书馆的藏书室在楼上。楼板上挖出一个长方形的洞，从洞里用绳子吊下一个长方形的木盘。借书人开好借书单，——管理员把借书单叫作“飞子”，昆明人把一切不大的纸片都叫作“飞子”、买米的发票、包裹单、汽车票，都叫“飞子”，——这位管理员看一看，放在木盘里，一拽旁边的铃铛，“当啷啷”，木盘就从洞里吊上去了。——上面大概有个滑车。不一会，上面拽一下铃铛，木盘又系了下来，你要的书来了。这种古老而有趣的借书手续我以后再也没有见过。这个小图书馆藏书似不少，而且有些善本。我们想看的书大都能够借到。过了两三个小时，这位干瘦而沉默的有点像陈老莲画出来的古典的图书管理员站起来，把壁上不走的挂钟的时针“喀拉拉”一拨，拨到十二点：下班！我们对他这种以意为之的计时方法完全没有意见。因为我们没有一定要看完的书，到这里来只是享受一点安静。我们的看书，是没有目的的，从《南诏国志》到福尔摩斯，逮什么看什么。

翠湖图书馆现在还有么？这位图书管理员大概早已作古了。不知道为什么，我会常常想起他来，并和我所认识的几个孤独、贫穷而有点怪僻的小知识分子的印象掺和在一起，越来越鲜明。总有一天，这个人物的形象会出现在我的小说里的。

翠湖的好处是建筑物少。我最怕风景区挤满了亭台楼阁。除了翠湖图书馆，有一簇洋房，是法国人开的翠湖饭店。这所饭店似乎是终年空着的。大门虽开着，但我从未见过有人进去，不论是中国人还是法国人。此外，大路之东，有几间黑瓦朱栏的平房，狭长的，按形制似应该叫作“轩”。也许里面是有一方题作什么轩的横匾的，但是我记不得了。也许根本没有。轩里有一阵曾有人卖过面点，大概因为生意不好，停歇了。轩内空荡荡的，没有桌椅。只在廊下有一个卖“糠虾”的老婆婆。“糖虾”是只有皮壳没有肉的小虾。晒干了，卖给游人喂鱼。花极少的钱，便可从老婆婆手里买半碗，一把一把撒在水里，一尺多长的红鱼就很兴奋的游过来，抢食水面的糠虾，接喋有声。糠虾喂完，人鱼俱散，轩中又是空荡荡的，剩下老婆婆一个人寂然地坐在那里。

路东伸进湖水，有一个半岛。半岛上有一个两层的楼阁。阁上是个茶馆。茶馆的地势很好，四面有窗，入目都是湖水。夏天，在阁子上喝茶，很凉快。这家茶馆，夏天，是到了晚上还卖茶的（昆明的茶馆都是这样，收市很晚），我们有时会一直坐到十点多钟。茶馆卖盖碗茶，还卖炒葵花子、南瓜子、花生米，都装在一个白铁敲成的方碟子里，昆明的茶馆计账的方法有点特别：瓜子、花生，都是一个价钱，按碟算。喝完了茶，“收茶钱！”堂倌走过来，数一数碟子，就报出个钱数。我们的同学有时临窗饮茶，嗑完一碟瓜子，随手把铁皮碟往外一扔，“piā——”，碟子就落进了水里。堂倌算账，还是照碟算。这些堂倌们晚上清点时，自然会发现碟子少了，并且也一定会知道这些碟子上哪里去了。但是从来没有一次收茶钱时因此和顾客吵起来过；并且在提着大铜壶用“凤凰三点头”手法为客人续水时也从不拿眼睛“贼”着客人。把瓜子碟扔进水里，自然是不大道德。不过堂倌不那么斤斤计较的风度却是很可佩服的。

除了到昆明图书馆看书，喝茶，我们更多的时候是到翠湖去“穷遛”。这“穷遛”有两层意思，一是不名一钱地遛，一是无穷无尽的遛。“园日涉以成趣”，我们遛翠湖没有个够的时候。尤其是晚上，踏着斑驳的月光树影，可以在湖里一遛遛好几圈。一面走，一面海阔天空，高谈阔论。我们那时都是二十岁上下的人，似乎有很多话要说，可说，我们都说了些什么呢？我现在一句都记不得了！

我是一九四六年离开昆明的。一别翠湖，已经三十八年了，时间过得真快！

我是很想念翠湖的。

前几年，听说因为搞什么“建设”，挖断了水脉，翠湖没有水了。我听了，觉得怅然，而且，愤怒了。这是怎么搞的！谁搞的？翠湖会成了什么样子呢？那些树呢？那些水浮莲呢？那些鱼呢？

最近听说，翠湖又有水了，我高兴！我当然会想到这是三中全会带来的好处。这是拨乱反正。

但是我又听说，翠湖现在很热闹，经常举办“蛇展”什么的，我又有点担心。这又会成了什么样子呢？我不反对翠湖游人多，甚至可以有游艇，甚至可以设立摊篷卖破酥包子、焖鸡米线、冰激凌、雪糕，但是最好不要搞“蛇展”。我希望还我一个明爽安静的翠湖。我想这也是很多昆明人的希望。

泡茶馆

“泡茶馆”是联大学生特有的语言。本地原来似无此说法，本地人只说“坐茶馆”。“泡”是北京话。其含义很难准确地解释清楚。勉强解释，只能说是持续长久地沉浸其中，像泡泡菜似的泡在里面。“泡蘑菇”“穷泡”，都有长久的意思。北京的学生把北京的“泡”字带到了昆明，和现实生活结合起来，便创造出一个新的语汇。“泡茶馆”，即长时间地在茶馆里坐着。本地的“坐茶馆”也含有时间较长的意思。到茶馆里去，首先是坐，其次才是喝茶（云南叫吃茶）。不过联大的学生在茶馆里坐的时间往往比本地人长，长得多，故谓之“泡”。

有一个姓陆的同学，是一怪人，曾经徒步旅行半个中国。这人真是一个泡茶馆的冠军。他有一个时期，整天在一家熟识的茶馆里泡着。他的盥洗用具就放在这家茶馆里。一起来就到茶馆里去洗脸刷牙，然后坐下来，泡一碗茶，吃两个烧饼，看书。一直到中午，起身出去吃午饭。吃了饭，又是一碗茶，直到吃晚饭。晚饭后，又是一碗，直到街上灯火阑珊，才夹着一本很厚的书回宿舍睡觉。

昆明的茶馆共分几类，我不知道。大别起来，只能分为两类，一类是大茶馆，一类是小茶馆。

正义路原先有一家很大的茶馆，楼上楼下，有几十张桌子。都是荸荠紫漆的八仙桌，很鲜亮。因为在热闹地区，坐客常满，人声嘈杂。所有的柱子上都贴着一张很醒目的字条："莫谈国事"。时常进来一个看相的术士，一手捧一个六寸来高的硬纸片，上书该术士的大名（只能叫作大名，因为往往不带姓，不能叫"姓名"；又不能叫"法名""艺名"，因为他并未出家，也不唱戏），一只手捏着一根纸媒子，在茶桌间绕来绕去，嘴里念说着"送看手相不要钱"！"送看手相不要钱"——他手里这根媒子即是看手相时用来指示手纹的。

这种大茶馆有时唱围鼓。围鼓即由演员或票友清唱。我很喜欢"围鼓"这个词。唱围鼓的演员、票友好像不是取报酬的。只是一群有同好的闲人聚拢来唱着玩。但茶馆却可借来招揽顾客，所以茶馆便于闹市张贴告条："某月日围鼓"。到这样的茶馆里来一边听围鼓，一边吃茶，也就叫作"吃围鼓茶"。"围鼓"这个词大概是从四川来的，但昆明的围鼓似多唱滇剧。我在昆明七年，对滇剧始终没有入门。只记得不知什么戏里有一句唱词"孤王头上长青苔"。孤王的头上如何会长青苔呢？这个设想实在是奇，因此一听就永不能忘。

我要说的不是那种"大茶馆"。这类大茶馆我很少涉足，而且有些大茶馆，包括正义路那家兴隆鼎盛的大茶馆，后来大都陆续停闭了。我所说的是联大附近的茶馆。

从西南联大新校舍出来，有两条街，凤翥街和文林街，都不长。这两条街上至少有不下十家茶馆。

从联大新校舍，往东，折向南，进一座砖砌的小牌楼式的街门，便是凤翥街。街角右手第一家便是一家茶馆。这是一家小茶馆，只有三张茶桌，而且大小不等，形状不一的茶具也是比较粗糙的，随意画了几笔兰花的盖碗。除了卖茶，檐下挂着大串大串的草鞋和地瓜（即湖南人所谓的凉薯），这也是卖的。张罗茶座的是一个女人。这女人长得很强壮，皮色也颇白净。她生了好些孩子。身边常有两个孩子围着她转，手里还抱着一个孩子。她经常敞着怀，一边奶着那个早该断奶的孩子，一边为客人冲茶。她的丈夫，比她大得多，状如猿猴，而目光锐利如鹰。他什么事情也不管，但是每天下午却捧了一个大碗喝牛奶。这个男人是一头种畜。这情况使我们颇为不解。这个白皙强壮的妇人，只凭一天卖几碗茶，卖一点草鞋、地瓜，怎么能喂饱了这么多张嘴，还能供应一个懒惰的丈夫每天喝牛奶呢？怪事！中国的妇女似乎有一种天授的惊人的耐力，多大的负担也压不垮。

由这家往前走几步，斜对面，曾经开过一家专门招徕大学生的新式茶馆。这家茶馆的桌椅都是新打的，涂了黑漆。堂倌系着白围裙。卖茶用细白瓷壶，不用盖碗（昆明茶馆卖茶一般都用盖碗）。除了清茶，还卖沱茶、香片、龙井。本地茶客从门外过，伸头看看这茶馆的局面，再看看里面坐得满满的大学生，就会挪步另走一家了。这家茶馆没有什么值得一记的事，而且开了不久就关了。联大学生至今还记得这家茶馆是因为隔壁有一家卖花生米的。这家似乎没有男人，站柜卖货是姑嫂两人，都还年轻，成天涂脂抹粉。尤其是那个小姑子，见人走过，辄作媚笑。联大学生叫她花生西施。这西施卖花生米是看人行事的。好看的来买，就给得多。难看的给得少。因此我们每次买花生米都推选一个挺拔英俊的“小生”去。

再往前几步，路东，是一个绍兴人开的茶馆。这位绍兴老板不知怎么会跑到昆明来，又不知为什么在这条小小的凤翥街上来开一爿茶馆。他至今乡音未改。大概他有一种独在异乡为异客的情绪，所以对待从外地来的联大学生异常亲热。他这茶馆里除了卖清茶，还卖一点芙蓉糕、萨其玛、月饼、桃酥，都装在一个玻璃匣子里。我们有时觉得肚子里有点缺空而又不到吃饭的时候，便到他这里一边喝茶一边吃两块点心。有一个善于吹口琴的姓王的同学经常在绍兴人茶馆喝茶。他喝茶，可以欠账。不但喝茶可以欠账，我们有时想看电影而没有钱，就由这位口琴专家出面向绍兴老板借一点。绍兴老板每次都是欣然地打开钱柜，拿出我们需要的数目。我们于是欢欣鼓舞，兴高采烈，迈开大步，直奔南屏电影院。

再往前，走过十来家店铺，便是凤翥街口，路东路西各有一家茶馆。

路东一家较小，很干净，茶桌不多。掌柜的是个瘦瘦的男人，有几个孩子。掌柜的事情多，为客人冲茶续水，大都由一个十三四岁的大儿子担任，我们称他这个儿子为“主任儿子”。街西那家又脏又乱，地面坑洼不平，一地的烟头、火柴棍、瓜子皮。茶桌也是七大八小，摇摇晃晃，但是生意却特别好。从早到晚，人坐得满满的。也许是因为风水好。这家茶馆正在凤翥街和龙翔街交接处，门面一边对着凤翥街，一边对着龙翔街，坐在茶馆，两条街上的热闹都看得见。到这家吃茶的全部是本地人，本街的闲人、赶马的“马锅头”、卖柴的、卖菜的。他们都抽叶子烟。要了茶以后，便从怀里掏出一个烟盒——圆形，皮制的，外面涂着一层黑漆，打开来，揭开覆盖着的菜叶，拿出剪好的金堂叶子，一支一支地卷起来。茶馆的墙壁上张贴、涂抹得乱七八糟。但我却于西墙上发现了一首诗，一首真正的诗：

记得旧时好，
跟随爹爹去吃茶。
门前磨螺壳，
巷口弄泥沙。

是用墨笔题写在墙上的。这使我大为惊异了。这是什么人写的呢？

每天下午，有一个盲人到这家茶馆来说唱。他打着扬琴，说唱着。照现在的说法，这应是一种曲艺，但这种曲艺该叫什么名称，我一直没有打听着。我问过“主任儿子”，他说是“唱扬琴的”，我想不是。他唱的是什么？我有一次特意站下来听了一会儿，是：

……

良田美地卖了，

高楼大厦拆了，

娇妻美妾跑了，

狐皮袍子当了……

我想了想，哦，这是一首劝戒鸦片的歌，他这唱的是鸦片烟之为害。这是什么时候传下来的呢？说不定是林则徐时代某一忧国之士的作品。但是这个盲人只管唱他的，茶客们似乎都没有在听，他们仍然在说话，各人想自己的心事。到了天黑，这个盲人背着扬琴，点着马杆，踽踽地走回家去。我常常想：他今天能吃饱么？

进大西门，是文林街，挨着城门口就是一家茶馆。这是一家最无趣味的茶馆。茶馆墙上的镜框里装的是美国电影明星的照片，蓓蒂·黛维丝、奥丽薇·德·哈茀兰、克拉克·盖博、泰伦宝华……除了卖茶，还卖咖啡、可可。这家的特点是：进进出出的除了穿西服和麂皮夹克的比较有钱的男同学外，还有把头发卷成一根一根香肠似的女同学。有时到了星期六，还开舞会。茶馆的门关了，从里面传出《蓝色的多瑙河》和《风流寡妇》舞曲，里面正在"嘣嚓嚓"。

和这家斜对着的一家，跟这家截然不同。这家茶馆除卖茶，还卖煎血肠。这种血肠是牦牛肠子灌的，煎起来一街都闻见一种极其强烈的气味，说不清是异香还是奇臭。这种西藏食品，那些把头发卷成香肠一样的女同学是绝对不敢问津的。

由这两家茶馆往东，不远几步，面南便可折向钱局街。街上有一家老式的茶馆，楼上楼下，茶座不少。说这家茶馆是“老式”的，是因为茶馆备有烟筒，可以租用。一段青竹，旁安一个粗如小指半尺长的竹管，一头装一个带爪的莲蓬嘴，这便是“烟筒”。在莲蓬嘴里装了烟丝，点以纸媒，把整个嘴埋在筒口内，尽力猛吸，筒内的水咚咚作响，浓烟便直灌肺腑，顿时觉得浑身通泰。吸烟筒要有点功夫，不会吸的吸不出烟来。茶馆的烟筒比家用的粗得多，高齐桌面，吸完就靠在桌腿边，吸时尤需底气充足。这家茶馆门前，有一个小摊，卖酸角（不知什么树上结的，形状有点像皂荚，极酸，入口使人攒眉）、拐枣（也是树上结的，应该算是果子，状如鸡爪，一疙瘩一疙瘩的，有的地方即叫作鸡脚爪，味道很怪，像红糖，又有点像甘草）和泡梨（糖梨泡在盐水里，梨味本是酸甜的，昆明人却偏于盐水内泡而食之。泡梨仍有梨香，而梨肉极脆嫩）。过了春节则有人于门前卖葛根。葛根是药，我过去只在中药铺见过，切成四方的棋子块儿，是已经经过加工的了，原物是什么样子，我是在昆明才见到的。这种东西可以当零食来吃，我也是在昆明才知道。一截葛根，粗如手臂，横放在一块板上，外包一块湿布。给很少的钱，卖葛根的便操起有点像北京切涮羊肉的肉片用的那种薄刃长刀，切下薄薄的几片给你。雪白的。嚼起来有点像干瓤的生白薯片，而有极重的药味。据说葛根能清火。联大的同学大概很少人吃过葛根。我是什么奇奇怪怪的东西都要买一点尝一尝的。

大学二年级那一年，我和两个外文系的同学经常一早就坐在这家茶馆靠窗的一张桌边，各自看自己的书，有时整整坐一上午，彼此不交语。我这时才开始写作，我的最初几篇小说，即是在这家茶馆里写的。茶馆离翠湖很近，从翠湖吹来的风里，时时带有水浮莲的气味。

回到文林街。文林街中，正对府甬道，后来新开了一家茶馆。这家茶馆的特点一是卖茶用玻璃杯，不用盖碗，也不用壶。不卖清茶，卖绿茶和红茶。红茶色如玫瑰，绿茶苦如猪胆。第二是茶桌较少，且覆有玻璃桌面。在这样桌子上打桥牌实在是再适合不过了，因此到这家茶馆来喝茶的，大都是来打桥牌的，这茶馆实在是一个桥牌俱乐部。联大打桥牌之风很盛。有一个姓马的同学每天到这里打桥牌。解放后，我才知道他是老地下党员，昆明学生运动的领导人之一。学生运动搞得那样热火朝天，他每天都只是很闲在，很热衷地在打桥牌，谁也看不出他和学生运动有什么关系。

文林街的东头，有一家茶馆，是一个广东人开的，字号就叫“广发茶社”——昆明的茶馆我记得字号的只有这一家，原因之一，是我后来住在民强巷，离广发很近，经常到这家去。原因之二是——经常聚在这家茶馆里的，有几个助教、研究生和高年级的学生。这些人多多少少有一点玩世不恭。那时联大同学常组织什么学会，我们对这些俨乎其然的学会微存嘲讽之意。有一天，广发的茶友之一说：“咱们这也是一个学会，——广发学会！”这本是一句茶余的笑话。不料广发的茶友之一，解放后，在一次运动中被整得不可开交，胡乱交待问题，说他曾参加过“广发学会”。这就惹下了麻烦。几次有人专程到北京来外调“广发学会”问题。被调查的人心里想笑，又笑不出来，因为来外调的政工人员态度非常严肃。广发茶馆代卖广东点心。所谓广东点心，其实只是包了不同味道的甜馅的小小的酥饼，面上却一律贴了几片香菜叶子，这大概是这一家饼师的特有的手艺。我在别处吃过广东点心，就没有见过面上贴有香菜叶子的——至少不是每一块都贴。

或问：泡茶馆对联大学生有些什么影响？答曰：第一，可以养其浩然之气。联大的学生自然也是贤愚不等，但多数是比较正派的。那是一个污浊而混乱的时代，学生生活又穷困得近乎潦倒，但是很多人却能自许清高，鄙视庸俗，并能保持绿意葱茏的幽默感，用来对付恶浊和穷困，并不颓丧灰心，这跟泡茶馆是有些关系的。第二，茶馆出人才。联大学生上茶馆，并不是穷泡，除了瞎聊，大部分时间都是用来读书的。联大图书馆座位不多，宿舍里没有桌凳，看书多半在茶馆里。联大同学上茶馆很少不夹着一本乃至几本书的。不少人的论文、读书报告，都是在茶馆写的。有一年一位姓石的讲师的《哲学概论》期终考试，我就是把考卷拿到茶馆里去答好了再交上去的。联大八年，出了很多人才。研究联大校史，搞“人才学”，不能不了解了解联大附近的茶馆。第三，泡茶馆可以接触社会。我对各种各样的人、各种各样的生活都发生兴趣，都想了解了解，跟泡茶馆有一定关系。如果我现在还算一个写小说的人，那么我这个小说家是在昆明的茶馆里泡出来的。

跑警报

西南联大有一位历史系的教授，——听说是雷海宗先生，他开的一门课因为讲授多年，已经背得很熟，上课前无需准备；下课了，讲到哪里算哪里，他自己也不记得。每回上课，都要先问学生：“我上次讲到哪里了？”然后就滔滔不绝地接着讲下去。班上有个女同学，笔记记得最详细，一句不落。雷先生有一次问她：“我上一课最后说的是什么？”这位女同学打开笔记夹，看了看，说：“您上次最后说：‘现在已经有空袭警报，我们下课。’”

这个故事说明昆明警报之多。我刚到昆明的头二年，一九三九、一九四〇年，三天两头有警报。有时每天都有，甚至一天有两次。昆明那时几乎说不上有空防力量，日本飞机想什么时候来就来。有时竟至在头一天广播：明天将有二十七架飞机来昆明轰炸。日本的空军指挥部还真言而有信，说来准来！

一有警报，别无他法，大家就都往郊外跑，叫作“跑警报”。“跑”和“警报”联在一起，构成一个语词，细想一下，是有些奇特的，因为所跑的并不是警报。这不像“跑马”“跑生意”那样通顺。但是大家就这么叫了，谁都懂，而且觉得很合适。也有叫“逃警报”或“躲警报”的，都不如“跑警报”准确。“躲”，太消极；“逃”又太狼狈。唯有这个“跑”字于紧张中透出从容，最有风度，也最能表达丰富生动的内容。

有一个姓马的同学最善于跑警报。他早起看天，只要是万里无云，不管有无警报，他就背了一壶水，带点吃的，夹着一卷温飞卿或李商隐的诗，向郊外走去。直到太阳偏西，估计日本飞机不会来了，才慢慢地回来。这样的人不多。

警报有三种。如果在四十多年前向人介绍警报有几种，会被认为有“神经病”，这是谁都知道的。然而对今天的青年，却是一项新的课题。

一曰“预行警报”。

联大有一个姓侯的同学，原系航校学生，因为反应迟钝，被淘汰下来，读了联大的哲学心理系。此人对于航空旧情不忘，曾用黄色的“标语纸”贴出巨幅“广告”，举行学术报告，题曰《防空常识》。他不知道为什么对“警报”特别敏感。他正在听课，忽然跑了出去，站在“新校舍”的南北通道上，扯起嗓子大声喊叫：“现在有预行警报，五华山挂了三个红球！”可不！抬头望南一看，五华山果然挂起了三个很大的红球。五华山是昆明的制高点，红球挂出，全市皆见。我们一直很奇怪：他在教室里，正在听讲，怎么会“感觉”到五华山挂了红球呢？——教室的门窗并不都正对五华山。

一有预行警报，市里的人就开始向郊外移动。住在翠湖迤北的，多半出北门或大西门，出大西门的似尤多。大西门外，越过联大新校门前的公路，有一条由南向北的用浑圆的石块铺成的宽可五六尺的小路。这条路据说是古驿道，一直可以通到滇西。路在山沟里。平常走的人不多。常见的是驮着盐巴、碗糖或其他货物的马帮走过。赶马的马锅头侧身坐在木鞍上，从齿缝里咝咝地吹出口哨（马锅头吹口哨都是这种吹法，没有撮唇而吹的），或低声唱着呈贡“调子”：

哥那个在至高山那个放呀放放牛，

妹那个在至花园那个梳那个梳梳头。

哥那个在至高山那个招呀招招手，

妹那个在至花园点那个点点头。

这些走长道的马锅头有他们的特殊装束。他们的短褂外部套了一件白色的羊皮背心，脑后挂着漆布的凉帽，脚下是一双厚牛皮底的草鞋状的凉鞋，鞋帮上大都绣了花，还钉着亮晶晶的“鬼眨眼”亮片。——这种鞋似只有马锅头穿，我没见从事别种行业的人穿过。马锅头押着马帮，从这条斜阳古道上走过，马项铃哗棱哗棱地响，很有点浪漫主义的味道，有时会引起远客的游子一点淡淡的乡愁……

有了预行警报，这条古驿道就热闹起来了。从不同方向来的人都涌向这里，形成了一条人河。走出一截，离市较远了，就分散到古道两旁的山野，各自寻找一个合适的地方待下来，心平气和地等着，——等空袭警报。

联大的学生见到预行警报，一般是不跑的，都要等听到空袭警报：汽笛声一短一长，才动身。新校舍北边围墙上有一个后门，出了门，过铁道（这条铁道不知起讫地点，从来也没见有火车通过），就是山野了。要走，完全来得及。——所以雷先生才会说“现在已经有空袭警报”。只有预行警报，联大师生一般都是照常上课的。

跑警报大都没有准地点，漫山遍野。但人也有习惯性，跑惯了哪里，愿意上哪里。大多是找一个坟头，这样可以靠靠。昆明的坟多有碑，碑上除了刻下坟主的名讳，还刻出“× 山 × 向”，并开出坟茔的“四至”。这风俗我在别处还未见过。这大概也是一种古风。

说是漫山遍野，但也有几个比较集中的“点”。古驿道的一侧，靠近语言研究所资料馆不远，有一片马尾松林，就是一个点。这地方除了离学校近，有一片碧绿的马尾松，树下一层厚厚的干了的松毛，很软和，空气好，——马尾松挥发出很重的松脂气味，晒着从松枝间漏下的阳光，或仰面看松树上面的蓝得要滴下来的天空，都极舒适外，是因为这里还可以买到各种零吃。昆明做小买卖的，有了警报，就把担子挑到郊外来了。五味俱全，什么都有。最常见的是“丁丁糖”。“丁丁糖”即麦芽糖，也就是北京人祭灶用的关东糖，不过做成一个直径一尺多，厚可一寸许的大糖饼，放在四方的木盘上，有人掏钱要买，糖贩即用一个刨刃形的铁片楔入糖边，然后用一个小小铁锤，一击铁片，丁的一声，一块糖就震裂下来了，——所以叫作“丁丁糖”，其次是炒松子。昆明松子极多，个大皮薄仁饱，很香，也很便宜。我们有时能在松树下面捡到一个很大的成熟了的生的松球，就掰开鳞瓣，一颗一颗地吃起来。——那时候，我们的牙都很好，那么硬的松子壳，一嗑就开了！

另一个集中点比较远，得沿古驿道走出四五里，驿道右侧较高的土山上有一横断的山沟（大概是哪一年地震造成的），沟深约三丈，沟口有二丈多宽，沟底也宽有六七尺。这是一个很好的天然防空沟，日本飞机若是投弹，只要不是直接命中，落在沟里，即便是在沟顶上爆炸，弹片也不易蹦进来。机枪扫射也不要紧，沟的两壁是死角。这道沟可以容数百人。有人常到这里，就利用闲空，在沟壁上修了一些私人专用的防空洞，大小不等，形式不一。这些防空洞不仅表面光洁，有的还用碎石子或碎瓷片嵌出图案，缀成对联。对联大都有新意。我至今记得两副，一副是：

人生几何

恋爱三角

一副是：

见机而作

入土为安

对联的嵌缀者的闲情逸致是很可叫人佩服的。前一副也许是有感而发，后一副却是记实。

警报有三种。预行警报大概是表示日本飞机已经起飞。拉空袭警报大概是表示日本飞机进入云南省境了，但是进云南省不一定到昆明来。等到汽笛拉了紧急警报：连续短音，这才可以肯定是朝昆明来的。空袭警报到紧急警报之间，有时要间隔很长时间，所以到了这里的人都不忙下沟，——沟里没有太阳，而且过早地像云冈石佛似的坐在洞里也很无聊，大都先在沟上看书、闲聊、打桥牌。很多人听到紧急警报还不动，因为紧急警报后日本飞机也不定准来，常常是折飞到别处去了。要一直等到看见飞机的影子了，这才一骨碌站起来，下沟，进洞。联大的学生，以及住在昆明的人，对跑警报太有经验了，从来不仓皇失措。

上举的前一副对联或许是一种泛泛的感慨，但也是有现实意义的。跑警报是谈恋爱的机会。联大同学跑警报时，成双作对的很多。空袭警报一响，男的就在新校舍的路边等着，有时还提着一袋点心吃食，宝珠梨、花生米……他等的女同学来了，“嗨！”于是欣然并肩走出新校舍的后门。跑警报说不上是同生死，共患难，但隐隐约约有那么一点危险感，和看电影、遛翠湖时不同。这一点危险感使两方的关系更加亲近了。女同学乐于有人伺候，男同学也正好殷勤照顾，表现一点骑士风度。正如孙悟空在高老庄所说：“一来医得眼好，二来又照顾了郎中，这是凑四合六的买卖。”从这点来说，跑警报是颇为罗曼蒂克的。有恋爱，就有三角，有失恋。跑警报的“对儿”并非总是固定的，有时一方被另一方“甩”了，两人“吹”了，“对儿”就要重新组合。写（姑且叫作“写”吧）那副对联的，大概就是一位被“甩”的男同学。不过，也不一定。

警报时间有时很长，长达两三个小时，也很“腻歪”。紧急警报后，日本飞机轰炸已毕，人们就轻松下来。不一会，“解除警报”响了：汽笛拉长音，大家就起身拍拍尘土，络绎不绝地返回市里。也有时不等解除警报，很多人就往回走：天上起了乌云，要下雨了。一下雨，日本飞机不会来。在野地里被雨淋湿，可不是事！一有雨，我们有一个同学一定是一马当先往回奔，就是前面所说那位报告预行警报的姓侯的。他奔回新校舍，到各个宿舍搜罗了很多雨伞，放在新校舍的后门外，见有女同学来，就递过一把。他怕这些女同学挨淋。这位侯同学长得五大三粗，却有一副贾宝玉的心肠。大概是上了吴雨僧先生的《红楼梦》的课，受了影响。侯兄送伞，已成定例。警报下雨，一次不落。名闻全校，贵在有恒。——这些伞，等雨住后他还会到南院女生宿舍去敛回来，再归还原主的。

跑警报，大都要把一点值钱的东西带在身边。最方便的是金子，——金戒指。有一位哲学系的研究生曾经作了这样的逻辑推理：有人带金子，必有人会丢掉金子，有人丢金子，就会有人捡到金子，我是人，故我可以捡到金子。因此，他跑警报时，特别是解除警报以后，他每次都很留心地巡视路面。他当真两次捡到过金戒指！逻辑推理有此妙用，大概是教逻辑学的金岳霖先生所未料到的。

联大师生跑警报时没有什么可带，因为身无长物，一般大都是带两本书或一册论文的草稿。有一位研究印度哲学的金先生每次跑警报总要提了一只很小的手提箱。箱子里不是什么别的东西，是一个女朋友写给他的信——情书。他把这些情书视如性命，有时也会拿出一两封来给别人看。没有什么不能看的，因为没有卿卿我我的肉麻的话，只是一个聪明女人对生活的感受，文字很俏皮，充满了英国式的机智，是一些很漂亮的essay，字也很秀气。这些信实在是可以拿来出版的。金先生辛辛苦苦地保存了多年，现在大概也不知去向了，可惜。我看过这个女人的照片，人长得就像她写的那些信。

联大同学也有不跑警报的，据我所知，就有两人。一个是女同学，姓罗。一有警报，她就洗头。别人都走了，锅炉房的热水没人用，她可以敞开来洗，要多少水有多少水！另一个是一位广东同学，姓郑。他爱吃莲子。一有警报，他就用一个大漱口缸到锅炉火口上去煮莲子。警报解除了，他的莲子也烂了。有一次日本飞机炸了联大，昆明北院、南院，都落了炸弹，这位郑老兄听着炸弹乒乒乓乓在不远的地方爆炸，依然在新校舍大图书馆旁的锅炉上神色不动地搅和他的冰糖莲子。

抗战期间，昆明有过多少次警报，日本飞机来过多少次，无法统计。自然也死了一些人，毁了一些房屋。就我的记忆，大东门外，有一次日本飞机机枪扫射，田地里死的人较多。大西门外小树林里曾炸死了好几匹驮木柴的马。此外似无较大伤亡。警报、轰炸，并没有使人产生血肉横飞，一片焦土的印象。

日本人派飞机来轰炸昆明，其实没有什么实际的军事意义，用意不过是吓唬吓唬昆明人，施加威胁，使人产生恐惧。他们不知道中国人的心理是有很大的弹性的，不那么容易被吓得魂不附体。我们这个民族，长期以来，生于忧患，已经很“皮实”了，对于任何猝然而来的灾难，都用一种“儒道互补”的精神对待之。这种“儒道互补”的真髓，即“不在乎”。这种“不在乎”精神，是永远征不服的。

为了反映“不在乎”，作《跑警报》。

博雅

德熙写信来，说吴征镒到北京了，希望我去他家聚一聚。我和吴征镒——按辈分我应当称他吴先生，但我们从前都称他为“吴老爷”，已经四十年不见了。他是研究植物的，现在是植物研究所的名誉所长。我们认识，却是因为唱曲子。在陶光（重华）的倡导下，云南大学组织了一个曲会。参加的是联大、云大的师生。有时还办“同期”，也有两校以外的曲友来一起唱。吴老爷是常到的。他唱老生，嗓子好，中气足，能把《弹词》的“九转货郎儿”一气唱到底，苍劲饱满，富于感情。除了唱曲子，他还写诗，新诗旧诗都写。我们见面，谈了很多往事。我问他还写不写诗了，他说早不写了，没有时间。曲子是一直还唱的。我说我早就想写一篇关于他的报告文学，他连说“不敢当，不敢当！”已经有好几篇关于他的报告文学了，他都不太满意。这也难怪，采访他的人大都侧重在他研究植物学的锲而不舍的精神，不大了解我们这位吴老爷的诗人气质。我说他的学术著作是“植物诗”，他没有反对。他说起陶光送给他的一副对联：

为有才华翻蕴藉
每于朴素见风流

这副对子很能道出吴征镒的品格。

当时和我们一起拍曲子的，不止是中文系、历史系的师生，也有理工学院的。数学系教授许宝就是一个。许家是昆曲世家，许先生唱得很讲究。我的《刺虎》就是他教的。生物系教授崔芝兰（女，一辈子研究蝌蚪的尾巴）几乎是每“期”必到，而且多半是唱《西楼记》。

西南联大的理工学院的教授兼能文事，——对文艺有兴趣，而且修养极高的，不乏其人。华罗庚先生善写散曲体的诗，是大家都知道的。有一次我在一家裱画店里看到一幅不大的银红蜡笺的单条，写的是极其秀雅流丽的文徵明体的小楷。我当时就被吸引住了，走进去看了半天，一边感叹：现在能写这种文徵明体的小字的人，不多了。看了看落款，却是：赵九章！赵九章是地球物理专家，后来是地球物理研究所的所长。真没想到，他还如此精于书法！

联大的学生也是如此。理工学院的学生大都看文学书。闻一多先生讲《古代神话》、罗膺中先生讲《杜诗》，大教室里里外外站了很多人听。他们很多是工学院的学生，他们从工学院所在的拓东路，穿过一座昆明城，跑到“昆中北院”来，就为了听两节课！

有人问我：西南联大的学风有些什么特点，这不好回答，但有一点可以提一提：博、雅。

解放以后，我们的学制，在中学就把学生分为文科、理科。这办法不一定好。

听说清华大学现在开了文学课，好！

金岳霖先生

西南联大有许多很有趣的教授，金岳霖先生是其中的一位。金先生是我的老师沈从文先生的好朋友。沈先生当面和背后都称他为“老金”。大概时常来往的熟朋友都这样称呼他。关于金先生的事，有一些是沈先生告诉我的。我在《沈从文先生在西南联大》一文中提到过金先生。有些事情在那篇文章里没有写进，觉得还应该写一写。

金先生的样子有点怪。他常年戴着一顶呢帽，进教室也不脱下。每一学年开始，给新的一班学生上课，他的第一句话总是：“我的眼睛有毛病，不能摘帽子，并不是对你们不尊重，请原谅。”他的眼睛有什么病，我不知道，只知道怕阳光。因此他的呢帽的前檐压得比较低，脑袋总是微微地仰着。他后来配了一副眼镜，这副眼镜一只的镜片是白的，一只是黑的。这就更怪了。后来在美国讲学期间把眼睛治好了，——好一些，眼镜也换了，但那微微仰着脑袋的姿态一直还没有改变。他身材相当高大，经常穿一件烟草黄色的麂皮夹克，天冷了就在里面围一条很长的驼色的羊绒围巾。联大的教授穿衣服是各色各样的。闻一多先生有一阵穿一件式样过时的灰色旧夹袍，是一个亲戚送给他的，领子很高，袖口极窄。联大有一次在龙云的长子，蒋介石的干儿子龙绳武家里开校友会，——龙云的长媳是清华校友，闻先生在会上大骂“蒋介石，王八蛋！混蛋！”那天穿的就是这件高领窄袖的旧夹袍。朱自清先生有一阵披着一件云南赶马人穿的蓝色毡子的一口钟。除了体育教员，教授里穿夹克的，好像只有金先生一个人。他的眼神即使是到美国治了后也还是不大好，走起路来有点深一脚浅一脚。他就这样穿着黄夹克，微仰着脑袋，深一脚浅一脚地在联大新校舍的一条土路上走着。

金先生教逻辑。逻辑是西南联大规定文学院一年级学生的必修课，班上学生很多，上课在大教室，坐得满满的。在中学里没有听说有逻辑这门学问，大一的学生对这课很有兴趣。金先生上课有时要提问，那么多的学生，他不能都叫得上名字来，——联大是没有点名册的，他有时一上课就宣布："今天，穿红毛衣的女同学回答问题。"于是所有穿红衣的女同学就都有点紧张，又有点兴奋。那时联大女生在蓝阴丹士林旗袍外面套一件红毛衣成了一种风气。——穿蓝毛衣、黄毛衣的极少。问题回答得流利清楚，也是件出风头的事。金先生很注意地听着，完了，说："Yes！请坐！"

学生也可以提出问题，请金先生解答。学生提的问题深浅不一，金先生有问必答，很耐心。有一个华侨同学叫林国达，操广东普通话，最爱提问题，问题大都奇奇怪怪。他大概觉得逻辑这门学问是挺"玄"的，应该提点怪问题。有一次他又站起来提了一个怪问题，金先生想了一想，说："林国达同学，我问你一个问题：Mr.林国达is perpendicular to the blackboard（林国达君垂直于黑板），这什么意思？"林国达傻了。林国达当然无法垂直于黑板，但这句话在逻辑上没有错误。

林国达游泳淹死了。金先生上课，说："林国达死了，很不幸。"这一堂课，金先生一直没有笑容。

有一个同学，大概是陈蕴珍，即萧珊，曾问过金先生："您为什么要搞逻辑？"逻辑课的前一半讲三段论，大前提、小前提、结论、周延、不周延、归纳、演绎……还比较有意思。后半部全是符号，简直像高等数学。她的意思是：这种学问多么枯燥！金先生的回答是：“我觉得它很好玩。”

除了文学院大一学生必修逻辑，金先生还开了一门“符号逻辑”，是选修课。这门学问对我来说简直是天书。选这门课的人很少，教室里只有几个人。学生里最突出的是王浩。金先生讲着讲着，有时会停下来，问：“王浩，你以为如何？”这堂课就成了他们师生二人的对话。王浩现在在美国。前些年写了一篇关于金先生的较长的文章，大概是论金先生之学的，我没有见到。

王浩和我是相当熟的。他有个要好的朋友王景鹤，和我同在昆明黄土坡一个中学教书，王浩常来玩。来了，常打篮球。大都是吃了午饭就打。王浩管吃了饭就打球叫“练盲肠”。王浩的相貌颇“土”，脑袋很大，剪了一个光头，——联大同学剪光头的很少，说话带山东口音。他现在成了洋人——美籍华人，国际知名的学者，我实在想象不出他现在是什么样子。前年他回国讲学，托一个同学要我给他画一张画。我给他画了几个青头菌、牛肝菌、一根大葱，两头蒜，还有一块很大的宣威火腿。——火腿是很少入画的。我在画上题了几句话，有一句是“以慰王浩异国乡情”。王浩的学问，原来是师承金先生的。一个人一生哪怕只教出一个好学生，也值得了。当然，金先生的好学生不止一个人。

金先生是研究哲学的，但是他看了很多小说。从普鲁斯特到福尔摩斯，都看。听说他很爱看平江不肖生的《江湖奇侠传》。有几个联大同学住在金鸡巷，陈蕴珍、王树藏、刘北汜、施载宣（萧荻）。楼上有一间小客厅。沈先生有时拉一个熟人去给少数爱好文学、写写东西的同学讲一点什么。金先生有一次也被拉了去。他讲的题目是《小说和哲学》。题目是沈先生给他出的。大家以为金先生一定会讲出一番道理。不料金先生讲了半天，结论却是：小说和哲学没有关系。有人问：那么《红楼梦》呢？金先生说："红楼梦里的哲学不是哲学。"他讲着讲着，忽然停下来："对不起，我这里有个小动物。"他把右手伸进后脖颈，提出了一个跳蚤，捏在手指里看看，甚为得意。

金先生是个单身汉（联大教授里不少光棍，杨振声先生曾写过一篇游戏文章《释鳏》，在教授间传阅），无儿无女，但是过得自得其乐。他养了一只很大的斗鸡（云南出斗鸡）。这只斗鸡能把脖子伸上来，和金先生一个桌子吃饭。他到处搜罗大梨、大石榴，拿去和别的教授的孩子比赛。比输了，就把梨或石榴送给他的小朋友，他再去买。

金先生朋友很多，除了哲学家的教授外，时常来往的，据我所知，有梁思成、林徽因夫妇，沈从文，张奚若……君子之交淡如水，坐定之后，清茶一杯，闲话片刻而已。金先生对林徽因的谈吐才华，十分欣赏。现在的年轻人多不知道林徽因。她是学建筑的，但是对文学的趣味极高，精于鉴赏，所写的诗和小说如《窗子以外》《九十九度中》风格清新，一时无二。林徽因死后，有一年，金先生在北京饭店请了一次客，老朋友收到通知，都纳闷：老金为什么请客？到了之后，金先生才宣布："今天是徽因的生日。"

金先生晚年深居简出。毛主席曾经对他说："你要接触接触社会。"金先生已经八十岁了，怎么接触社会呢？他就和一个蹬平板三轮车的约好，每天蹬着他到王府井一带转一大圈。我想象金先生坐在平板三轮上东张西望，那情景一定非常有趣。王府井人挤人，熙熙攘攘，谁也不会知道这位东张西望的老人是一位一肚子学问，为人天真、热爱生活的大哲学家。

金先生治学精深，而著作不多。除了一本大学丛书里的《逻辑》，我所知道的，还有一本《论道》。其余还有什么，我不清楚，须问王浩。

我对金先生所知甚少。希望熟知金先生的人把金先生好好写一写。

联大的许多教授都应该有人好好地写一写。

观音寺

我在观音寺住过一年。观音寺在昆明北郊，是一个荒村，没有什么寺。——从前也许有过。西南联大有几个同学，心血来潮，办了一所中学。他们不知通过什么关系，在观音寺找了一处校址。这原是资源委员会存放汽油的仓库，废弃了。我找不到工作，闲着，跟当校长的同学说一声，就来了。这个汽油仓库有几间比较大的屋子，可以当教室，有几排房子可以当宿舍，倒也像那么一回事。房屋是简陋的，瓦顶、土墙，窗户上没有玻璃。——那些五十三加仑的汽油桶是不怕风雨的。没有玻璃有什么关系！我们在联大新校舍住了四年，窗户上都没有玻璃。在窗格上糊了桑皮纸，抹一点青桐油，亮堂堂的，挺有意境。教员一人一间宿舍，室内床一、桌一、椅一。还要什么呢？挺好。每个月还有一点微薄的薪水，饿不死。

这地方是相当野的。我来的前一学期，有一天，薄暮，有一个赶马车的被人捅了一刀，——昆明市郊之间通马车，马车形制古朴，一个有篷的车厢，厢内两边各有一条木板，可以坐八个人，马车和身上的钱都被抢去了，他手里攥着一截突出来的肠子，一边走，一边还问人："我这是什么？我这是什么？"

因此这个中学里有几个校警，还有两支老旧的七九步枪。

学校在一条不宽的公路边上，大门朝北。附近没有店铺，也不见有人家。西北围墙外是一个孤儿院。有二三十个孩子，都挺瘦。有一个管理员。这位管理员不常出来，不知道是什么样子，但是他的声音我们很熟悉。他每天上午、下午都要教这些孤儿唱戏。他大概是云南人，教唱的却是京戏。而且老是那一段：《武家坡》。他唱一句，孤儿们跟着唱一句。“一马离了西凉界，”——“一马离了西凉界”；“不由人一阵阵泪洒胸怀，”——“不由人一阵阵泪洒胸怀”。听了一年《武家坡》，听得人真想泪洒胸怀。

孤儿院的西边有一家小茶馆，卖清茶，葵花子，有时也有两块芙蓉糕。还卖市酒。昆明的白酒分升酒（玫瑰重升）和市酒。市酒是劣质白酒。

再往西去，有一个很奇怪的单位，叫作“灭虱站”。这还是一个国际性的机构，是美国救济总署办的，专为国民党的士兵消灭虱子。我们有时看见一队士兵开进大门，过了一会，在我们附近散了一会步之后，又看见他们开了出来。听说这些兵进去，脱光衣服，在身上和衣服上喷一种什么药粉，虱子就灭干净了。这有什么用呢？过几天他们还不是浑身又长出虱子来了么？

我们吃了午饭、晚饭常常出去散步。大门外公路对面是一大片农田。田里种的不是稻麦，却是胡萝卜。昆明的胡萝卜很好，浅黄色，粗而且长，细嫩多水分，味微甜。联大学生爱买了当水果吃，因为很便宜。女同学尤其爱吃，因为据说这种胡萝卜含少量的砒，吃了可以驻颜。常常看见几个女同学一人手里提了一把胡萝卜。到了宿舍里，嘎吱嘎吱地嚼。胡萝卜田是很好看的。胡萝卜叶子琐细，颜色浓绿，密密地，把地皮盖得严严的，说它是“堆锦积绣”，毫不为过。再往北，有一条水渠。渠里不常有水。渠沿两边长了很多木香花。开花的时候白灿灿的耀人眼目，香得不得了。

学校后面——南边是一片丘陵。山上有一口池塘。这池塘下面大概有泉眼，所以池水常满，很干净。这样的池塘按云南人的习惯应该叫作“龙潭”。龙潭里有鱼，鲫鱼。我们有时用自制的鱼竿来钓鱼。这里的鱼未经人钓过，很易上钩。坐在这样的人迹罕到的池边，仰看蓝天白云，俯视钓丝，不知身在何世。

东面是坟。昆明人家的坟前常有一方平地，大概是为了展拜用的。有的还有石桌石凳，可以坐坐。这里有一些矮柏树，到处都是蓝色的野菊花和报春花。这种野菊花非常顽强，连根拔起来养在一个破钵子里，可以开很长时间的花。这里后来成了美国兵开着吉普带了妓女来野合的场所。每到月白风清的夜晚，就可以听到公路上不断有吉普车的声音。美国兵野合，好像是有几个集中的地方的，并不到处撒野。他们不知怎么看中了这个地方。他们扔下了好多保险套，白花花的，到处都是。后来我们就不大来了。这个玩意，总是不那么雅观。

我们的生活很清简。教书、看书。打桥牌，聊大天。吃野菜，吃灰菜、野苋菜。还吃一种叫作豆壳虫的甲虫。我在小说《老鲁》里写的，都是真事。喔，我们还演过话剧，《雷雨》，师生合演。演周萍的叫王惠。这位老兄一到了台上简直是晕头转向。他站错了地位，导演着急，在布景后面叫他：“王惠，你过来！”他以为是提词，就在台上大声嚷嚷：“你过来！”弄得同台的演员莫名其妙。他忘了词，无缘无故在台上大喊：“鲁贵！”我演鲁贵，心说：坏了，曹禺的剧本里没有这一段呀！没法子，只好上去，没话找话：“大少爷，您明儿到矿上去，给您预备点什么早点？煮几个鸡蛋吧！”他总算明白过来了：“好，随便，煮鸡蛋！去吧！”

生活清贫，大家倒没有什么灾病。王惠得了一次破伤风，——打篮球碰破了皮，感染了。有一个姓董的同学和另一个同学搭一辆空卡车进城。那个同学坐在驾驶舱里，他靠在卡车后面的挡板上，挡板的铁闩松开了，他摔了下去，等找到他的时候，坏了，他不会说中国话了，只会说英语，而且只有两句：“I am cold，I am hungry”（我冷，我饿）。翻来覆去，说个不停。这二位都治好了。我们那时都年轻，很皮实，不太容易被疾病打倒。

炮仗响了。日本投降那天，昆明到处放炮仗，昆明人就把抗战胜利叫作“炮仗响了”。这成了昆明人计算时间的标记，如：“那会炮仗还没响”，“这是炮仗响了之后一个月的事情”。大后方的人纷纷忙着“复员”，我们的同学也有的联系汽车，计划着“青春作伴好还乡”。有些因为种种原因，一时回不去，不免有点恓恓惶惶。有人抄了一首唐诗贴在墙上：

故园东望路漫漫，
双袖龙钟泪不干。
马上相逢无纸笔，
凭君传语报平安。

诗很对景，但是心情其实并不那样酸楚。昆明的天气这样好，有什么理由急于离开呢？这座中学后来迁到篆塘到大观楼之间的白马庙，我在白马庙又接着教了一年，到一九四六年八月，才走。

西南联大中文系

西南联大中文系的教授有清华的，有北大的。应该也有南开的。但是哪一位教授是南开的，我记不起来了，清华的教授和北大的教授有什么不同，我实在看不出来。联大的系主任是轮流做庄。朱自清先生当过一段系主任。担任系主任时间较长的，是罗常培先生。学生背后都叫他“罗长官”。罗先生赴美讲学，闻一多先生代理过一个时期。在他们“当政”期间，中文系还是那个老样子，他们都没有一套“施政纲领”。事实上当时的系主任“为官清简”，近于无为而治。中文系的学风和别的系也差不多：民主、自由、开放。当时没有“开放”这个词，但有这个事实。中文系似乎比别的系更自由。工学院的机械制图总要按期交卷，并且要严格评分的；理学院要做实验，数据不能马虎。中文系就没有这一套。记得我在皮名举先生的“西洋通史”课上交了一张规定的马其顿国的地图，皮先生阅后，批了两行字：“阁下之地图美术价值甚高，科学价值全无。”似乎这样也可以了。总而言之，中文系的学生更为随便，中文系体现的“北大”精神更为充分。

如果说西南联大中文系有一点什么“派”，那就只能说是“京派”。西南联大有一本《大一国文》，是各系共同必修。这本书编得很有倾向性。文言文部分突出地选了《论语》，其中最突出的是《子路曾皙冉有公西华侍坐》。“暮春者，春服既成，冠者五六人，童子六七人，浴乎沂，风乎舞雩，咏而归”，这种超功利的生活态度，接近庄子思想的率性自然的儒家思想对联大学生有相当深广的潜在影响。还有一篇李清照的《金石录后序》。一般中学生都读过一点李清照的词，不知道她能写这样感情深挚、挥洒自如的散文。这篇散文对联大文风是有影响的。语体文部分，鲁迅的选的是《示众》。选一篇徐志摩的《我所知道的康桥》，是意料中事。选了丁西林的《一只马蜂》，就有点特别。更特别的是选了林徽因的《窗子以外》。这一本《大一国文》可以说是一本“京派国文”。严家炎先生编中国流派文学史，把我算作最后一个“京派”，这大概跟我读过联大有关，甚至是和这本《大一国文》有点关系。这是我走上文学道路的一本启蒙的书。这本书现在大概是很难找到了。如果找得到，翻印一下，也怪有意思的。

“京派”并没有人老挂在嘴上。联大教授的“派性”不强。唐兰先生讲甲骨文，讲王观堂（国维）、董彦堂（董作宾），也讲郭鼎堂（沫若），——他讲到郭沫若时总是叫他“郭沫（读如妹）若”。闻一多先生讲（写）过“擂鼓的诗人”，是大家都知道的。

联大教授讲课从来无人干涉，想讲什么就讲什么，想怎么讲就怎么讲。刘文典先生讲了一年庄子，我只记住开头一句：“《庄子》嘿，我是不懂的喽，也没有人懂。”他讲课是东拉西扯，有时扯到和庄子毫不相干的事。倒是有些骂人的话，留给我的印象颇深。他说有些搞校勘的人，只会说甲本作某，乙本作某，——“到底应该作什么？”骂有些注释家，只会说甲如何说，乙如何说：“你怎么说？”他还批评有些教授，自己拿了一个有注解的本子，发给学生的是白文，“你把注解发给学生！要不，你也拿一本白文！”他的这些意见，我以为是对的。他讲了一学期《文选》，只讲了半篇木玄虚的《海赋》。好几堂课大讲“拟声法”。他在黑板上写了一个挺长的法国字，举了好些外国例子。曾见过几篇老同学的回忆文章，说闻一多先生讲楚辞，一开头总是“痛饮酒，熟读《离骚》，方称名士”。有人问我，“是不是这样？”是这样。他上课，抽烟。上他的课的学生，也抽。他讲唐诗，不蹈袭前人一语。讲晚唐诗和后期印象派的画一起讲，特别讲到“点画派”。中国用比较文学的方法讲唐诗的，闻先生当为第一人。他讲《古代神话与传说》非常“叫座”。上课时连工学院的同学都穿过昆明城，从拓东路赶来听。那真是“满坑满谷”，昆中北院大教室里里外外都是人。闻先生把自己在整张毛边纸上手绘的伏羲女娲图钉在黑板上，把相当繁琐的考证，讲得有声有色，非常吸引人。还有一堂“叫座”的课是罗庸（膺中）先生讲杜诗。罗先生上课，不带片纸。不但杜诗能背写在黑板上，连仇注都背出来。唐兰（立庵）先生讲课是另一种风格。他是教古文字学的，有一年忽然开了一门“词选”，不知道是没有人教，还是他自己感兴趣。他讲“词选”主要讲《花间集》（他自己一度也填词，极艳）。他讲词的方法是：不讲。有时只是用无锡腔调念（实是吟唱）一遍：“‘双鬓隔香红，玉钗头上风’——好！真好！”这首词就pass了。沈从文先生在联大开过三门课：“各体文习作”“创作实习”“中国小说史”，沈先生怎样教课，我已写了一篇《沈从文先生在西南联大》，发表在《人民文学》上，兹不赘。他讲创作的精义，只有一句“贴到人物来写”。听他的课需要举一隅而三隅反，否则就会觉得“不知所云”。

联大教授之间，一般是不互论长短的。你讲你的，我讲我的。但有时放言月旦，也无所谓。比如唐立庵先生有一次在办公室当着一些讲师助教，就评论过两位教授，说一个“集穿凿附会之大成”、一个“集啰嗦之大成”。他不考虑有人会去“传小话”，也没有考虑这两位教授会因此而发脾气。

西南联大中文系教授对学生的要求是不严格的。除了一些基础课，如文字学（陈梦家先生授）、声韵学（罗常培先生授）要按时听课，其余的，都较随便。比较严一点的是朱自清先生的“宋诗”。他一首一首地讲，要求学生记笔记，背，还要定期考试，小考，大考。有些课，也有考试，考试也就是那么回事。一般都只是学期终了，交一篇读书报告。联大中文系读书报告不重抄书，而重有无独创性的见解。有的可以说是怪论。有一个同学交了一篇关于李贺的报告给闻先生，说别人的诗都是在白地子上画画，李贺的诗是在黑地子上画画，所以颜色特别浓烈，大为闻先生激赏。有一个同学在杨振声先生教的“汉魏六朝诗选”课上，就“车轮生四角”这样的合乎情悖乎理的想象写了一篇很短的报告《方车轮》。就凭这份报告，在期终考试时，杨先生宣布该生可以免考。

联大教授大都很爱才。罗常培先生说过，他喜欢两种学生：一种，刻苦治学；一种，有才。他介绍一个学生到联大先修班去教书，叫学生拿了他的亲笔介绍信去找先修班主任李继侗先生。介绍信上写的是“……该生素具创作夙慧。……”一个同学根据另一个同学的一句新诗（题一张抽象派的画的）“愿殿堂毁塌于建成之先”填了一首词，作为“诗法”课的练习交给王了一先生，王先生的评语是：“自是君身有仙骨，剪裁妙处不须论。”具有“夙慧”，有“仙骨”，这种对于学生过甚其辞的评价，恐怕是不会出之于今天的大学教授的笔下的。

我在西南联大是一个不用功的学生，常不上课，但是乱七八糟看了不少书。有一个时期每天晚上到系图书馆去看书。有时只我一个人。中文系在新校舍的西北角，墙外是坟地，非常安静。在系里看书不用经过什么借书手续，架上的书可以随便抽下一本来看。而且可抽烟。有一天，我听到墙外有一派细乐的声音。半夜里怎么会有乐声，在坟地里？我确实是听见的，不是错觉。

我要不是读了西南联大，也许不会成为一个作家。至少不会成为一个像现在这样的作家。我也许会成为一个画家。如果考不取联大，我准备考当时也在昆明的国立艺专。

吴雨僧先生二三事

吴宓（雨僧）先生相貌奇古。头顶微尖，面色苍黑，满脸刮得铁青的胡子，有学生形容他的胡子之盛，说是他两边脸上的胡子永远不能一样：刚刮了左边，等刮右边的时候，左边又长出来了。他走路很快，总是提了一根很粗的黄藤手杖。这根手杖不是为了助行，而是为了矫正学生的步态。有的学生走路忽东忽西，挡在吴先生的前面，吴先生就用手杖把他拨正。吴先生走路是笔直的，总是匆匆忙忙的。他似乎没有逍遥闲步的时候。

吴先生是西语系的教授。他在西语系开了什么课我不知道。他开的两门课是外系学生都可以选读或自由旁听的。一门是“中西诗之比较”，一门是“红楼梦”。

“中西诗之比较”第一课我去旁听了。不料他讲的第一首诗却是：

一去二三里，
烟村四五家。
楼台六七座，
八九十枝花。

吴先生认为这种数字的排列是西洋诗所没有的。我大失所望了，认为这讲得未免太浅了，以后就没有再去听，其实讲诗正应该这样：由浅入深。数字入诗，确也算得是中国诗的一个特点。骆宾王被人称为“算博士”。杜甫也常以数字为对，如“两个黄鹂鸣翠柳，一行白鹭上青天”，“窗含西岭千秋雪，门泊东吴万里船”。吴先生讲课这样的“卑之勿甚高论”，说明他治学的朴实。

“红楼梦”是很“叫座”的，听课的学生很多，女生尤其多。我没有去听过，但知道一件事。他一进教室，看到有些女生站着，就马上出门，到别的教室去搬椅子。联大教室的椅子是不固定的，可以搬来搬去。吴先生以身作则，听课的男士也急忙蜂拥出门去搬椅子。到所有女生都已坐下，吴先生才开讲。吴先生讲课内容如何，不得而知。但是他的行动，很能体现“贾宝玉精神”。

文林街和府甬道拐角处新开了一家饭馆，是几个湖南学生集资开的，取名“潇湘馆”，挂了一个招牌。吴先生见了很生气，上门向开馆子的同学抗议：林妹妹的香闺怎么可以作为一个饭馆的名字呢！开饭馆的同学尊重吴先生的感情，也很知道他的执拗的脾气，就提出一个折中的方案，加一个字，叫作“潇湘饭馆”。吴先生勉强同意了。

听说陈寅恪先生曾说吴先生是《红楼梦》里的妙玉，吴先生以为知己。这个传说未必可靠，也许是哪位同学编出来的。但编造得颇为合理，这样的编造安在陈先生和吴先生的头上，都很合适。

吴先生长期过着独身生活，吃饭是“打游击”。他经常到文林街一家小饭馆去吃牛肉面。这家饭馆只有一间门脸，卖的也只是牛肉面。小饭馆的老板很尊重吴先生。抗战期间，物价飞涨，小饭馆随时要调整价目。每次涨价，都要征得吴先生同意。吴先生听了老板说明涨价的理由，把老的价目表撤下，在一张红纸上用毛笔正楷写一张新的价目表贴在墙上：炖牛肉多少钱一碗，牛肉面多少钱一碗，净面多少钱一碗。

抗战胜利，三校（西南联大是清华、北大、南开联合起来的）复原，不知道为什么吴先生没有回清华（他是老清华了），我就没有再见到吴先生。有一阵谣传他在四川出了家，大概是因为他字“雨僧”而附会出来的。后来打听到他辗转在武汉大学、香港大学教书，最后落到北碚师范学院。

新校舍

西南联大的校舍很分散。有一些是借用原先的会馆、祠堂、学校，只有新校舍是联大自建的，也是联大的主体。这里原来是一片坟地，坟主的后代大都已经式微或他徙了，联大征用了这片地并未引起麻烦。有一座校门，极简陋，两扇大门是用木板钉成的，不施油漆，露着白茬。门楣横书大字："国立西南联合大学"。进门是一条贯通南北的大路。路是土路，到了雨季，接连下雨，泥泞没足，极易滑倒。大路把新校舍分为东西两区。

路以西，是学生宿舍。土墼墙，草顶。两头各有门。窗户是在墙上留出方洞，直插着几根带皮的树棍。空气是很流通的，因为没有人爱在窗洞上糊纸，当然更没有玻璃。昆明气候温和，冬天从窗洞吹进一点风，也不要紧。宿舍是大统间，两边靠墙，和墙垂直，各排了十张双层木床。一张床睡两个人，一间宿舍可住四十人。我没有留心过这样的宿舍共有多少间。我曾在二十五号宿舍住过两年。二十五号不是最后一号。如果以三十间计，则新校舍可住一千二百人。联大学生三千人，工学院住在拓东路迤西会馆；女生住"南院"，新校舍住的是文、理、法三院的男生。估计起来，可以住得下。学生并不老老实实地让双层床靠墙直放，向右看齐，不少人给它重新组合，把三张床拼成一个U字，外面挂上旧床单或钉上纸板，就成了一个独立天地，屋中之屋。结邻而居的，多是谈得来的同学。

也有的不是自己选择的，是学校派定的。我在二十五号宿舍住的时候，睡靠门的上铺，和下铺的一位同学几乎没有见过面。他是历史系的，姓刘，河南人。他是个农家子弟，到昆明来考大学是由河南自己挑了一担行李走来的。——到昆明来考联大的，多数是坐公共汽车来的，乘滇越铁路火车来的，但也有利用很奇怪的交通工具来的。物理系有个姓应的学生，是自己买了一头毛驴，从西康骑到昆明来的。我和历史系同学怎么会没有见过面呢？他是个很用功的老实学生，每天黎明即起，到树林里去读书。我是个夜猫子，天亮才回床睡觉。一般说，学生搬床位，调换宿舍，学校是不管的，从来也没有办事职员来查看过。有人占了一个床位，却终年不来住。也有根本不是联大的，却在宿舍里住了几年。有一个青年小说家曹卣，——他很年轻时就在《文学》这样的大杂志上发表过小说，他是同济大学的，却住在二十五号宿舍。也不到同济上课，整天在二十五号写小说。

桌椅是没有的。很多人去买了一些肥皂箱。昆明肥皂箱很多，也很便宜。一般三个肥皂箱就够用了。上面一个，面上糊一层报纸，是书桌。下面两层放书，放衣物，这就书橱、衣柜都有了。椅子？——床就是。不少未来学士在这样的肥皂箱桌面上写出了洋洋洒洒的论文。

宿舍区南边，校门围墙西侧以里，是一个小操场。操场上有一副单杠和一副双杠。体育主任马约翰带着大一学生在操场上上体育课。马先生一年四季只穿一件衬衫，一件西服上衣，下身是一条猎裤，从不穿毛衣、大衣。面色红润，连光秃秃的头顶也红润，脑后一圈雪白的卷发。他上体育课不说中文，他的英语带北欧口音。学生列队，他要求学生必须站直："Boys!You must keep your body straight!"我年轻时就有点驼背，始终没有straight起来。

操场上有一个篮球场，很简陋。遇有比赛，都要临时画线，现结篮网，但是很多当时的篮球名将如唐宝华、牟作云……都在这里展过身手。

大路以东，有一条较小的路。这条路经过一个池塘，池塘中间有一座大坟，成为一个岛。岛上开了很多野蔷薇，花盛时，香扑鼻。这个小岛是当初规划新校舍时特意留下的。于是成了一个景点。

往北，是大图书馆。这是新校舍唯一的瓦顶建筑。每天一早，就有一堆学生在外面等着。一开门，就争先进去，抢座位（座位不很多），抢指定参考书（参考书不够用）。晚上十点半钟。图书馆的电灯还亮着，还有很多学生在里面看书。这都是很用功的学生。大图书馆我只进去过几次。这样正襟危坐，集体苦读，我实在受不了。

图书馆门前有一片空地。联大没有大会堂，有什么全校性的集会便在这里举行。在图书馆关着的大门上用摁钉摁两面党国旗，也算是会场。我入学不久，张清常先生在这里教唱过联大校歌（校歌是张先生谱的曲），学唱校歌的同学都很激动。每月一号，举行一次“国民月会”，全称应是“国民精神总动员月会”，可是从来没有人用全称，实在太麻烦了。国民月会有时请名人来演讲，一般都是梅贻琦校长讲讲话。梅先生很严肃，面无笑容，但说话很幽默。有一阵昆明闹霍乱，梅先生劝大家不要在外面乱吃东西，说：“有一位同学说，‘我吃了那么多次，也没有得过一次霍乱。’这种事情是不能有第二次的。”开国民月会时，没有人老实站着，都是东张西望，心不在焉。有一次，我发现青天白日满地红的国旗的太阳竟是十三只角（按规定应是十二只）！

“一二·一惨案”（国民党军队枪杀三位同学、一位老师）发生后，大图书馆曾布置成死难烈士的灵堂，四壁都是挽联，灵前摆满了花圈，大香大烛，气氛十分肃穆悲壮。那两天昆明各界前来吊唁的人络绎于途。

大图书馆后面是大食堂。学生吃的饭是通红的糙米，装在几个大木桶里，盛饭的瓢也是木头的，因此饭有木头的气味。饭里什么都有：砂粒、耗子屎……被称为“八宝饭”。八个人一桌，四个菜，装在酱色的粗陶碗里。菜多盐而少油。常吃的菜是煮芸豆，还有一种叫作魔芋豆腐的灰色的凉粉似的东西。

大图书馆的东面，是教室。土墙，铁皮顶。铁皮上涂了一层绿漆。有时下大雨，雨点敲得铁皮丁丁当当地响。教室里放着一些白木椅子。椅子是特制的。右手有一块羽毛球拍大小的木板，可以在上面记笔记。椅子是不固定的，可以随便搬动，从这间教室搬到那间。吴宓先生上“红楼梦研究”课，见下面有女生没有坐下，就立即走到别的教室去搬椅子。一些颇有骑士风度的男同学于是追随吴先生之后，也去搬。到女同学都落座，吴先生才开始上课。

我是个吊儿郎当的学生，不爱上课。有的教授授课是很严格的。教西洋通史（这是文学院必修课）的是皮名举。他要求学生记笔记，还要交历史地图。我有一次画了一张马其顿王国的地图，皮先生在我的地图上批了两行字：“阁下所绘地图美术价值甚高，科学价值全无。”第一学期期终考试，我得了三十七分。第二学期我至少得考八十三分，这样两学期平均，才能及格，这怎么办？到考试时我拉了两个历史系的同学，一个坐在我的左边，一个坐在我的右边。坐在右边的同学姓钮，左边的那个忘了。我就抄左边的同学一道答题，又抄右边的同学一道。公布分数时，我得了八十五分，及格还有富余！

朱自清先生教课也很认真。他教我们宋诗。他上课时带一沓卡片，一张一张地讲。要交读书笔记，还要月考、期考。我老是缺课，因此朱先生对我印象不佳。

多数教授讲课很随便。刘文典先生教《昭明文选》，一个学期才讲了半篇木玄虚的《海赋》。

闻一多先生上课时，学生是可以抽烟的。我上过他的“楚辞”。上第一课时，他打开高一尺又半的很大的毛边纸笔记本，抽上一口烟，用顿挫鲜明的语调说："痛饮酒，熟读《离骚》——乃可以为名士。"他讲唐诗，把晚唐诗和后期印象派的画联系起来讲。这样讲唐诗，别的大学里大概没有。闻先生的课都不考试，学期终了交一篇读书报告即可。

唐兰先生教词选，基本上不讲。打起无锡腔调，把词"吟"一遍："'双鬓隔香红啊——玉钗头上风……'好！真好！"这首词就算讲过了。

西南联大的课程可以随意旁听。我听过冯文潜先生的美学。他有一次讲一首词：

汴水流，
泗水流，
流到瓜洲古渡头，
吴山点点愁。

冯先生说他教他的孙女念这首词，他的孙女把"吴山点点愁"念成"吴山点点头"，他举的这个例子我一直记得。

吴宓先生讲"中西诗之比较"，我很有兴趣地去听。不料他讲的第一首诗却是：

一去二三里，
烟村四五家。
楼台六七座，
八九十枝花。

我不好好上课，书倒真也读了一些。中文系办公室有一个小图书馆，通称系图书馆。我和另外一两个同学每天晚上到系图书馆看书。系办公室的钥匙就由我们拿着，随时可以进去。系图书馆是开架的，要看什么书自己拿，不需要填卡片这些麻烦手续。有的同学看书是有目的有系统的。一个姓范的同学每天摘抄《太平御览》。我则是从心所欲，随便瞎看。我这种乱七八糟看书的习惯一直保持到现在。我觉得这个习惯挺好。夜里，系图书馆很安静，只有哲学心理系有几只狗怪声嗥叫——一个教生理学的教授做实验，把狗的不同部位的神经结扎起来，狗于是怪叫。有一天夜里我听到墙外一派鼓乐声，虽然悠远，但很清晰。半夜里怎么会有鼓乐声？只能这样解释：这是鬼奏乐。我确实听到的，不是错觉。我差不多每夜看书，到鸡叫才回宿舍睡觉。——因此我和历史系那位姓刘的河南同学几乎没有见过面。

新校舍大门东边的围墙是“民主墙”。墙上贴满了各色各样的壁报，左、中、右都有。有时也有激烈的论战。有一次三青团办的壁报有一篇宣传国民党观点的文章，另一张“群社”编的壁报上很快就贴出一篇反驳的文章，批评三青团壁报上的文章是“咬着尾巴兜圈子”。这批评很尖刻，也很形象。“咬着尾巴兜圈子”是狗。事隔近五十年，我对这一警句还记得十分清楚。当时有一个“冬青社”（联大学生社团甚多），颇有影响。冬青社办了两块壁报，一块是《冬青诗刊》，一块就叫《冬青》，是刊载杂文和漫画的。冯友兰先生、查良钊先生、马约翰先生，都曾经被画进漫画。冯先生、查先生、马先生看了，也并不生气。

除了壁报，还有各色各样的启事。有的是出让衣物的。大都是八成新的西服、皮鞋。出让的衣物就放在大门旁边的校警室里，可以看货付钱。也有寻找失物的启事，大都写着：“鄙人不慎，遗失了什么东西，如有捡到者，请开示姓名住处，失主即当往取，并备薄酬。”所谓“薄酬”，通常是五香花生米一包。有一次有一位同学贴出启事：“寻找眼睛。”另一位同学在他的启事标题下用红笔画了一个大问号。他寻找的不是“眼睛”，是“眼镜”。

新校舍大门外是一条碎石块铺的马路。马路两边种着高高的尤加利树（即按树，云南到处皆有）。

马路北侧，挨新校的围墙，每天早晨有一溜卖早点的摊子。最受欢迎的是一个广东老太太卖的煎鸡蛋饼。一个瓷盆里放着鸡蛋加少量的水和成的稀面，舀一大勺，摊在平铛上，煎熟，加一把葱花。广东老太太很舍得放猪油。鸡蛋饼煎得两面焦黄，猪油吱吱作响，喷香。一个鸡蛋饼直径一尺，卷而食之，很解馋。

晚上，常有一个贵州人来卖馄饨面。有时馄饨皮包完了，他就把馄饨馅拨在汤里下面。问他：“你这叫什么面？”贵州老乡毫不迟疑地说：“桃花面！”

马路对面常有一个卖水果的。卖桃子，“面核桃”和“离核桃”，卖泡梨——棠梨泡在盐水里，梨肉转为极嫩、极脆。

晚上有时有云南兵骑马由东面驰向西面，马蹄铁敲在碎石块的尖棱上，迸出一朵朵火花。

有一位曾在联大任教的作家教授在美国讲学。美国人问他：西南联大八年，设备条件那样差，教授、学生生活那样苦，为什么能出那样多的人才？——有一个专门研究联大校史的美国教授以为联大八年，出的人才比北大、清华、南开三十年出的人才都多。为什么？这位作家回答了两个字：自由。

后台

道具树

我躺在道具树下面看书。

道具树不是树，只是木板、稻草、麻袋、帆布钉出来的，刷了颜色，很粗糙。但是搬到台上，打了灯光，就像是一棵树了。

道具树不是树。然而我觉得它是树，是一棵真的树。树下面有新鲜的空气流动。

我躺在道具树下面看书，看弗吉尼亚·伍尔芙的《果园里》。

凝视

她愿意我给她化妆，愿意我凝视她的脸。我每天给她化妆，把她的脸看得很熟了。我给她打了底彩，揉了胭脂，描了眉（描眉时得屏住气，否则就会画得一边高一边低，——我把她的眉梢画得稍为扬起一点），勾了眼线，涂了口红（用小指尖抹匀），在下唇下淡淡地加了一点阴影。

在我给她化妆的时候，在我长久地凝视她的脸的时候，她很乖。

大姐

大姐是管服装的。她并不喜欢演戏，她可以说是一个毫无浪漫主义气质的人。她来管服装只是因为人好，有一副热心肠，愿意帮助人。她管服装很尽职，有条有理。她总是带了一个提包到后台来，包里是剪刀、刷子、熨斗……她胸前总是别着几根带着线头的针。哪件服装绽了线，就缝几针。她倾听着台上的戏，下一场谁该换什么服装了，就准备好放在顺手的地方。大家都很尊敬她，都叫她大姐。

大姐是个好人。她愿意陪人上街买衣料，买皮鞋。也愿意陪人去吃一碗米线。她给人传递情书。一对情人闹别扭了，她去劝解。学校什么社团在阳中海举办夏令营，她去管伙食。

酆

酆是个半职业演员。她的身世很复杂。她是清末民初一个大名士的孙女。她的父亲是姨太太生的，她也是姨太太生的。她父亲曾经在海防当过领事。她在北京读了一年大学，就休学做了演员……她爱跟人谈她的曲折的身世，有些话似乎不大可信。她是个情绪型的人，容易激动，说话表情丰富，手势很多，似乎随时都是在演戏。她不知怎么到了昆明。她很会演戏。《雷雨》里的鲁妈、《原野》里的焦大妈都演得很好。但是昆明演话剧的机会不是很多，不知道她是靠什么生活的。

她和一个经济系四年级的大学生同居了一个时期。这个大学生跑仰光，跑腊戍，倒卖尼龙丝袜、旁氏口红，有几个钱。酆把他们的房间布置得很别致。藤编的凉帽翻过来当灯罩，云南绿釉陶罐里插着大把的康乃馨，墙上挂着很大的克拉克盖博和蓓蒂黛维斯的照片，没有椅子凳子，客人来了坐在草蒲团上，地下没有地毯，铺了一地松毛。

有一天，经济系大学生到后台来，鄷忽然当着很多人，扬起手来打了大学生一个很响亮的耳光。大学生被别的演员劝走了。鄷在化妆室里又哭又闹，说是大学生欺负了她。正哭得不可开交，剧务来催场：“鄷！该你上了！”鄷立刻不哭了，稍微整了整妆，扑了一点粉，上场，立刻进了角色，好像刚才什么事也没有发生。真奇怪，她哭成那样，脸上的妆并没有花了。

黑妞

大家都叫她黑妞。她长得黑黑的，眼睛很大，很亮，看起来有点野，但实际上很温顺，性格朴素。她爱睁大了眼睛听人说话。她和我不一样。我是个吊儿郎当的人，写一些虚无缥缈的诗。她在学校参加进步的学生社团，参加歌咏队，参加纪念“一二·九”运动的大会。我演戏，只是为了好玩，为艺术而艺术；她参加演戏，是一种进步活动，当然也是为了玩。我们演的都不是重要的角色，最后一场没有戏，卸了妆，就提前离开剧场。从舞台的侧门下来到剧场门口，要经过一个狭狭的巷子，只有一点路灯的余光，很暗。她伸出手来拉住我的手。我很高兴。我知道她很喜欢我。以后每次退出舞台，她都在巷口等我，很默契。我们一直手拉着手，走完狭巷，到剧场大门，分手。仅此而已。我们并没有吻一下。我还从来没有吻过人。她大概也没有。

十多年以后，我到一个中学去做报告，讲鲁迅，见到了她。她在这个中学教语文，来听我的报告。见面，都还认得。她还是那样，眼睛还很大，只是，不那样亮了。她神情有点忧郁，我觉得她这十多年的生活大概经历了不少坎坷。

地质系同学

西南联大各系的学生各有特点。中文系的不衫不履，带点名士气。工学院的同学挟着画板、丁字尺，一个个全像候补工程师。从法律系二、三年级的学生身上已经可以看出一位名律师或大法官的影子。商学系的同学很实际，他们不爱幻想。从举止、动作、谈吐上，大体上可以勾画出我们的同学可能经历的人生道路。但这只是相对而言，比较而言，不能像矿物一样可以用光谱测定。比如，有一个比我高两班的同学，读了四年工学院，毕业后又考进文学研究所做哲学研究生，由实入虚，你说他该是什么风度呢？不过地质系的学生身上共同的特点是比较显著的。

首先，他们的身体都很好。学地质的没有好身体是不行的，学校对报考地质系的考生的体检要求特别严格。搞地质不能只在实验室里搞，大部分时间要从事野外作业，走长路，登高山（据我所知，现在的中国登山队的运动员有两位原来是读地质的），还要背很重的矿石，经常要风餐露宿，生活条件很艰苦，身体差一点是吃不消的。地质系的男同学大都身材较高，挺拔英俊，女同学身体也很好。他们大都是运动员，打篮球、排球，是系队、校队的代表。从仪表上说，他们都有当电影明星的资格。

他们的价值观念是清楚的。他们对自己所选择的学业和事业的道路是肯定的，他们没有彷徨、犹豫、困惑，从一开头就有一种奉献精神——学地质是不可能升官发财的。他们充分认识到他们的工作对于国家的意义，一般说来，他们的祖国意识比别的系的同学更强烈，更实在。

他们都很用功。学地质，理科的底子，数学、物理、化学都要比较好。但是较特别的是，他们除了本门科学，对一般文化，包括文学艺术，也有广泛的兴趣。因此地质系的同学大都文质彬彬，气度潇洒，毫无鄙俗之气，是一些名副其实的“知识分子”。地质系同学在学校时就做出了很大成绩，云南地方曾出了厚厚的一本《云南矿产调查》，就是西南联大地质系师生合作搞出来的。

在他们野外作业列队归来，穿着夹克，背着厚帆布背包，足蹬厚底翻皮长靴，或是平常穿了干净的蓝布长衫（地质系的学生都爱干净），在学校的土路从容走着，我都有好感，对他们很欣赏。

其实我所认识的地质系的同学不多，一共只有四个，都是一九三九年入学，四三届的，和我一个班级。

比较熟识的是马杏垣。我对马杏垣有较深的印象不是由于对他的专业学识有所了解，而是因为他会刻木刻。联大当时没有人刻木刻，一个学地质的刻木刻尤其稀罕。马杏垣曾参加曾昭抡先生所率领的康藏考察团到过一趟西藏，回来在壁报上发表了他的一系列铅笔速写和木刻。他发表木刻用的笔名是“马蹄”，有时用两个英文缩写字母“M.T.”。他的木刻作品偶尔在昆明的报刊上也发表过。据我看，他的木刻是很有风格，很不错的。如果他不学地质而学美术，我相信也会成为一个优秀的画家、木刻家的。多才多艺，是联大许多搞自然科学的教授、学生的一个共同的特点。

马杏垣毕业后到美国留学。

一九四八年，我在北京午门的历史博物馆工作，有一天来了一位参观的上岁数的人，河北丰润一带的口音，他不知怎么知道我是西南联大的，问我认识不认识马杏垣，我说认识。他说他是马杏垣的父亲，于是跟我滔滔不绝地谈起马杏垣。他说了些什么，我已经不记得，只记得老人家很为他这个现在美国的儿子感到骄傲。是呀，有这样的儿子，是值得骄傲。

马杏垣回国后在地质研究所工作，曾任所长，后来听说担任名誉所长。木刻，我想，大概是不刻了。

第二个是杨起。他是杨振声先生的儿子。杨先生是我的老师，我在杨先生处见过他，他长得很像杨先生。他是蓬莱人，个头很高，一个典型的山东大汉，文雅的、谦虚的山东大汉。他给我的印象是非常谦虚，一种从里到外的谦虚。他知道我是杨先生比较喜欢的学生，因此在校舍的土路上相逢，都很亲切地点头招呼。

还有一个是欧大澄。我不知道怎么和他认识的，可能是由于我的一个同系同班的同学和他中学同学，他和这个同学常相过从，我和他也就熟识了。在我的印象里他是喜爱音乐的。我不能确记着他是会拉提琴，弹吉他，或吹口琴。但是他很能欣赏西洋古典音乐，这一印象我想没有错。即使记错了，我觉得他身上有一种古典音乐熏陶出来的气质，这一点不会错。

杨起、欧大澄，现在都不知道在哪里。

因为认识欧大澄，这样也就对郝贻纯有些印象。因为她常和欧大澄在一起走。郝贻纯在女同学里是长得好看的，但是她从来不施脂粉(我们的女同学有一些是非常“倒饬”的，每天涂了很重的口红去听课)，淡雅素朴，落落大方。她好像也是打排球的。

郝贻纯这几年参与了一些政治活动。我不知道她是人大代表还是全国政协委员，好像还是全国妇联的委员。人大、政协、妇联有这样的委员，似乎这些会还有点开头。郝贻纯是彻底“从政”了，还是还没有放弃她的本行？

我的地质系的同学，年龄和我不相上下，都已经过了70了，他们大概是离、退休了。但是我很知道，他们会是离而不休、退而不休的。他们大概都还在查资料、写论文，在培养博士生、硕士生，不会是听鸟养花、优游终老的。

中国的知识分子是多好的知识分子呀！

白马庙

我教的中学从观音寺迁到白马庙，我在白马庙住过一年，白马庙没有庙。这是由篆塘到大观楼之间的一个镇子。我们住的房子形状很特别，像是卡通电影上画的房子，我们就叫它卡通房子，前几年日本飞机常来轰炸，有钱的人多在近郊盖了房子，躲警报，这二年日本飞机不来了，这些房子都空了下来，学校就租了当教员宿舍。这些房子的设计都有点别出心裁，而以我们住的卡通房子最显眼，老远就看得见。

卡通房子门前有一条土路，通过马路，三面都是农田，不挨人家。我上课之余，除了在屋里看看书，常常伏在窗台上看农民种田。看插秧，看两个人用一个戽斗戽水。看一个十五六岁的孩子用一个长柄的锄头挖地。这个孩子挖几锄头就要停一停，唱一句歌，他的歌有音无字，只有一句，但是很好听，长日悠悠，一片安静。我那时正在读《庄子》。在这样的环境中读《庄子》真是太合适了。

这样的不挨人家的“独立家屋”有一点不好，是招小偷。曾有小偷光顾过一次。发觉之后，几位教员拿了棍棒到处搜索，闹腾了一阵，无所得。我和松卿有一次到城里看电影，晚上回来，快到大门时，从路旁沟里窜出一条黑影，跑了。是一个俟机翻墙行窃的小偷。

小偷不少，教导主任老杨曾当美军译员，穿了一条美军将军呢的毛料裤子，晚上睡觉，盖在被窝上压脚。那天闹小偷。他醒来，拧开电灯看看，将军呢裤子没了。他翻了个身，接茬睡他的觉。我们那时都是这样，得、失无所谓，而可失之物亦不多，只要不是真的赤条条来去无牵挂，怎么着也能混得过去，——这位老兄从美军复员，领到一笔复员费，崭新的票子放在夹克上衣口袋里，打了一夜沙蟹，几乎全部输光。

学校的教员有的在校内住，也有住在城里，到这里来兼课的。坐马车来，很方便。朱德熙有一次下了马车，被马咬了一口！咬在胸脯上，胸上落了马的牙印，衣服却没有破。

镇上有一个卖油盐酱醋香烟火柴的杂货铺，一家猪肉案子，还有一个做饵块的作坊。我去看过工人做饵块，小枕头大的那么一坨，不知道怎么竟能蒸熟。

饵块作坊门前有一道砖桥，可以通到河南边。桥南是菜地，我们随时可以吃到刚拔起来的新鲜蔬菜。临河有一家茶馆，茶客不少。靠窗而坐，可以看见河里的船、船上的人，风景很好。

使我惊奇的是东壁粉墙上画了一壁茶花，画得满满的。墨线勾边，涂了很重的颜色，大红花，鲜绿的叶子，画得很工整，花、叶多对称，很天真可爱，这显然不是文人画。我问冲茶的堂倌："这画是谁画的？"——"哑巴"。——他就爱画，哪样上头都画，他画又不要钱，自己贴颜色，就叫他画吧！

过两天，我看见一个挑粪的，粪桶是新的，粪桶近桶口处画了一周遭串枝莲，墨线勾成，笔如铁线，匀匀净净。不用问，这又是那个哑吧画的。粪桶上描花，真是少见。

听说哑巴岁数不大，二十来岁。他没有跟谁学过，就是自己画。

我记得白马庙，主要就是因为这里有一个画画的哑巴。

七载云烟

天地一瞬

我在云南住过七年，一九三九～一九四六年。准确地说，只能说在昆明住了七年。昆明以外，最远只到过呈贡，还有滇池边一片沙滩极美、柳树浓密的叫作斗南村的地方，连富民都没有去过。后期在黄土坡、白马庙各住过年把二年，这只能算是郊区。到过金殿、黑龙潭、大观楼，都只是去游逛，当日来回。我们经常活动的地方是市内。市内又以正义路及其旁出的几条横街为主。正义路北起华山南路，南至金马碧鸡牌坊，当时是昆明的贯通南北的干线，又是市中心所在。我们到南屏大戏院去看电影，——演的都是美国片子。更多的时间是无目的地闲走，闲看。

我们去逛书店。当时书店都是开架售书，可以自己抽出书来看。有的穷大学生会靠在柜台一边，看一本书，一看两三个小时。

逛裱画店。昆明几乎家家都有钱南园的写得四方四正的颜字对联。还有一个吴忠荩老先生写的极其流利但用笔扁如竹篾的行书四扇屏。慰情聊胜无，看看也是享受。

武成路后街有两家做锡箔的作坊。我每次经过，都要停下来看做锡箔的师傅在一个木墩上垫了很厚的粗草纸，草纸间衬了锡片，用一柄很大的木槌，使劲夯砸那一垛草纸。师傅浑身是汗，于是锡箔就槌成了。没有人愿意陪我欣赏这种槌锡箔艺术，他们都以为：“这有什么看头！”

逛茶叶店。茶叶店有什么逛头？有！华山西路有一家茶叶店，一壁挂了一副嵌在镜框里的米南宫体的小对联，字写得好，联语尤好：

静对古碑临黑女
闲吟绝句比红儿

我觉得这对得很巧，但至今不知道这是谁的句子。尤其使我不明白的，是这家茶叶店为什么要挂这样一副对子？

我们每天经过，随时往来的地方，还是大西门一带。大西门里的文林街，大西门外的凤翥街、龙翔街。“凤翥”“龙翔”，不知道是哪位擅于辞藻的文人起下的富丽堂皇的街名，其实这只是两条丁字形的小小的横竖街。街虽小，人却多，气味浓稠。这是来往滇西的马锅夫卸货、装货、喝酒、吃饭、抽鸦片、睡女人的地方。我们在街上很难“深入”这种生活的里层，只能切切实实地体会到：这是生活！我们在街上闲看。看卖木柴的，卖木炭的，卖粗瓷碗、卖砂锅的，并且常常为一点细节感动不已。

但是我生活得最久，接受影响最深，使我成为这样一个人，这样一个作家，——不是另一种作家的地方，是西南联大，新校舍。

骑了毛驴考大学

万里长征，
辞却了五朝宫阙。
暂驻足，

衡山湘水，

又成离别，

绝徼移栽桢干质，

九州遍洒黎元血。

尽笳吹弦诵在山城，

情弥切……

——西南联大校歌

日寇侵华，平津沦陷，北大、清华、南开被迫南迁，组成一个大学，在长沙暂住，名为“临时大学”。后迁云南，改名“国立西南联合大学”，简称“西南联大”。这是一座战时的，临时性的大学，但却是一个产生天才，影响深远，可以彪炳于世界大学之林，与牛津、剑桥、哈佛、耶鲁平列而无愧色的，窳陋而辉煌的，奇迹一样的，“空前绝后”的大学。喔，我的母校，我的西南联大！

像蜜蜂寻找蜜源一样飞向昆明的大学生，大概有几条路径。

一条是陆路。三校部分同学组成“西南旅行团”，由北平出发，走向大西南。一路夜宿晓行，埋锅造饭，过的完全是军旅生活。他们的“着装”是短衣，打绑腿，布条编的草鞋，背负薄薄的一卷行李，行李卷上横置一把红油纸伞，有点像后来的大串联的红卫兵。除了摆渡过河外，全是徒步。自北平至昆明，全程三千五百里，算得是一个壮举。旅行团有部分教授参加，闻一多先生就是其中之一。闻先生一路画了不少铅笔速写。其时闻先生已经把胡子留起来了，——闻先生曾发愿：抗战不胜，誓不剃须！

另一路是海程。由天津或上海搭乘怡和或太古轮船，经香港，到越南海防，然后坐滇越铁路火车，由老街入境，至昆明。

有意思的是，轮船上开饭，除了白米饭之外，还有一箩高粱米饭。这是给东北学生预备的。吃高粱米饭，就咸鱼、小虾，可以使“我的家在东北松花江上的”的流亡学生得到一点安慰，这种举措很有人情味。

我们在上海就听到滇越路有瘴气，易得恶性疟疾，沿路的水不能喝，于是带了好多瓶矿泉水。当时的矿泉水是从法国进口的，很贵。

没有想到恶性疟疾照顾上了我！到了昆明，就发了病，高烧超过四十度，进了医院，医生就给我打了强心针（我还跟护士开玩笑，问“要不要写遗书”）。用的药是606，我赶快声明：我没有生梅毒！

出了院，晕晕乎乎地参加了全国统一招生考试。上帝保佑，竟以第一志愿被录取，我当时真是像做梦一样。

当时到昆明来考大学的，取道各有不同。

有一位历史系学生姓刘的同学是自己挑了一担行李，从家乡河南一步一步走来的。这人的样子完全是一个农民，说话乡音极重，而且四年不改。

有一位姓应的物理系的同学，是在西康买了一头毛驴，一路骑到昆明来的。此人精瘦，外号“黑鬼”，宁波人。

这样一些莘莘的学子，不远千里，从四面八方奔到昆明来，考入西南联大，他们来干什么，寻找什么？

大部分同学是来寻找真理，寻找智慧的。

也有些没有明确目的，糊里糊涂的。我在报考申请书上填了西南联大，只是听说这三座大学，尤其是北大的学风是很自由的，学生上课、考试，都很随便，可以吊儿郎当。我就是冲着吊儿郎当来的。

我寻找什么？

寻找潇洒。

斯是陋室

西南联大的校舍很分散，很多处是借用昆明原有的房屋，学校、祠堂。自建的，集中，成片的校舍叫“新校舍”。

新校舍大门南向，进了大门是一条南北大路。这条路是土路，下雨天滑不留足，摔倒的人很多。这条土路把新校舍划分成东西两区。

西边是学生宿舍。土墙，草顶。土墙上开了几个方洞，方洞上竖了几根不去皮的树棍，便是窗户。挨着土墙排了一列双人木床，一边十张，一间宿舍可住四十人，桌椅是没有的。两个装肥皂的大箱摞起来。既是书桌，也是衣柜。昆明不知道哪里来的那么多肥皂箱，很便宜，男生女生多数都有这样一笔“财产”。有的同学在同一宿舍中一住四年不挪窝，也有占了一个床位却不来住的。有的不是这个大学的，却住在这里。有一位，姓曹，是同济大学的，学的是机械工程，可是他从来不到同济大学去上课，却从早到晚趴在木箱上写小说。有些同学成天在一起，乐数晨夕，堪称知己。也有老死不相往来，几乎等于不认识的。我和那位姓刘的历史系同学就是这样，我们俩同睡一张木床，他住上铺，我住下铺，却很少见面。他是个很守规矩，很用功的人，每天按时作息。我是个夜猫子，每天在系图书馆看一夜书，即天亮才回宿舍。等我回屋就寝时，他已经在校园树下苦读英文了。

大路的东侧，是大图书馆。这是新校舍唯一的一座瓦顶的建筑。每天一早，就有人等在门外“抢图书馆”，——抢位置，抢指定参考书。大图书馆藏书不少，但指定参考书总是不够用的。

每月月初要在这里开一次“国民精神总动员月会”，简称“国民月会”。把图书馆大门关上，钉了两面交叉的党国旗，便是会场。所谓月会，就是由学校的负责人讲一通话。讲的次数最多的是梅贻琦，他当时是主持日常校务的校长（北大校长蒋梦麟、南开校长张伯苓）。梅先生相貌清癯，人很严肃，但讲话有时很幽默。有一个时期昆明闹霍乱，梅先生告诫学生不要在外面乱吃，说："有同学说'我在外面乱吃了好多次，也没有得一次霍乱'，同学们！这种事情是不能有第二次的。"

更东，是教室区。土墙，铁皮屋顶（涂了绿漆）。下起雨来，铁皮屋顶被雨点打得乒乒乓乓地响，让人想起王禹偁的《黄冈竹楼记》。

这些教室方向不同，大小不一，里面放了一些一边有一块平板，可以在上面记笔记的木椅，都是本色，不漆油漆。木椅的设计可能还是从美国传来的，我在爱荷华——耶鲁都看见过。这种椅子的好处是不固定，可以从这个教室到那个教室任意搬来搬去。吴宓（雨僧）先生讲《红楼梦》，一看下面有女生还站着，就放下手杖，到别的教室去搬椅子。于是一些男同学就也赶紧到别的教室去搬椅子。到宝姐姐、林妹妹都坐下了，吴先生才开始讲。

这样的陋室之中，却培养了很多优秀的人才。

联大五十周年校庆时，校友从各地纷纷返校。一位从国外赶回来的老同学（是个男生），进了大门就跪在地下放声大哭。

前几年我重回昆明，到新校舍旧址（现在是云南师范大学）看了看，全都变了样，什么都没有了，只有东北角还保存了一间铁皮屋顶的教室，也岌岌可危了。

不衫不履

联大师生服装各异，但似乎又有一种比较一致的风格。

女生的衣着是比较整洁的。有的有几件华贵的衣服，那是少数军阀商人的小姐。但是她们也只是参加Party时才穿，上课时不会穿得花里胡哨的。一般女生都是一身阴丹士林旗袍，上身套一件红的毛衣。低年级的女生爱穿“工裤”，——劳动布的长裤，上面有两条很宽的带子，白色或浅花的衬衫。这大概本是北京的女中学生流行的服装，这种风气被贝满等校的女生带到昆明来了。

男同学原来有些西装革履，裤线笔直的，也有穿麂皮夹克的，后来就日渐少了，绝大多数是蓝布衫，长裤。几年下来，衣服破旧，就想各种办法“弥补”，如贴一张橡皮膏之类。有人裤子破了洞，不会补，也无针线，就找一根麻筋，把破洞结了一个疙瘩。这样的疙瘩名士不止一人。

教授的衣服也多残破了。闻一多先生有一个时期穿了一件一个亲戚送给他的灰色夹袍，式样早就过时，领子很高，袖子很窄。朱自清先生的大衣破得不能再穿，就买了一件云南赶马人穿的深蓝氆氇的一口钟（大概就是彝族察尔瓦）披在身上，远看有点像一个侠客。有一个女生从南院（女生宿舍）到新校舍去，天已经黑了，路上没有人，她听到后面有梯里突鲁的脚步声，以为是坏人追了上来，很紧张。回头一看，是化学教授曾昭伦。他穿了一双空前（露着脚趾）绝后鞋（后跟烂了，提不起来，只能半趿着），因此发出此梯里突鲁的声音。

联大师生破衣烂衫，却每天孜孜不倦地做学问，真是穷且益坚，不坠青云之志，这种精神，人天可感。

当时“下海”的，也有。有的学生跑仰光、腊戌，趸卖“玻璃丝袜”“旁氏口红”；有一个华侨同学在南屏街开了一家很大的咖啡馆，那是极少数。

采薇

大学生大都爱吃，食欲很旺，有两个钱都吃掉了。

初到昆明，带来的盘缠尚未用尽，有些同学和家乡邮汇尚通，不时可以得到接济，一到星期天就出去到处吃馆子。汽锅鸡、过桥米线、新亚饭店的过油肘子、东月楼的锅贴乌鱼、映时春的油淋鸡、小西门马家牛肉馆的牛肉、厚德福的铁锅蛋、松鹤楼的腐乳肉、“三六九”（一家上海面馆）的大排骨面，全都吃了一个遍。

钱逐渐用完了，吃不了大馆子，就只能到米线店里吃米线、饵块。当时米线的浇头很多，有闷鸡（其实只是酱油煮的小方块瘦肉，不是鸡）、爨肉（即肉末、音川，云南人不知道为什么爱写这样一个笔画繁多的怪字）、鳝鱼、叶子（油炸肉皮煮软，有的地方叫“响皮”，有的地方叫“假鱼肚”）。米线上桌，都加很多辣椒，——“要解馋，辣加咸”。如果不吃辣，进门就得跟堂倌说：“免红！”

到连吃米线、饵块的钱也没有的时候，便只有老老实实到新校舍吃大食堂的“伙食”。饭是“八宝饭”，通红的糙米，里面有砂子、木屑、老鼠屎。菜，偶尔有一碗回锅肉、炒猪血（云南谓之“旺子”），常备的菜是盐水煮芸豆，还有一种叫“魔芋豆腐”，为紫灰色的，烂糊糊的淡而无味的奇怪东西。有一位姓郑的同学告诫同学：饭后不可张嘴——恐怕飞出只鸟来！

一九四四年，我在黄土坡一个中学教了两个学期。这个中学是联大办的，没有固定经费，薪水很少，到后来连一点极少的薪水也发不出来，校长（也是同学）只能设法弄一点米来，让教员能吃上饭。菜，对不起，想不出办法。学校周围有很多野菜，我们就吃野菜。校工老鲁是我们的技术指导。老鲁是山东人，原是个老兵，照他说，可吃的野菜简直太多了，但我们吃得最多的是野苋菜（比园种的家苋菜味浓）、灰藋菜（云南叫作灰菜，“藋”字见于《庄子》，是个很古的字），还有一种样子像一根鸡毛掸子的扫帚苗。野菜吃得我们真有些面有菜色了。

有一个时期附近小山下柏树林里飞来很多硬壳昆虫，黑色，形状略似金龟子，老鲁说这叫豆壳虫，是可以吃的，好吃！他捉了一些，撕去硬翅，在锅里干爆了，撒了一点花椒盐，就起酒来。在他的示范下，我们也爆了一盘，闭着眼睛尝了尝，果然好吃。有点像盐爆虾，而且有一股柏树叶的清香，——这种昆虫只吃柏树叶，别的树叶不吃。于是我们有了就酒的酒菜和下饭的荤菜。这玩意多得很，一会儿的工夫就能捉一大瓶。

要写一写我在昆明吃过的东西，可以写一大本，撮其大要写了一首打油诗。怕读者看不明白，加了一些注解，诗曰：

重升肆里陶杯绿，
饵块摊来炭火红。
正义路边养正气，
小西门外试撩青。
人间至味干巴菌，
世上馋人大学生。
尚有灰藋堪漫吃，
更循柏叶捉昆虫。

一束光阴付苦茶

昆明的大学生（男生）不坐茶馆的大概没有。不可一日无此君，有人一天不喝茶就难受。有人一天喝到晚，可称为“茶仙”。茶仙大抵有两派。一派是固定茶座。有一位姓陆的研究生，每天在一家茶馆里喝三遍茶，早，午，晚。他的牙刷、毛巾、洗脸盆就放这家茶馆里，一起来就上茶馆。另一派是流动茶客，有一姓朱的，也是研究生，他爱到处溜，腿累了就走进一家茶馆，坐下喝一气茶。全市的茶馆他都喝遍了。他不但熟悉每一家茶馆，并且知道附近哪是公共厕所，喝足了茶可以小便，不致被尿憋死。

关于喝茶，我写过一篇《泡茶馆》，已经发表过，写得相当详细，不再重复，有诗为证：

水厄囊空亦可赊，
枯肠三碗嗑葵花。
昆明七载成何事？
一束光阴付苦茶。

水流云在

云南人对联大学生很好，我们对云南、对昆明也很有感情。我们为云南做了一些什么事，留下一点什么？

有些联大师生为云南做了一些有益的实事，比如地质系师生完成了《云南矿产普查报告》，生物系师生写出了《中国植物志·云南卷》的长编初稿，其他还有多少科研成果，我不大知道，我不是搞科研的。

比较明显的、普遍的影响是在教育方面。联大学生在中学兼课的很多，连闻一多先生都在中学教过国文，这对昆明中学生学业成绩的提高，是有很大作用的。

更重要的是使昆明学生接受了民主思想，呼吸到独立思考，学术自由的空气，使他们为学为人都比较开放，比较新鲜活泼。这是精神方面的东西，是抽象的，是一种气质，一种格调，难于确指，但是这种影响确实存在。如云如水，水流云在。

唐立厂先生

唐立厂先生名兰，“立厂”是兰的反切。离名之反切为字，西南联大教授中有好几位。如王力——了一。这大概也是一时风气。

唐先生没有读过正式的大学，只在唐文治办的无锡国学馆读过，但因为他的文章为王国维、罗振玉所欣赏，一夜之间，名满京师。王国维称他为“青年文字学家”。王国维岂是随便“逢人说项”者乎？这样，他年轻轻地就在北京、辽宁（唐先生谓之奉天）等大学教了书。他在西南联大时已经是教授。他讲“说文解字”时，有几位已经很有名的教授都规规矩矩坐在教室里听。西南联大有这样一个好学风：你有学问，我就听你的课，不觉得这有什么丢人。唐先生对金文甲骨都有很深的研究。尤其是甲骨文。当时治甲骨文的学者号称有“四堂”：观堂（王国维）、雪堂（罗振玉）、彦堂（董作宾）、鼎堂（郭沫若），其实应该加上一厂（唐立厂）。难得的是他治学无门户之见。郭沫若研究古文，字是自学，无师承，有些右派学者看不起他，唐立厂独不然，他对郭沫若很推崇，在一篇文章中说过“鼎堂导夫先路”，把郭置于诸家之前。他提起郭沫若总是读其本字“郭沬若”，沬音妹，不读泡沫的沫。唐先生是无锡人，说话用吴语，“郭”“若”都是入声，听起来有一种特殊的味道，让人觉得亲切。唐先生说诸家治古文字是手工业，一个字一个字地认，他是小机器工业。他认出一个“斤”字，于是凡带斤字偏旁的字便都迎刃而解，一认一大批。在当时认古文字数量最多的应推唐立厂。

唐先生兴趣甚广，于学无所不窥。有一年教词选的教授休假，他自告奋勇，开了词选课。他的教词选实在有点特别。他主要讲《花间集》，《花间集》以下不讲。其实他讲词并不讲，只是打起无锡腔，把这一首词高声吟唱一遍，然后加一句短到不能再短的评语。

“‘双鬟隔香红啊，玉钗头上风。’——好！真好！”

这首词就算讲完了。学生听懂了没有？听懂了！从他的做梦一样的声音神情中，体会到了温飞卿此词之美了。讲是不讲，不讲是讲。

唐先生脑袋稍大，一年只理两次发，头发很长，他又是个鬈发，从后面看像一只狻猊，——就是卢沟桥上的石狮子，也即是耍狮子舞的那种狮子，不是非洲狮子。他有一阵住在大观楼附近的乡下。请了一个本地的女孩子照料生活，洗洗衣裳，做饭。唐先生爱吃干巴菌，女孩子常给他炒青辣椒干巴菌。有时请几个学生上家里吃饭，必有这一道菜。

唐先生有过一段Romance，他和照料他生活的女孩子有了感情，为她写了好些首词。他也并不讳言，反而抄出来请中文系的教授、讲师传看。都是“花间体”。据我们系主任罗常培（莘四）说：“写得很艳！”

唐先生说话无拘束，想到什么就说。有一次在办公室说起闻一多、罗膺中（庸），这是两个中文系上课最“叫座”的教授，闻先生教楚辞、唐诗、古代神话，罗先生讲杜诗。他们上课，教室里座无虚席，有一些工学院学生会从拓东路到大西门，穿过整个昆明城赶来听课。唐立厂当着系里很多教员、助教，大声评论他们二位：“闻一多集穿凿附会之大成；罗膺中集啰唆之大成！”他的无锡语音使他的评论更富力度。教员、助教互相看看，不赞一词。“处世无奇但率真”，唐立厂先生是一个胸无渣滓的率真的人。他的评论并无恶意，也绝无“打击别人抬高自己”的用心。他没有考虑到这句话传到闻先生、罗先生耳中会不会使他们生气。也没有无聊的人会搬弄是非，传小话。即使闻先生、罗先生听到，也不会生气的。西南联大就是这样一所大学，这样的一种学风：宽容，坦荡，率真。

闻一多先生上课

闻先生性格强烈坚毅。日寇南侵，清华、北大、南开合成临时大学，在长沙少驻，后改为西南联合大学，将往云南。一部分师生组成步行团，闻先生参加步行，万里长征，他把胡子留了起来，声言：抗战不胜，誓不剃须。他的胡子只有下巴上有，是所谓“山羊胡子”，而上髭浓黑，近似一字。他的嘴唇稍薄微扁，目光灼灼。有一张闻先生的木刻像，回头侧身，口衔烟斗，用炽热而又严冷的目光审视着现实，很能表达闻先生的内心世界。

联大到云南后，先在蒙自待了一年。闻先生还在专心治学，把自己整天关在图书馆里。图书馆在楼上。那时不少教授爱起斋名，如朱自清先生的斋名叫“贤于博弈斋”，魏建功先生的书斋叫“学无不暇簃”，有一位教授戏赠闻先生一个斋主的名称：“何妨一下楼主人”。因为闻先生总不下楼。

西南联大校舍安排停当，学校即迁至昆明。

我在读西南联大时，闻先生先后开过三门课：楚辞、唐诗、古代神话。

楚辞班人不多。闻先生点燃烟斗，我们能抽烟的也点着了烟（闻先生的课可以抽烟的），闻先生打开笔记，开讲：“痛饮酒，熟读《离骚》，乃可以为名士。”闻先生的笔记本很大，长一尺有半，宽近一尺，是写在特制的毛边纸稿纸上的。字是正楷，字体略长，一笔不苟。他写字有一特点，是爱用秃笔。别人用过的废笔，他都收集起来，秃笔写篆楷蝇头小字，真是一个功夫。我跟闻先生读一年楚辞，真读懂的只有两句“袅袅兮秋风，洞庭波兮木叶下”。也许还可加上几句：“成礼兮会鼓，传葩兮代舞，春兰兮秋菊，长毋绝兮终古。”

闻先生教古代神话，非常“叫座”。不单是中文系的、文学院的学生来听讲，连理学院、工学院的同学也来听。工学院在拓东路，文学院在大西门，听一堂课得穿过整整一座昆明城。闻先生讲课“图文并茂”。他用整张的毛边纸墨画出伏羲、女娲的各种画像，用摁钉钉在黑板上，口讲指画，有声有色，条理严密，文采斐然，高低抑扬，引人入胜。闻先生是一个好演员。伏羲女娲，本来是相当枯燥的课题，但听闻先生讲课让人感到一种美，思想的美，逻辑的美，才华的美。听这样的课，穿一座城，也值得。

能够像闻先生那样讲唐诗的，并世无第二人。他也讲初唐四杰、大历十才子、《河岳英灵集》，但是讲得最多，也讲得最好的，是晚唐。他把晚唐诗和后期印象派的画联系起来。讲李贺，同时讲到印象派里的pointlism（点画派），说点画看起来只是不同颜色的点，这些点似乎不相连属，但凝视之，则可感觉到点与点之间的内在联系。这样讲唐诗，必须本人既是诗人，也是画家，有谁能办到？闻先生讲唐诗的妙悟，应该记录下来。我是个大大咧咧的人，上课从不记笔记。听说比我高一班的同学郑临川记录了，而且整理成一本《闻一多论唐诗》，出版了，这是大好事。

我颇具歪才，善能胡诌，闻先生很欣赏我。我曾替一个比我低一班的同学代笔写了一篇关于李贺的读书报告，——西南联大一般课程都不考试，只于学期终了时交一篇读书报告即可给学分。闻先生看了这篇读书报告后，对那位同学说：“你的报告写得很好，比汪曾祺写的还好！”其实我写李贺，只写了一点：别人的诗都是画在白底子上的画，李贺的诗是画在黑底子上的画，故颜色特别浓烈。这也是西南联大许多教授对学生鉴别的标准：不怕新，不怕怪，而不尚平庸，不喜欢人云亦云，只抄书，无创见。

炸弹和冰糖莲子

我和郑智绵曾同住一个宿舍。我们的宿舍非常简陋，草顶、土墼墙；墙上开出一个一个方洞，安几根带皮的直立的木棍，便是窗户。睡的是双层木床，靠墙两边各放十张，一间宿舍可住四十人。我和郑智绵是邻居。我住三号床的下铺，他住五号床的上铺。他是广东人，他说的话我"识听唔识讲"，我们很少交谈。他的脾气有些怪：一是痛恨京剧，二是不跑警报。

我那时爱唱京剧，而且唱的是青衣（我年轻时嗓子很好）。有爱唱京剧的同学带了胡琴到我的宿舍来，定了弦，拉了过门，我一张嘴，他就骂人："丢那妈！猫叫！"

那二年日本飞机三天两头来轰炸，一有警报，联大同学大都"跑警报"，从新校舍北门出去，到野地里待着，各干各的事，晒太阳、整理笔记、谈恋爱……直到"解除警报"拉响，才拍拍身上的草末，悠悠闲闲地往回走。"跑警报"有时时间相当长，得一两小时。郑智绵绝对不跑警报。他干什么呢？他留下来煮冰糖莲子。

广东人爱吃甜食，郑智绵是其尤甚者。金碧路有一家广东人开的甜食店，卖绿豆沙、芝麻糊、番薯糖水……番薯糖水有什么吃头？然而郑智绵说"好嘢！"不过他最爱吃的是冰糖莲子。西南联大新校舍大图书馆西边有一座烧开水的炉子。一有警报，没有人来打开水，炉子的火口就闲了下来，郑智绵就用一个很大的白搪瓷漱口缸来煮莲子。莲子不易烂，不过到解除警报响了，他的莲子也就煨得差不多了。

一天，日本飞机在新校舍扔了一枚炸弹，离开水炉不远，就在郑智绵身边。炸弹不大，不过炸弹带了尖锐哨音往下落，在土地上炸了一个坑，还是挺吓人的。然而郑智绵照样用汤匙搅他的冰糖莲子，神色不动。到他吃完了莲子，洗了漱口缸，才到弹坑旁边看了看，捡起一个弹片（弹片还烫手），骂了一声：

"丢那妈！"

未尽才
——故人偶记

陶光

陶光字重华，但我们背后都只叫他陶光。他是我的大一国文教作文的老师。西南联大大一教课文和教作文的是两个人。教课文的是教授、副教授，教作文的一般是讲师、助教。陶光当时是助教。陶光面白皙，风度翩翩。他有个特点，上课穿了两件长衫来，都是毛料的，外面一件是铁灰色的，里面一件是咖啡色的。进了教室就把外面一件脱了，挂在墙上的钉子上。外面一件就成了夹大衣。教作文，主要是修改学生的作文，评讲。他有时评讲到得意处，就把眼睛闭起来，很陶醉。有一个也是姓陶的女同学写了一篇抒情散文，记下雨天听一盲人拉二胡的感受，陶先生在一段的末尾给她加了一句："那湿冷的声音湿冷了我的心。"当时我就记住了。也许是因为第二个"湿冷"是形容词作动词用，有点新鲜。也许是这一句的感伤主义情绪。

他后来转到云南大学教书去了，好像升了讲师。

后来我跟他熟起来是因为唱昆曲。云南大学中文系成立了一个曲社，教学生拍曲子的，主要的教师是陶光。吹笛子的是历史系教员张宗和。陶先生的曲子唱得很好，是跟红豆馆主学过的。他是唱冠生的，嗓子很好，高亮圆厚，底气很足。《拾画叫画》《八阳》《三醉》《琵琶记·辞朝》《迎像哭像》……都唱得慷慨淋漓，非常有感情。用现在的说法，他唱曲子是很“投入”的。

他主攻的学问是什么，我不了解。他是刘文典的学生，好像研究过《淮南子》。据说他的旧诗写得很好，我没有见过。他的字写得很好，是写二王的。我见过他为刘文典的《〈淮南子〉校注》石印本写的扉页的书题，极有功力。还见过他为一个同学写的小条幅，是写在桃红地子的冷金笺上的，三行：

故园东望路漫漫，
双袖龙钟泪不干。
马上相逢无纸笔，
凭君传语报平安。

字有《圣教序》笔意。选了这首唐诗，大概是有所感的，那时已是抗战胜利，联大的老师、同学都作北归之计，他还要滞留云南。他常有感伤主义的气质，触景生情是很自然的。

他留在云南大学教书。我们北上后不大知道他的消息。听说经刘文典做媒，和一个唱滇戏的女演员结了婚。后来好像又离了。滇戏演员大概很难欣赏这位才子。

全国解放前他去了台湾，大概还是教书。后在台湾客死，遗诗一卷。我总觉得他在台湾是寂寞的。

陆

真抱歉，我连他的真名都想不起来了。和他同时期的研究生都叫他

"小陆克"。陆克是三十年代美国滑稽电影明星。叫他小陆克是没有道理的。他没有哪一点像陆克，只是因为他姓陆。长脸，个儿很高。两腿甚长，走起路来有点打晃。这个人物有点传奇性，他曾经徒步旅行了大半个中国。所以能完成这一壮举，大概是因为他腿长。

他在云南大学附近的一所中学——南英中学兼一点课，我也在南英中学教一班国文，联大同学在中学兼课的很多，这样我们就比较熟了。他的特点是一天到晚泡茶馆，可称为联大泡茶馆的冠军。他把脸盆、毛巾、牙刷都放在南英中学下坡对面的一家茶馆里，早起到茶馆洗脸，然后泡一碗茶，吃两个烧饼。他的手指特别长，拿烧饼的姿势是兰花手。吃了烧饼就喝茶看书。他好像是历史系的研究生，所看的大都是很厚的外文书。中午，出去随便吃点东西，回来重要一碗茶，接着泡。看书，整个下午。晚上出去吃点东西，回来接着泡。一直到灯火阑珊，才挟了厚书回南英中学睡觉。他看了那么多书，可是一直没见他写过什么东西。联大的研究生、高年级的学生，在茶馆里喜欢高谈阔论，他只是在一边听着，不发表他的见解。他到底有没有才华？我想是有的。也许他眼高手低？也许天性羞涩，不爱表现？

他后来到了重庆，听说生活很潦倒，到了吃不上饭。终于死在重庆。

朱南铣

朱南铣是个怪人。我是通过朱德熙和他认识的。德熙和他是中学同学。他个子不高，长得很清秀，一脸聪明相，一看就是江南人。研究生都很佩服他，因为他外文、古文都很好，很渊博。他和另外几个研究生被人称为"无锡学派"，无锡学派即钱钟书学派，其特点是学贯中西，博闻强记。他是念哲学的，可是花了很长时间钻研滇西地理。

他家在上海开钱庄，他有点“小开”脾气。我们几个人：朱德熙、王逊、徐孝通常和他一起喝酒。昆明的小酒铺都是窄长的小桌子，盛酒的是莲蓬大的绿陶小碗，一碗一两。朱南铣进门，就叫“摆满”，排得一桌酒碗。他最讨厌在吃饭时有人在后面等座。有一天，他和几个人快吃完了，后面的人以为这张桌子就要空出来了，不料他把堂倌叫来：“再来一遍。”——把刚才上过的菜原样再上一次。

他只看外文和古文的书，对时人著作一概不看。我和德熙到他家开的钱庄去看他，他正躺在藤椅上看方块报。说：“我不看那些学术文章，有时间还不如看看方块报。”

他请我们几个人到老正兴吃螃蟹喝绍兴酒。那天他和我都喝得大醉，回不了家，德熙等人把我们两人送到附近一家小旅馆睡了一夜。德熙后来跟我说：“你和他喝酒不能和他喝得一样多。如果跟他喝得一样多，他一定还要再喝。”这人非常好胜。

他后来在人民文学出版社当编辑，研究《红楼梦》。

听说，他在咸宁干校，有一天喝醉酒，掉到河里淹死了。

他没有留下什么著作。他把关于《红楼梦》的独创性的见解都随手记在一些香烟盒上。据说有人根据他在香烟盒子上写的一两句话写了很重要的论文。

我的师承

沈从文的寂寞

——浅谈他的散文

一九八一年湖南人民出版社出了沈先生的散文选。选集中所收文章，除了一篇《一个传奇的故事》、一篇《张八寨二十分钟》，其余的《从文自传》《湘行散记》《湘西》，都是三十年代写的。沈先生写这些文章时才三十几岁，相隔已经半个世纪了。我说这些话，只是点明一下时间，并没有太多感慨。四十年前，我和沈先生到一个图书馆去，站在一架一架的图书面前，沈先生说："看到有那么多人写了那么多书，我真是什么也不想写了！"古往今来，那么多人写了那么多书，书的命运，盈虚消长，起落兴衰，有多少道理可说呢。不过一个人被遗忘了多年，现在忽然又来出他的书，总叫人不能不想起一些问题。这有什么历史的和现实的意义？这对于今天的读者——主要是青年读者的品德教育、美感教育和语言文字的教育有没有作用？作用有多大？……

这些问题应该由评论家、文学史家来回答。我不想回答，也回答不了。我是沈先生的学生，却不是他的研究者（已经有几位他的研究者写出了很好的论文）。我只能谈谈读了他的散文后的印象。当然是很粗浅的。

文如其人。有几篇谈沈先生的文章都把他的人品和作品联系起来。朱光潜先生在《花城》上发表的短文就是这样。这是一篇好文章。其中说到沈先生是寂寞的，尤为知言。我现在也只能用这种办法。沈先生用手中一支笔写了一生，也用这支笔写了他自己。他本人就像一个作品，一篇他自己所写的作品那样的作品。

我觉得沈先生是一个热情的爱国主义者，一个不老的抒情诗人，一个顽强的不知疲倦的语言文字的工艺大师。

这真是一个少见的热爱家乡、热爱土地的人。他经常来往的是家乡人，说的是家乡话，谈的是家乡的人和事。他不止一次和我谈起棉花坡的渡船，谈起枫树坳，秋天，满城飘舞着枫叶。一九八一年他回凤凰一次，带着他的夫人和友人看了他的小说里所写过的景物，都看到了，水车和石碾子也终于看到了，没有看到的只是那个大型榨油坊。七十九岁的老人，说起这些，还像一个孩子。他记得的那样多，知道的那样多，想过的那样多，写了的那样多，这真是少有的事。他自己说他最满意的小说是写一条延长千里的沅水边上的人和事的。选集中的散文更全部是写湘西的。这在中国的作家里不多，在外国的作家里也不多。这些作品都是有所为而作的。

沈先生非常善于写风景。他写风景是有目的的。正如他自己所说：

> 一首诗或者仅仅二十八个字，一幅画大小不过一方尺，留给后人的印象，却永远是清新壮丽，增加人对于祖国大好河山的感情。(《张八寨二十分钟》)

风景不殊，时间流动。沈先生常在水边，逝者如斯，他经常提到的一个名词是“历史”。他想的是这块土地，这个民族的过去和未来。他的散文不是晋人的山水诗，不是要引人消沉出世，而是要人振作进取。

读沈先生的作品常令人想起鲁迅的作品，想起《故乡》《社戏》(沈先生最初拿笔，就是受了鲁迅以农村回忆为题材的小说的影响，思想上也必然受其影响）。他们所写的都是一个贫穷而衰弱的农村。地方是很美的，人民勤劳而朴素，他们的心灵也是那样高尚美好，然而却在一种无望的情况中辛苦麻木地生活着。鲁迅的心是悲凉的。他的小说就混合着美丽与悲凉。湘西地方偏僻，被一种更为愚昧的势力以更为野蛮的方式统治着。那里的生活是“怕人”的，所出的事情简直是离奇的。一个从这种生活里过来的青年人，跑到大城市里，接受了“五四”以来的民主思想，转过头来再看看那里的生活，不能不感到痛苦。《新与旧》里表现了这种痛苦，《菜园》里表现了这种痛苦，《丈夫》《贵生》里也表现了这种痛苦，他的散文也到处流露了这种痛苦。土著军阀随便地杀人，一杀就是两三千。刑名师爷随便地用红笔勒那么一笔，又急忙提着长衫，拿着白铜水烟袋跑到高坡上去欣赏这种不雅观的游戏。卖菜的周家小妹被一个团长抢去了。“小婊子”嫁了个老烟鬼。一个矿工的女儿，十三岁就被驻防军排长看中，出了两块钱引诱破了身，最后咽了三钱烟膏，死掉了。……说起这些，能不叫人痛苦？这都是谁的责任？“浦市地方屠户也那么瘦了，是谁的责任？”——这问题看似提得可笑，实可悲。便是这种诙谐语气，也是从一种无可奈何的痛苦心境中发出的。这是一种控诉。在小说里，因为要“把道理包含在现象中”，控诉是无言的。在散文中有时就明明白白地说了出来。“读书人的同情，专家的调查，对这种人有什么用？若不能在调查和同情以外有一个‘办法’，这种人总永远用血和泪在同样情形中打发日子。地狱俨然就是为他们而设的。他们的生活，正说明‘生命’在无知与穷困包围中必然的种种。”（《辰谿的煤》）沈先生是一个不习惯于大喊大叫的人，但这样的控诉实不能说是十分“温柔敦厚”。不知道为什么他的这些话很少有人注意。

沈从文不是一个悲观主义者。个人得失事小，国家前途事大。他曾经明确提出："民族兴衰，事在人为。"就在那样黑暗腐朽（用他的说法是"腐烂"）的时候，他也没有丧失信心。他总是想激发青年的自尊心和自信心。"在事业上有以自现，在学术上有以自立。"他最反对愤世嫉俗，玩世不恭。在昆明，他就跟我说过："千万不要冷嘲。"一九四六年，我到上海，失业，曾想过要自杀，他写了一封长信把我大骂了一通，说我没出息。信中又提到"千万不要冷嘲"。他在《〈长河〉题记》中说："横在我们面前的许多事都使人痛苦，可是却不用悲观。社会还正在变化中，骤然而来的风风雨雨，说不定把许多人的高尚理想，卷扫摧残，弄得无踪无迹，然而一个人对于人类前途的热忱，和工作的虔敬态度，是应当永远存在，且必然能给后来者以极大鼓励的！"事情真奇怪，沈先生这些话是一九四二年说的，听起来却好像是针对"文化大革命"而说的。我们都经过那十年"痛苦怕人"的生活，国家暂时还有许多困难，有许多问题待解决。有一些青年，包括一些青年作家，不免产生冷嘲情绪，觉得世事一无可取，也一无可为。你们是不是可以听听一个老作家四十年前所说的这些很迂执的话呢？

我说这些话好像有点岔了题。不过也还不是离题万里。我的目的只是想说说沈先生的以民族兴亡为己任的爱国热情。

沈先生关心的是人，人的变化，人的前途。他几次提家乡人的品德性格被一种"大力"所扭曲、压扁。"去乡已十八年，一入辰河流域，什么都不同了。表面上看来，事事物物自然都有了极大进步，试仔细注意注意，便见出在变化中的一种堕落趋势。最明显的事，即农村社会所保有那点正直朴素的人情美，几乎快要消失无余，代替而来的却是近二十年实际社会培养成功的一种唯实唯利的庸俗人生观。敬鬼神畏天命的迷信固然已经被常识所摧毁，然而做人时的义利取舍是非辨别也随同泯没了。"（《〈长河〉题记》）他并没有想把时间拉回去，回到封建宗法社会，归真返璞。他明白，那是不可能的。他只是希望能在一种新的条件下，使民族的热情、品德，那点正直朴素的人情美能够得到新的发展。他在回忆了划龙船的美丽情景后，想到“我们用什么方法，就可使这些人心中感觉一种对‘明天’的‘惶恐’，且放弃过去对自然的和平态度，重新来一股劲儿，用划龙船的精神活下去？这些人在娱乐上的狂热，就证明这种狂热能换个方向，就可使他们还配在世界上占据一片土地，活得更愉快更长久一些。不过有什么方法，可以改造这些人的狂热到一件新的竞争方面去，可是个费思索的问题。”（《箱子岩》）“希望到这个地面上，还有一群精悍结实的青年，来驾驭钢铁征服自然，这责任应当归谁？”——“一时自然不会得到任何结论。”他希望青年人能活得“庄严一点，合理一点”，这当然也只是“近乎荒唐的理想”。不过他总是希望着。

他把希望寄托在几个明慧温柔、天真纯粹的小儿女身上。寄托在翠翠身上，寄托在《长河》里的三姊妹身上，也寄托在“一个多情水手与一个多情妇人”身上。——这是一篇写得很美的散文。牛保和那个不知名字的妇人的爱，是一种不正常的爱（这种不正常不该由他们负责），然而是一种非常淳朴真挚，非常美的爱。这种爱里闪耀着一种悠久的民族品德的光。沈先生在《〈长河〉题记》中说：“在《边城》题记上，曾提起一个问题，即拟将‘过去’和‘当前’对照，所谓民族品德的消失与重造，可能从什么地方着手。《边城》中人物的正直和热情，虽然已经成为过去陈迹了，应当还保留些本质在年轻人的血里或梦里，相宜环境中，即可重新燃起年轻人的自尊心和自信心。”提起《边城》和沈先生的许多其他作品，人们往往愿意和“牧歌”这个词联在一起。这有一半是误解。沈先生的文章有一点牧歌的调子。所写的多涉及自然美和爱情，这也有点近似牧歌。但就本质来说，和中世纪的田园诗不是一回事，不是那样恬静无为。有人说《边城》写的是一个世外桃源，更全部是误解（沈先生在《桃源与沅州》中就把来到桃源县访幽探胜的“风雅”人狠狠地嘲笑了一下)。《边城》(和沈先生的其他作品)不是挽歌，而是希望之歌。民族品德会回来么？

> 这个人也许永远不回来了，也许明天回来！

回来了！你看看张八寨那个弄船女孩子！

> 令我显得慌张的，并不是渡船的摇动，却是那个站在船头，嘱咐我不必慌张，自己却从从容容在那里当家做事的弄船女孩子。我们似乎相熟又十分陌生。世界上就真有这种巧事，原来她比我二十四年写到的一个小说中人翠翠，虽晚生十来岁，目前所处环境却仿佛相同，同样在这么青山绿水中摆渡，青春生命在慢慢长成。不同处是社会变化大，见世面多，虽对人无机心，而对自己生存却充满信心。一种“从劳动中得到快乐增加幸福成功”的信心。这也正是一种新型的乡村女孩子共同的特征。目前一位有一点与众不同，只是所在背景环境。

沈先生的重造民族品德的思想，不知道为什么，多年来不被理解。“我作品能够在市场上流行，实际上近于买椟还珠，你们能欣赏我故事的清新，照例那作品背后蕴藏的热情却忽略了，你们能欣赏我文字的朴实，照例那作品背后隐伏的悲痛也忽略了。”“寄意寒星荃不察”，沈先生不能不感到寂寞。他的散文里一再提到屈原，不是偶然的。

寂寞不是坏事。从某个意义上，可以说寂寞造就了沈从文。寂寞有助于深思，有助于想象。“我有自己的生活与思想，可以说是皆从孤独中得来的。我的教育，也是从孤独中得来的。”他的四十本小说，是在寂寞中完成的。他所希望的读者，也是“在多种事业里低头努力，很寂寞的从事于民族复兴大业的人”。(《〈长河〉题记》) 安于寂寞是一种美德。寂寞的人是充实的。

寂寞是一种境界，一种很美的境界。沈先生笔下的湘西，总是那么安安静静的。边城是这样，长河是这样，鸭窠围、杨家岨也是这样。静中有动，静中有人。沈先生擅长用一些颜色、一些声音来描绘这种安静的诗境。在这方面，他在近代散文作家中可称圣手。

> 黑夜占领了全个河面时，还可以看到木筏上的火光，吊脚楼窗口的灯光，以及上岸下船在河岸大石间飘忽动人的火炬红光。这时节岸上船上都有人说话，吊脚楼上且有妇人在黯淡灯光下唱小曲的声音，每次唱完一支小曲时，就有人笑嚷。什么人家吊脚楼下有只小羊叫，固执而且柔和的声音，使人听来觉得忧郁。这些人房子窗口既一面临河，可以凭了窗口呼喊河下船中人，当船上人过了瘾，胡闹已够，下船时，或者尚有些事情嘱托，或者其他原因，一个晃着火炬停顿在大石间，一个便凭立在窗口，“大老你记着，船下行时又来！”“好，我来的，我记着的。”“你见了顺顺就说：‘会呢，完了；孩子大牛呢，脚膝骨好了；细粉带三斤，冰糖或片糖带三斤。’”“记得到，记得到，大娘你放心，我见了顺顺大爷就说：‘会呢，完了。大牛呢，好了。细粉来三斤，冰糖来三斤。’”“杨氏，杨氏，一共四吊七，莫错账！”“是的，放心呵，你说四吊七就四吊七，年三十夜莫会多要你的！你自己记着就是了。”这样那样的说着，我一一都可听到，而且一面还可以听着在黑暗中某一处咩咩的羊鸣。(《鸭窠围的夜》)

真是如闻其声。这样的河上河下喊叫着的对话，我好像在别一处也曾听到过。这是一些多么平常琐碎的话呀，然而这就是人世的生活。那只小羊固执而柔和地叫着，使沈先生不能忘记，也使我多年不能忘记，并且如沈先生常说的，一想起就觉得心里“很软”。

> 不多久，许多木筏皆离岸了，许多下行船也拔了锚，推开篷，着手荡桨摇橹了。我卧在船舱中，就只听到水面人语声，以及橹桨激水声，与橹桨本身被扳动时咿咿呀呀声。河岸吊脚楼上妇人在晓气迷蒙中锐声的喊人，正如同音乐中的笙管一样，超越众声而上。河面杂声的综合，交织了庄严与流动，一切真是一个圣境。
>
> 岸上吊脚楼前枯树边，正有两个妇人，穿了毛蓝布衣服，不知商量些什么，幽幽的说着话。这里雪已极少，山头皆裸露作深棕色，远山则为深紫色。地方静得很，河边无一只船，无一个人，无一堆柴。河边某一个大石后面，有人正在捶捣衣服，一下一下地捣。对河也有人说话，却看不清楚人在何处。(《一个多情水手与一个多情妇人》)

“空山不见人，但闻人语响”“竹喧归浣女，莲动下渔舟”，静中有动，以动为静，这是中国文学的一个长久的传统。但是这种境界只有一个摆脱浮世的营扰，习惯于寂寞的人方能于静观中得之。齐白石题画云：“白石老人心闲气静时一挥。”寂寞安静，是艺术创作所必需的气质。一个热衷于利禄，心气浮躁的人，是不能接近自然，也不能接近生活的。沈先生“习静”的方法是写字。在昆明，有一阵，他常常用毛笔在竹纸书写的两句诗是“绿树连村暗，黄花人麦稀”。我就是从他常常书写的这两句诗

（当然不止这两句）里解悟到应该怎样用少量文字描写一种安静而活泼，充满生气的“入境”的。

> 我就是个不想明白道理却永远为现象所倾心的人。我看一切，却并不把那个社会价值掺加进去，估定我的爱憎。我不愿问价钱上的多少来为万物作一个好坏批评，却愿意考查他在我官觉上使我愉快不愉快的分量。我永远不厌倦的是“看”一切。宇宙万汇在动作中，在静止中，在我印象里，我都能抓定它的最美丽与最调和的风度，但我的爱好显然却不能同一般目的相合。我不明白一切同人类生活相联结时的美恶，另外一句话来说，就是我不大领会伦理的美。接近人生时我永远是个艺术家的感情，却不是所谓道德君子的感情。(《自传·女难》)

沈先生五十年前所作的这个“自我鉴定”是相当准确的。他的这种诗人气质，从小就有，至今不衰。

《从文自传》是一本奇特的书。这本书可以从各种角度去看。你可以看到从辛亥革命到“五四”湘西一隅的怕人生活，了解一点中国历史；可以看到一个人“生活陷于完全绝望中，还能充满勇气与信心始终坚持工作，他的动力来源何在”，从而增加一点自己对生活的勇气与信心。沈先生自己说这是一本“顽童自传”。我对这本书特别感兴趣，是因为这是一本培养作家的教科书，它告诉我人是怎样成为诗人的。一个人能不能成为一个作家，童年生活是起决定作用的。首先要对生活充满兴趣，充满好奇心，什么都想看看。要到处看，到处听，到处闻嗅，一颗心“永远为一种新鲜颜色，新鲜声音，新鲜气味而跳”，要用感官去“吃”各种印象。要会看，看得仔细，看得清楚，抓得住生活中“最美的风度”；看了，还得温习，记着，回想起来还异常明朗，要用时即可方便地移到纸上。什么都去看看，要在平平常常的生活里看到它的美，它的诗意，它的亚细亚式残酷和愚昧。比如，熔铁，这有什么看头呢？然而沈先生却把这过程写了好长一段，写得那样生动！一个打豆腐的，因为一件荒唐的爱情要被杀头，临刑前柔弱的笑笑，“我记得这个微笑，十余年来在我印象中还异常明朗”。（《清乡所见》）沈先生的这本《自传》中记录了很多他从生活中得到的美的深刻印象和经验。一个人的艺术感觉就是这样从小锻炼出来的。有一本书叫作《爱的教育》，沈先生这本书实可称为一本“美的教育”。我就是从这本薄薄的小书里学到很多东西，比读了几十本文艺理论书还有用。

沈先生是个感情丰富的人，非常容易动情，非常容易受感动（一个艺术家若不比常人更为善感，是不成的）。他对生活，对人，对祖国的山河草木都充满感情，对什么都爱着，用一颗蔼然仁者之心爱着。

> 山头一抹淡淡的午后阳光感动我，水底各色圆如棋子的石头也感动我。我心中似乎毫无渣滓，透明烛照，对万汇百物，对拉船人与小小船只，一切都那么爱着，十分温暖的爱着！（一九三四年一月十八日）

因为充满感情，才使《湘行散记》和《湘西》流溢着动人的光彩。这里有些篇章可以说是游记或报告文学，但不同于一般的游记或报告文学，它不是那样冷静，那样客观。有些篇，单看题目，如《常德的船》《沅陵的人》，尤其是《辰谿的煤》，真不知道这会是一些多么枯燥无味的东西，然而你看下去，你就会发现，一点都不枯燥！它不同于许多报告文学，是因为作者生于斯，长于斯，在这里生活过（而且是那样的生活过），它是凭作者自己的生活经验，凭亲历的第一手材料写的；不是凭采访调查材料写的。这里寄托了作者的哀戚、悲悯和希望，作者与这片地，这些人是血肉相关的，感情是深沉而真挚的，不像许多报告文学的感情是空而浅的，——尽管装饰了好多动情的词句。因为作者对生活熟悉且多情，故写来也极自如，毫无勉强，有时不厌其烦，使读者也不厌其烦；有时几笔带过，使读者悠然神往。

和抒情诗人气质相联系的，是沈先生还很富于幽默感。《一个爱惜鼻子的朋友》是一篇非常有趣的妙文。我每次看到："姓印的可算得是个球迷。任何人邀他去踢球。他皆高兴奉陪，球离他不管多远，他总得赶去踢那么一脚。每到星期天，军营中有人往沿河下游四里的教练营大操场同学兵玩球时，这个人也必参加热闹。大操场里极多牛粪，有一次同人争球，见牛粪也拼命一脚踢去，弄得另一个人全身一塌糊涂"。总难免失声大笑。这个人大概就是《自传》里提到的印鉴远。我好像见过这个人。黑黑，瘦瘦的，说话时爱往前探着头。而且无端地觉得他的脚背一定很高。细想想，大概是没有见过，我见过他的可能性极小。因为沈先生把他写得太生动，以至于使他在我印象里活起来了。沅陵的阙五老，是个多有风趣的妙人！沈先生的幽默是很含蓄蕴藉的。他并不存心逗笑，只是充满了对生活的情趣，觉得许多人，许多事都很好玩。只有一个心地善良，与人无忤，好脾气的人，才能有这种透明的幽默感。他是用微笑来看这个世界的，经常总是很温和地笑着，很少生气着急的时候。——当然也有。

仁者寿。因为这种抒情气质，从不大计较个人得失荣辱，沈先生才能经受了各种打击磨难，依旧还好好地活了下来。八十岁了，还是精力充沛，兴致勃勃。他后来"改行"搞文物研究，乐此不疲，每日孜孜，一坐下去就是十几个小时，也跟这点诗人气质有关。他搞的那些东西，陶瓷、漆器、丝绸、服饰，都是"物"，但是他看到的是人，人的聪明，人的创造，人的艺术爱美心和坚持不懈的劳动。他说起这些东西时那样兴奋激动，赞叹不已，样子真是非常天真。他搞的文物工作，我真想给它起一个名字，叫作“抒情考古学”。

沈先生的语言文字功力，是举世公认的。所以有这样的功力，一方面是由于读书多。“由《楚辞》《史记》、曹植诗到‘挂枝儿’曲，什么我都欢喜看看。”我个人觉得，沈先生的语言受魏晋人文章影响较大。试看：“由沅陵南岸看北岸山城，房屋接瓦连椽，较高处露出雉堞，沿山围绕，丛树点缀其间，风光入眼，实不俗气。由北岸向南望，则河边小山间，竹园、树木、庙宇、高塔、民居，仿佛各个位置都在最适当处。山后较远处群峰罗列，如屏如障，烟云变幻，颜色积翠堆蓝。早晚相对，令人想象其中必有帝子天神，驾螭乘蜺，驰骤其间。绕城长河，每年三四月春水发后，洪江油船颜色鲜明，在摇橹歌呼中联翩下驶。长方形大木筏，数十精壮汉子，各据筏上一角，举桡激水，乘流而下。就中最令人感动处，是小船半渡，游目四瞩，俨然四围皆山，山外重山，一切如画。水深流速，弄船女子，腰腿劲健，胆大心平，危立船头，视若无事。”（《沅陵的人》）这不令人想到郦道元的《水经注》？我觉得沈先生写得比郦道元还要好些，因为《水经注》没有这样的生活气息，他多写景，少写人。另外一方面，是从生活学，向群众学习。“我文字风格，假若还有些值得注意处，那只因为我记得水上人的言语太多了。”（《我的写作与水的关系》）沈先生所用的字有好些是直接从生活来，书上没有的。比如：“我一个人坐在灌满冷气的小小船舱中”的“灌”字（《箱子岩》），“把鞋脱了还不即睡，便镶到水手身旁去看牌”的“镶”字（《鸭窠围的夜》）。这就同鲁迅在《高老夫子》里“我辈正经人犯不上酱在一起”的“酱”字一样，是用得非常准确的。这样的字，在生活里，群众是用着的，但在知识分子口中，在许多作家的笔下，已经消失了。我们应当在生活里多找找这种字。还有一方面，是不断地实践。

沈先生说："本人学习用笔还不到十年，手中一支笔，也只能说正逐渐在成熟中，慢慢脱去矜持、浮夸、生硬、做作，日益接近自然。"（《从文自传 · 附记》）沈先生写作，共三十年。头一个十年，是试验阶段，学习使用文字阶段。当中十年，是成熟期。这些散文正是成熟期所写。成熟的标志，是脱去"矜持、浮夸、生硬、做作"。

沈先生说他的作品是一些"习作"，他要试验用各种不同方法来组织铺陈。这几十篇散文所用的叙事方法就没有一篇是雷同的！

"一切作品都需要个性，都必须浸透作者人格和感情，想达到这个目的，写作时要独断，彻底的独断！（文学在这时代虽不免被当作商品之一种，便是商品，也有精粗，且即在同一物品上，制作者还可匠心独运，不落窠臼，社会上流行的风格，流行的款式，尽可置之不问。）"（《从文小说习作选 · 代序》）这在今天，对许多青年作家，也不失为一种忠告。一个作家，要有自己的风格，经得起时间的考验，必须耐得住寂寞，不要赶时髦，不要追求"票房价值"。

"虽然如此，我还预备继续我这个工作，且永远不放下我一点狂妄的想象，以为在另外一时，你们少数的少数，会越过那条间隔城乡的深沟，从一个乡下人的作品中，发现一种燃烧的感情，对于人类智慧与美丽永远的倾心，康健诚实的赞颂，以及对愚蠢自私极端憎恶的感情。这种感情且居然能刺激你们，引起你们对人生向上的憧憬，对当前一切的怀疑。先生，这打算在目前近于一个乡下人的打算，是不是。然而到另外一时，我相信有这种事。"（《从文小说习作选 · 代序》）莫非这"另外一时"已经到了么？

沈从文先生在西南联大

沈先生在联大开过三门课：各体文习作、创作实习和中国小说史。三门课我都选了，——各体文习作是中文系二年级必修课，其余两门是选修，西南联大的课程分必修与选修两种。中文系的语言学概论、文字学概论、文学史（分段）……是必修课，其余大都是任凭学生自选。诗经、楚辞、庄子、昭明文选、唐诗、宋诗、词选、散曲、杂剧与传奇……选什么，选哪位教授的课都成。但要凑够一定的学分（这叫“学分制”）。一学期我只选两门课，那不行。自由，也不能自由到这种地步。

创作能不能教？这是一个世界性的争论问题。很多人认为创作不能教。我们当时的系主任罗常培先生就说过：大学是不培养作家的，作家是社会培养的。这话有道理。沈先生自己就没有上过什么大学。他教的学生后来成为作家的，也极少。但是也不是绝对不能教。沈先生的学生现在能算是作家的，也还有那么几个。问题是由什么样的人来教，用什么方法教。现在的大学里很少开创作课的，原因是找不到合适的人来教。偶尔有大学开这门课的，收效甚微，原因是教得不甚得法。

教创作靠“讲”不成。如果在课堂上讲鲁迅先生所讥笑的“小说作法”之类，讲如何作人物肖像，如何描写环境，如何结构，结构有几种——攒珠式的、桔瓣式的……那是要误人子弟的。教创作主要是让学生自己“写”。沈先生把他的课叫作“习作”“实习”很能说明问题。如果要讲，那“讲”要在“写”之后。就学生的作业，讲他的得失。教授先讲一套，放学生照猫画虎，那是行不通的。

沈先生是不赞成命题作文的，学生想写什么就写什么。但有时在课堂上也出两个题目。沈先生出的题目都非常具体。我记得他曾给我的上一班同学出过一个题目：“我们的小庭院有什么”，有几个同学就这个题目写了相当不错的散文，都发表了。他给比我低一班的同学曾出过一个题目：“记一间屋子里的空气”！我的那一班出过些什么题目，我倒不记得了。沈先生为什么出这样的题目？他认为：先得学会车零件，然后才能学组装。我觉得先做一些这样的片段的习作，是有好处的，这可以锻炼基本功。现在有些青年文学爱好者，往往一上来就写大作品，篇幅很长，而功力不够，原因就在零件车得少了。

沈先生的讲课，可以说是毫无系统。前已说过，他大都是看了学生的作业，就这些作业讲一些问题。他是经过一番思考的，但并不去翻阅很多参考书。沈先生读很多书，但从不引经据典，他总是凭自己的直觉说话，从来不说阿里斯多德怎么说，福楼拜怎么说、托尔斯泰怎么说、高尔基怎么说。他的湘西口音很重，声音又低，有些学生听了一堂课，往往觉得不知道听了一些什么。沈先生的讲课是非常谦抑，非常自制的。他不用手势，没有任何舞台道白式的腔调，没有一点哗众取宠的江湖气。他讲得很诚恳，甚至很天真。但是你要是真正听“懂”了他的话，——听“懂”了他的话里并未发挥罄尽的余意，你是会受益匪浅，而且会终生受用的。听沈先生的课，要像孔子的学生听孔子讲话一样：“举一隅而三隅反”。

沈先生讲课时所说的话我几乎全都忘了（我这人从来不记笔记）！我们有一个同学把闻一多先生讲唐诗课的笔记记得极详细，现已整理出版，书名就叫《闻一多论唐诗》，很有学术价值，就是不知道他把闻先生讲唐诗时的“神气”记下来了没有。我如果把沈先生讲课时的精辟见解记下来，也可以成为一本《沈从文论创作》。可惜我不是这样的有心人。

沈先生关于我的习作讲过的话我只记得一点了，是关于人物对话的。我写了一篇小说（内容早已忘记干净），有许多对话。我竭力把对话写得美一点，有诗意，有哲理。沈先生说："你这不是对话，是两个聪明脑壳打架！"从此我知道对话就是人物所说的普普通通的话，要尽量写得朴素。不要哲理，不要诗意。这样才真实。

沈先生经常说的一句话是："要贴到人物来写。"很多同学不懂他的这句话是什么意思。我以为这是小说学的精髓。据我的理解，沈先生这句极其简略的话包含这样几层意思：小说里，人物是主要的，主导的；其余部分都是派生的，次要的。环境描写、作者的主观抒情、议论，都只能附着于人物，不能和人物游离，作者要和人物同呼吸、共哀乐。作者的心要随时紧贴着人物。什么时候作者的心"贴"不住人物，笔下就会浮、泛、飘、滑，花里胡哨，故弄玄虚，失去了诚意。而且，作者的叙述语言要和人物相协调。写农民，叙述语言要接近农民；写市民，叙述语言要近似市民。小说要避免"学生腔"。

我以为沈先生这些话是浸透了淳朴的现实主义精神的。

沈先生教写作，写的比说的多，他常常在学生的作业后面写很长的读后感，有时会比原作还长。这些读后感有时评析本文得失，也有时从这篇习作说开去，谈及有关创作的问题，见解精到，文笔讲究。——一个作家应该不论写什么都写得讲究。这些读后感也都没有保存下来，否则是会比《废邮存底》还有看头的。可惜！

沈先生教创作还有一种方法，我以为是行之有效的，学生写了一个作品，他除了写很长的读后感之外，还会介绍你看一些与你这个作品写法相近似的中外名家的作品。记得我写过一篇不成熟的小说《灯下》，记一个店铺里上灯以后各色人的活动，无主要人物、主要情节，散散漫漫。沈先生就介绍我看了几篇这样的作品，包括他自己写的《腐烂》。学生看看别人是怎样写的，自己是怎样写的，对比借鉴，是会有长进的。这些书都是沈先生找来，带给学生的。因此他每次上课，走进教室里时总要夹着一大摞书。

沈先生就是这样教创作的。我不知道还有没有别的更好的方法教创作。我希望现在的大学里教创作的老师能用沈先生的方法试一试。

学生习作写得较好的，沈先生就做主寄到相熟的报刊上发表。这对学生是很大的鼓励。多年以来，沈先生就干着给别人的作品找地方发表这种事。经他的手介绍出去的稿子，可以说是不计其数了。我在一九四六年前写的作品，几乎全都是沈先生寄出去的。他这辈子为别人寄稿子用去的邮费也是一个相当可观的数目了。为了防止超重太多，节省邮费，他大都把原稿的纸边裁去，只剩下纸芯。这当然不大好看。但是抗战时期，百物昂贵，不能不打这点小算盘。

沈先生教书，但愿学生省点事，不怕自己麻烦。他讲《中国小说史》，有些资料不易找到，他就自己抄，用夺金标毛笔，筷子头大的小行书抄在云南竹纸上。这种竹纸高一尺，长四尺，并不裁断，抄得了，卷成一卷。上课时分发给学生。他上创作课夹了一摞书，上小说史时就夹了好些纸卷。沈先生做事，都是这样，一切自己动手，细心耐烦。他自己说他这种方式是“手工业方式”。他写了那么多作品，后来又写了很多大部头关于文物的著作，都是用这种手工业方式搞出来的。

沈先生对学生的影响，课外比课堂上要大得多。他后来为了躲避日本飞机空袭，全家移住到呈贡桃园新村，每星期上课，进城住两天。文林街二十号联大教职员宿舍有他一间屋子。他一进城，宿舍里几乎从早到晚都有客人。客人多半是同事和学生，客人来，大都是来借书，求字，看沈先生收到的宝贝，谈天。

沈先生有很多书，但他不是“藏书家”，他的书，除了自己看，也是借给人看的。联大文学院的同学，多数手里都有一两本沈先生的书，扉页上用淡墨签了“上官碧”的名字。谁借了什么书，什么时候借的，沈先生是从来不记得的。直到联大“复员”，有些同学的行装里还带着沈先生的书，这些书也就随之而漂流到四面八方了。沈先生书多，而且很杂，除了一般的四部书、中国现代文学、外国文学的译本，社会学、人类学、黑格尔的《小逻辑》、弗洛伊德、亨利·詹姆斯、道教史、陶瓷史、《髹饰录》《糖霜谱》……兼收并蓄，五花八门。这些书，沈先生大都认真读过。沈先生称自己的学问为“杂知识”。一个作家读书，是应该杂一点的。沈先生读过的书，往往在书后写两行题记。有的是记一个日期，那天天气如何，也有时发一点感慨。有一本书的后面写道：“某月某日，见一大胖女人从桥上过，心中十分难过。”这两句话我一直记得，可是一直不知道是什么意思。大胖女人为什么使沈先生十分难过呢？

沈先生对打扑克简直是痛恨。他认为这样地消耗时间，是不可原谅的。他曾随几位作家到井冈山住了几天。这几位作家成天在宾馆里打扑克，沈先生说起来就很气愤：“在这种地方打扑克！”沈先生小小年纪就学会掷骰子，各种赌术他也都明白，但他后来不玩这些。沈先生的娱乐，除了看看电影，就是写字。他写章草，笔稍偃侧，起笔不用隶法，收笔稍尖，自成一格。他喜欢写窄长的直幅，纸长四尺，阔只三寸。他写字不择纸笔，常用糊窗的高丽纸。他说：“我的字值三分钱！”从前要求他写字的，他几乎有求必应。近年有病，不能握管，沈先生的字变得很珍贵了。

沈先生后来不写小说，搞文物研究了，国外、国内，很多人都觉得很奇怪。熟悉沈先生的历史的人，觉得并不奇怪。沈先生年轻时就对文物有极其浓厚的兴趣。他对陶瓷的研究甚深，后来又对丝绸、刺绣、木雕、漆器……都有广博的知识。沈先生研究的文物基本上是手工艺制品。他从这些工艺品看到的是劳动者的创造性。他为这些优美的造型、不可思议的色彩、神奇精巧的技艺发出的惊叹，是对人的惊叹。他热爱的不是物，而是人，他对一件工艺品的孩子气的天真激情，使人感动。我曾戏称他搞的文物研究是“抒情考古学”。他八十岁生日，我曾写过一首诗送给他，中有一联“玩物从来非丧志，著书老去为抒情”，是记实。他有一阵在昆明收集了很多耿马漆盒。这种黑红两色刮花的圆形缅漆盒，昆明多的是，而且很便宜。沈先生一进城就到处逛地摊，选买这种漆盒。他屋里装甜食点心、装文具邮票……的，都是这种盒子。有一次买得一个直径一尺五寸的大漆盒，一再抚摩，说：“这可以作一期《红黑》杂志的封面！”他买到的缅漆盒，除了自用，大多数都送人了。有一回，他不知从哪里弄到很多土家族的桃花布，摆得一屋子，这间宿舍成了一个展览室。来看的人很多，沈先生于是很快乐。这些桃花图案天真稚气而秀雅生动，确实很美。

沈先生不长于讲课，而善于谈天。谈天的范围很广，时局、物价……谈得较多的是风景和人物。他几次谈及玉龙雪山的杜鹃花有多大，某处高山绝顶上有一户人家，——就是这样一户！他谈某一位老先生养了二十只猫。谈一位研究东方哲学的先生跑警报时带了一只小皮箱，皮箱里没有金银财宝，装的是一个聪明女人写给他的信。谈徐志摩上课时带了一个很大的烟台苹果，一边吃，一边讲，还说：“中国东西并不都比外国的差，烟台苹果就很好！”谈梁思成在一座塔上测绘内部结构，差一点从塔上掉下去。谈林徽因发着高烧，还躺在客厅里和客人谈文艺。他谈得最多的大概是金岳霖。金先生终生未娶，长期独身。他养了一只大斗鸡。这鸡能把脖子伸到桌上来，和金先生一起吃饭。他到处搜罗大石榴、大梨。买到大的，就拿去和同事的孩子的比，比输了，就把大梨、大石榴送给小朋友，他再去买！……沈先生谈及的这些人有共同特点。一是都对工作、对学问热爱到了痴迷的程度；二是为人天真到像一个孩子，对生活充满兴趣，不管在什么环境下永远不消沉沮丧，无机心、少俗虑。这些人的气质也正是沈先生的气质。“闻多素心人，乐与数晨夕”，沈先生谈及熟朋友时总是很有感情的。

文林街文林堂旁边有一条小巷，大概叫作金鸡巷，巷里的小院中有一座小楼。楼上住着联大的同学：王树藏、陈蕴珍（萧珊）、施载宣（萧荻）、刘北汜。当中有个小客厅。这小客厅常有熟同学来喝茶聊天，成了一个小小的沙龙。沈先生常来坐坐。有时还把他的朋友也拉来和大家谈谈。老舍先生从重庆过昆明时，沈先生曾拉他来谈过“小说和戏剧”。金岳霖先生也来过，谈的题目是“小说和哲学”。金先生是搞哲学的，主要是搞逻辑的，但是读很多小说，从普鲁斯特到《江湖奇侠传》。“小说和哲学”这题目是沈先生给他出的。不料金先生讲了半天，结论却是：小说和哲学没有关系。他说《红楼梦》里的哲学也不是哲学。他谈到兴浓处，忽然停下来，说：“对不起，我这里有个小动物！”说着把右手从后脖领伸进去，捉出了一只跳蚤，甚为得意。我们问金先生为什么搞逻辑，金先生说：“我觉得它很好玩！”

沈先生在生活上极不讲究。他进城没有正经吃过饭，大都是在文林街二十号对面一家小米线铺吃一碗米线。有时加一个西红柿，打一个鸡蛋。有一次我和他上街闲逛，到玉溪街，他在一个米线摊上要了一盘凉鸡，还到附近茶馆里借了一个盖碗，打了一碗酒。他用盖碗盖子喝了一点，其余的都叫我一个人喝了。

沈先生在西南联大是一九三八年到一九四六年。一晃，四十多年了！

星斗其文，赤子其人

沈先生逝世后，傅汉思、张充和从美国电传来一幅挽辞。字是晋人小楷，一看就知道是张充和写的。词想必也是她拟的。只有四句：

> 不折不从　亦慈亦让
> 星斗其文　赤子其人

这是嵌字格，但是非常贴切，把沈先生的一生概括得很全面。这位四妹对三姐夫沈二哥真是非常了解。——荒芜同志编了一本《我所认识的沈从文》，写得最好的一篇，我以为也应该是张充和写的《三姐夫沈二哥》。

沈先生的血管里有少数民族的血液。他在填履历表时，“民族”一栏里填土家族或苗族都可以，可以由他自由选择。湘西有少数民族血统的人大都有一股蛮劲，狠劲，做什么都要做出一个名堂。黄永玉就是这样的人。沈先生瘦瘦小小（晚年发胖了），但是有用不完的精力。他小时是个顽童，爱游泳（他叫“游水”）。进城后好像就不游了。三姐（师母张兆和）很想看他游一次泳，但是没有看到。我当然更没有看到过。他少年当兵，漂泊转徙，很少连续几晚睡在同一张床上。吃的东西，最好的不过是切成四方的大块猪肉（煮在豆芽菜汤里）。行军、拉船，锻炼出一副极富耐力的体魄。二十岁冒冒失失地闯到北平来，举目无亲。连标点符号都不会用，就想用手中一支笔打出一个天下。经常为弄不到一点东西“消化消化”而发愁。冬天屋里生不起火，用被子围起来，还是不停地写。我一九四六年到上海，因为找不到职业，情绪很坏，他写信把我大骂了一顿，说：“为了一时的困难，就这样哭哭啼啼的，甚至想到要自杀，真是没出息！你手中有一支笔，怕什么！”他在信里说了一些他刚到北京时的情形。——同时又叫三姐从苏州写了一封很长的信安慰我。他真的用一支笔打出了一个天下了。一个只读过小学的人，竟成了一个大作家，而且积累了那么多的学问，真是一个奇迹。

沈先生很爱用一个别人不常用的词“耐烦”。他说自己不是天才（他应当算是个天才），只是耐烦。他对别人的称赞，也常说“要算耐烦”。看见儿子小虎搞机床设计时，说“要算耐烦”。看见孙女小红做作业时，也说“要算耐烦”。他的“耐烦”，意思就是锲而不舍，不怕费劲。一个时期，沈先生每个月都要发表几篇小说，每年都要出几本书，被称为“多产作家”，但是写东西不是很快的，从来不是一挥而就。他年轻时常常日以继夜地写。他常流鼻血。血液凝聚力差，一流起来不易止住，很怕人。有时夜间写作，竟致晕倒，伏在自己的一摊鼻血里，第二天才被人发现。我就亲眼看到过他的带有鼻血痕迹的手稿。他后来还常流鼻血，不过不那么厉害了。他自己知道，并不惊慌。很奇怪，他连续感冒几天，一流鼻血，感冒就好了。他的作品看起来很轻松自如，若不经意，但都是苦心刻琢出来的。《边城》一共不到七万字，他告诉我，写了半年。他这篇小说是《国闻周报》上连载的，每期一章。小说共二十一章，$21\times7=147$，我算了算，差不多正是半年。这篇东西是他新婚之后写的，那时他住在达子营。巴金住在他那里。他们每天写，巴老在屋里写，沈先生搬个小桌子，在院子里树荫下写。巴老写了一个长篇，沈先生写了《边城》。他称他的小说为“习作”，并不完全是谦虚。有些小说是为了教创作课给学生示范而写的，因此试验了各种方法。为了教学生写对话，有的小说通篇都用对话组成，如《若墨医生》；有的，一句对话也没有。《月下小景》确是为了履行许给张家小五的诺言“写故事给你看”而写的。同时，当然是为了试验一下“讲故事”的方法（这一组“故事”明显地看得出受了《十日谈》和《一千零一夜》的影响）。同时，也为了试验一下把六朝译经和口语结合的文体。这种试验，后来形成一种他自己说是“文白夹杂”的独特的沈从文体，在四十年代的文字（如《烛虚》）中尤为成熟。他的亲戚，语言学家周有光曾说“你的语言是古英语”，甚至是拉丁文。沈先生讲创作，不大爱说“结构”，他说是“组织”。我也比较喜欢“组织”这个词。“结构”过于理智，“组织”更带感情，较多作者的主观。他曾把一篇小说一条一条地裁开，用不同方法组织，看看哪一种形式更为合适。沈先生爱改自己的文章。他的原稿，一改再改，天头地脚页边，都是修改的字迹，蜘蛛网似的，这里牵出一条，那里牵出一条。作品发表了，改。成书了，改。看到自己的文章，总要改。有时改了多次，反而不如原来的，以至三姐后来不许他改了（三姐是沈先生文集的一个极其细心，极其认真的义务责任编辑）。沈先生的作品写得最快，最顺畅，改得最少的，只有一本《从文自传》。这本自传没有经过冥思苦想，只用了三个星期，一气呵成。

他不大用稿纸写作。在昆明写东西，是用毛笔写在当地出产的竹纸上的，自己折出印子。他也用钢笔，蘸水钢笔。他抓钢笔的手势有点像抓毛笔（这一点可以证明他不是洋学堂出身）。《长河》就是用钢笔写的，写在一个硬面的练习簿上，直行，两面写。他的原稿的字很清楚，不潦草，但写的是行书。不熟悉他的字体的排字工人是会感到困难的。他晚年写信写文章爱用秃笔淡墨。用秃笔写那样小的字，不但清楚，而且顿挫有致，真是一个功夫。

他很爱他的家乡。他的《湘西》《湘行散记》和许多篇小说可以作证。

他不止一次和我谈起棉花坡，谈起枫树坳，——一到秋天满城落了枫树的红叶。一说起来，不胜神往。黄永玉画过一张凤凰沈家门外的小巷，屋顶墙壁颇零乱，有大朵大朵的红花——不知是不是夹竹桃，画面颜色很浓，水气泱泱。沈先生很喜欢这张画，说："就是这样！"八十岁那年，和三姐一同回了一次凤凰，领着她看了他小说中所写的各处，都还没有大变样。家乡人闻知沈从文回来了，简直不知怎样招待才好。他说："他们为我捉了一只锦鸡！"锦鸡毛羽很好看，他很爱那只锦鸡，还抱着它照了一张相，后来知道竟作了他的盘中餐，对三姐说："真煞风景！"锦鸡肉并不怎么好吃。沈先生说及时大笑，但也表现出对乡人的殷勤十分感激。他在家乡听了傩戏，这是一种古调犹存的很老的弋阳腔。打鼓的是一位七十多岁的老人，他对年轻人打鼓失去旧范很不以为然。沈先生听了，说："这是楚声，楚声！"他动情地听着"楚声"，泪流满面。

沈先生八十岁生日，我曾写了一首诗送他，开头两句是：

犹及回乡听楚声，
此身虽在总堪惊。

端木蕻良看到这首诗，认为"犹及"二字很好。我写下来的时候就有点觉得这不大吉利，没想到沈先生再也不能回家乡听一次了！他的家乡每年有人来看他，沈先生非常亲切地和他们谈话，一坐半天。每当同乡人来了，原来在座的朋友或学生就只有退避在一边，听他们谈话。沈先生很好客，朋友很多。老一辈的有林宰平、徐志摩。沈先生提及他们时充满感情。没有他们的提挈，沈先生也许就会当了警察，或者在马路旁边"瘪了"。我认识他后，他经常来往的有杨振声、张奚若、金岳霖、朱光潜诸先生、梁思成林徽因夫妇。他们的交往真是君子之交，既无朋党色彩，也无酒食征逐。清茶一杯，闲谈片刻。杨先生有一次托沈先生带信，让我到南锣鼓巷他的住处去，我以为有什么事。去了，只是他亲自给我煮一杯咖啡，让我看一本他收藏的姚茫父的册页。这册页的芯子只有火柴盒那样大，横的，是山水，用极富金石味的墨线勾轮廓，设极重的青绿，真是妙品。杨先生对待我这个初露头角的学生如此，则其接待沈先生的情形可知。杨先生和沈先生夫妇曾在颐和园住过一个时期，想来也不过是清晨或黄昏到后山谐趣园一带走走，看看湖里的金丝莲，或写出一张得意的字来，互相欣赏欣赏，其余时间各自在屋里读书做事，如此而已。沈先生对青年的帮助真是不遗余力。他曾经自己出钱为一个诗人出了第一本诗集。一九四七年，诗人柯原的父亲故去，家中拉了一笔债，沈先生提出卖字来帮助他。《益世报》登出了沈从文卖字的启事，买字的可定出规格，而将价款直接寄给诗人。柯原一九八〇年去看沈先生，沈先生才记起有这回事。他对学生的作品细心修改，寄给相熟的报刊，尽量争取发表。他这辈子为学生寄稿的邮费，加起来是一个相当可观的数字。抗战时期，通货膨胀，邮费也不断涨，往往寄一封信，信封正面反面都得贴满邮票。为了省一点邮费，沈先生总是把稿纸的天头地脚页边都裁去，只留一个稿芯，这样分量轻一点。稿子发表了，稿费寄来，他必为亲自送去。李霖灿在丽江画玉龙雪山，他的画都是寄到昆明，由沈先生代为出手的。我在昆明写的稿子，几乎无一篇不是他寄出去的。一九四六年，郑振铎、李健吾先生在上海创办《文艺复兴》，沈先生把我的《小学校的钟声》和《复仇》寄去。这两篇稿子写出已经有几年，当时无地方可发表。稿子是用毛笔楷书写在学生作文的绿格本上的，郑先生收到，发现稿纸上已经叫蠹虫蛀了好些洞，使他大为激动。沈先生对我这个学生是很喜欢的。为了躲避日本飞机空袭，他们全家有一阵住在呈贡新街，后迁跑马山桃园新村。沈先生有课时进城住两三天。他进城时，我都去看他，交稿子，看他收藏的宝贝，借书。沈先生的书是为了自己看，也为了借给别人看的。“借书一痴，还书一痴”，借书的痴子不少，还书的痴子可不多。有些书借出去一去无踪。有一次，晚上，我喝得烂醉，坐在路边，沈先生到一处演讲回来，以为是一个难民，生了病，走近看看，是我！他和两个同学把我扶到他住处，灌了好些酽茶，我才醒过来。有一回我去看他，牙疼，腮帮子肿得老高。沈先生开了门，一看，一句话没说，出去买了几个大桔子抱着回来了。沈先生的家庭是我见到的最好的家庭，随时都在亲切和谐气氛中。两个儿子，小龙小虎，兄弟怡怡。他们都很高尚清白，无丝毫庸俗习气，无一句粗鄙言语，——他们都很幽默，但幽默得很温雅。一家人于钱上都看得很淡。《沈从文文集》的稿费寄到，九千多元，大概开过家庭会议，又从存款中取出几百元，凑成一万，寄到家乡办学。沈先生也有生气的时候，也有极度烦恼痛苦的时候，在昆明，在北京，我都见到过，但多数时候都是笑眯眯的。他总是用一种善意的、含情的微笑，来看这个世界的一切。到了晚年，喜欢放声大笑，笑得合不拢嘴，且摆动双手作势，真像一个孩子。只有看破一切人事乘除，得失荣辱，全置度外，心地明净无渣滓的人，才能这样畅快地大笑。

沈先生五十年代后放下写小说散文的笔（偶然还写一点，笔下仍极活泼，如写纪念陈翔鹤文章，实写得极好），改业钻研文物，而且钻出了很大的名堂，不少中国人、外国人都很奇怪。实不奇怪。沈先生很早就对历史文物有很大兴趣。他写的关于展子虔游春图的文章，我以为是一篇重要文章，从人物服装颜色式样考订图画的年代和真伪，是别的鉴赏家所未注意的方法。他关于书法的文章，特别是对宋四家的看法，很有见地。在昆明，我陪他去遛街，总要看看市招，到裱画店看看字画。昆明市政府对面有一堵大照壁，写满了一壁字（内容已不记得，大概不外是总理遗训），字有七八寸见方大，用二爨掺一点北魏造像题记笔意，白墙蓝字，是一位无名书家写的，写得实在好。我们每次经过，都要去看看。昆明有一位书法家叫吴忠荩，字写得极多，很多人家都有他的字，家家裱画店都有他的刚刚裱好的字。字写得很熟练，行书，只是用笔枯扁，结体少变化。沈先生还去看过他，说："这位老先生写了一辈子字！"意思颇为他水平受到限制而惋惜。昆明碰碰撞撞都可见到黑漆金字抱柱楹联上钱南园的四方大颜字，也还值得一看。沈先生到北京后即喜欢搜集瓷器。有一个时期，他家用的餐具都是很名贵的旧瓷器，只是不配套，因为是一件一件买回来的。他一度专门搜集青花瓷。买到手，过一阵就送人。西南联大好几位助教、研究生结婚时都收到沈先生送的雍正青花的茶杯或酒杯。沈先生对陶瓷赏鉴极精，一眼就知是什么朝代的。一个朋友送我一个梨皮色釉的粗瓷盒子，我拿去给他看，他说："元朝东西，民间窑！"有一阵搜集旧纸，大都是乾隆以前的。多是染过色的，瓷青的、豆绿的、水红的，触手细腻到像煮熟的鸡蛋白外的薄皮，真是美极了。至于茧纸、高丽发笺，那是凡品了。（他搜集旧纸，但自己舍不得用来写字。晚年写字用糊窗户的高丽纸，他说："我的字值三分钱。"）

在昆明，搜集了一阵耿马漆盒。这种漆盒昆明的地摊上很容易买到，且不贵。沈先生搜集器物的原则是"人弃我取"。其实这种竹胎的，涂红黑两色漆，刮出极繁复而奇异的花纹的圆盒是很美的。装点心，装花生米，装邮票杂物均合适，放在桌上也是个摆设。这种漆盒也都陆续送人了。客人来，坐一阵，临走时大都能带走一个漆盒。有一阵研究中国丝绸，弄到许多大藏经的封面，各种颜色都有：宝蓝的、茶褐的、肉色的，花纹也是各式各样。沈先生后来写了一本《中国丝绸图案》。有一阵研究刺绣。除了衣服、裙子，弄了好多扇套、眼镜盒、香袋。不知他是从哪里"寻摸"来的。这些绣品的针法真是多种多样。我只记得有一种绣法叫"打子"，是用一个一个丝线疙瘩缀出来的。他给我看一种绣品，叫"七色晕”，用七种颜色的绒绣成一个团花，看了真叫人发晕。他搜集、研究这些东西，不是为了消遣，是从发现、证实中国历史文化的优越这个角度出发的，研究时充满感情。我在他八十岁生日写给他的诗里有一联：

玩物从来非丧志，
著书老去为抒情。

这全是记实。沈先生提及某种文物时常是赞叹不已。马王堆那副不到一两重的纱衣，他不知说了多少次。刺绣用的金线原来是盲人用一把刀，全凭手感，就金箔上切割出来的。他说起时非常感动。有一个木俑（大概是楚俑）一尺多高，衣服非常特别：上衣的一半（连同袖子）是黑色，一半是红的；下裳正好相反，一半是红的，一半是黑的。沈先生说：“这真是现代派！”如果照这样式（一点不用修改）做一件时装，拿到巴黎去，由一个长身细腰的模特儿穿起来，到表演台上转那么一转，准能把全巴黎都“镇”了！他平生搜集的文物，在他生前全都分别捐给了几个博物馆、工艺美术院校和工艺美术工厂，连收条都不要一个。

沈先生自奉甚薄。穿衣服从不讲究。他在《湘行散记》里说他穿了一件细毛料的长衫，这件长衫我可没见过。我见他时总是一件洗得褪了色的蓝布长衫，夹着一摞书，匆匆忙忙地走。解放后是蓝卡其布或涤卡的干部服，黑灯芯绒的“懒汉鞋”。有一年做了一件皮大衣（我记得是从房东手里买的一件旧皮袍改制的，灰色粗线呢面），他穿在身上，说是很暖和，高兴得像一个孩子。吃得很清淡。我没见他下过一次馆子。在昆明，我到文林街二十号他的宿舍去看他，到吃饭时总是到对面米线铺吃一碗一角三分钱的米线。有时加一个西红柿，打一个鸡蛋，超不过两角五分。三姐是会做菜的，会做八宝糯米鸭，炖在一个大砂锅里，但不常做。他们住在中老胡同时，有时张充和骑自行车到前门月盛斋买一包烧羊肉回来，就算加了菜了。在小羊宜宾胡同时，常吃的不外是炒四川的菜头，炒慈姑。沈先生爱吃慈姑，说“这个好，比土豆‘格’高”。他在《自传》中说他很会炖狗肉，我在昆明，在北京都没见他炖过一次。有一次他到他的助手王亚蓉家去，先来看看我（王亚蓉住在我们家马路对面，——他七十多了，血压高到二百多，还常为了一点研究资料上的小事到处跑），我让他过一会来吃饭。他带来一卷画，是古代马戏图的摹本，实在是很精彩。他非常得意地问我的女儿：“精彩吧？”那天我给他做了一只烧羊腿，一条鱼。他回家一再向三姐称道：“真好吃。”他经常吃的荤菜是：猪头肉。

他的丧事十分简单。他凡事不喜张扬，最反对搞个人的纪念活动。反对“办生做寿”。他生前累次嘱咐家人，他死后，不开追悼会，不举行遗体告别。但火化之前，总要有一点仪式。新华社消息的标题是沈从文告别亲友和读者，是合适的。只通知少数亲友。——有一些景仰他的人是未接通知自己去的。不收花圈，只有约二十个布满鲜花的花篮，很大的白色的百合花、康乃馨、菊花、菖兰。参加仪式的人也不戴纸制的白花，但每人发给一枝半开的月季，行礼后放在遗体边。不放哀乐，放沈先生生前喜爱的音乐，如贝多芬的“悲怆”奏鸣曲等。沈先生面色如生，很安详地躺着。我走近他身边，看着他，久久不能离开。这样一个人，就这样地去了。我看他一眼，又看一眼，我哭了。

沈先生家有一盆虎耳草，种在一个椭圆形的小小钧窑盆里。很多人不认识这种草。这就是《边城》里翠翠在梦里采摘的那种草，沈先生喜欢的草。

故人偶记

老舍先生

北京东城迺兹府丰富胡同有一座小院。走进这座小院，就觉得特别安静，异常豁亮。这院子似乎经常布满阳光。院里有两棵不大的柿子树（现在大概已经很大了），到处是花，院里、廊下、屋里，摆得满满的。按季更换，都长得很精神，很滋润，叶子很绿，花开得很旺。这些花都是老舍先生和夫人胡絜青亲自莳弄的。天气晴和，他们把这些花一盆盆抬到院子里，一身热汗。刮风下雨，又一盆一盆抬进屋，又是一身热汗。老舍先生曾说："花在人养。"老舍先生爱花，真是到了爱花成性的地步，不是可有可无的了。汤显祖曾说他的词曲"俊得江山助"。老舍先生的文章也可以说是"俊得花枝助"。叶浅予曾用白描为老舍先生画像，四面都是花，老舍先生坐在百花丛中的藤椅里，微仰着头，意态悠远。这张画不是写实，意思恰好。

客人被让进了北屋当中的客厅，老舍先生就从西边的一间屋子走出来。这是老舍先生的书房兼卧室。里面陈设很简单，一桌、一椅、一榻。老舍先生腰不好，习惯睡硬床。老舍先生是文雅的、彬彬有礼的。他的握手是轻轻的，但是很亲切。茶已经沏出色了，老舍先生执壶为客人倒茶。据我的印象，老舍先生总是自己给客人倒茶的。

老舍先生爱喝茶，喝得很勤，而且很酽。他曾告诉我，到莫斯科去开会，旅馆里倒是为他特备了一只暖壶。可是他沏了茶，刚喝了几口，一转眼，服务员就给倒了。“他们不知道，中国人是一天到晚喝茶的！”

有时候，老舍先生正在工作，请客人稍候，你也不会觉得闷得慌。你可以看看花。如果是夏天，就可以闻到一阵一阵香白杏的甜香味儿。一大盘香白杏放在条案上，那是专门为了闻香而摆设的。你还可以站起来看看西壁上挂的画。

老舍先生藏画甚富，大都是精品。所藏齐白石的画可谓“绝品”。壁上所挂的画是时常更换的。挂的时间较久的，是白石老人应老舍点题而画的四幅屏。其中一幅是很多人在文章里提到过的“蛙声十里出山泉”。“蛙声”如何画？白石老人只画了一脉活泼的流泉，两旁是乌黑的石崖，画的下端画了几只摆尾的蝌蚪。画刚刚裱起来时，我上老舍先生家去，老舍先生对白石老人的设想赞叹不止。

老舍先生极其爱重齐白石，谈起来总是充满感情。我所知道的一点白石老人的逸事，大都是从老舍先生那里听来的。老舍先生谈这四幅里原来点的题有一句是苏曼殊的诗（是哪一句我忘记了），要求画卷心的芭蕉。老人踌躇了很久，终于没有应命，因为他想不起芭蕉的心是左旋还是右旋的了，不能胡画。老舍先生说：“老人是认真的。”老舍先生谈起过，有一次要拍齐白石的画的电影，想要他拿出几张得意的画来，老人说：“没有！”后来由他的学生再三说服动员，他才从画案的隙缝中取出一卷（他是木匠出身，他的画案有他自制的“消息”），外面裹着好几层报纸，写着四个大字“此是废纸”。打开一看，都是惊人的杰作——就是后来纪录片里所拍摄的。白石老人家里人口很多，每天煮饭的米都是老人亲自量，用一个香烟罐头。“一下、两下、三下……行了！”——“再添一点，再添一点！”——“吃那么多呀！”有人曾提出把老人接出来住，这么大岁数了，不要再操心这样的家庭琐事。老舍先生知道了，给拦了，说：“别！他这么着惯了。不叫他干这些，他就活不成了。”老舍先生的意见表现了他对人的理解，对一个人生活习惯的尊重，同时也表现了对白石老人真正的关怀。

老舍先生很好客，每天下午，来访的客人不断。作家，画家，戏曲、曲艺演员……老舍先生都是以礼相待，谈得很投机。

每年，老舍先生要把市文联的同人约到家里聚两次。一次是菊花开的时候，赏菊。一次是他的生日，——我记得是腊月二十三。酒菜丰盛，而有特点。酒是“敞开供应”，汾酒、竹叶青、伏特加，愿意喝什么喝什么，能喝多少喝多少。有一次很郑重地拿出一瓶葡萄酒，说是毛主席送来的，让大家都喝一点。菜是老舍先生亲自掂配的。老舍先生有意叫大家尝尝地道的北京风味。我记得有一次用一瓷钵芝麻酱炖黄花鱼。这道菜我从未吃过，以后也再没有吃过。老舍家的芥末墩是我吃过的最好的芥末墩！有一年，他特意订了两大盒“盒子菜”。直径三尺许的朱红扁圆漆盒，里面分开若干格，装的不过是火腿、腊鸭、小肚、口条之类的切片，但都很精致。熬白菜端上来了，老舍先生举起筷子：“来来来！这才是真正的好东西！”

老舍先生对他下面的干部很了解，也很爱护。当时市文联的干部不多，老舍先生对每个人都相当清楚。他不看干部的档案，也从不找人“个别谈话”，只是从平常的谈吐中就了解一个人的水平和才气，那是比看档案要准确得多的。老舍先生爱才，对有才华的青年，常常在各种场合称道，“平生不解藏人善，到处逢人说项斯”。而且所用的语言在有些人听起来是有点过甚其词，不留余地的。老舍先生不是那种惯说模棱两可、含糊其词、温吞水一样的官话的人。我在市文联几年，始终感到领导我们的是一位作家。他和我们的关系是前辈与后辈的关系，不是上下级关系。老舍先生这样“作家领导”的作风在市文联留下很好的影响，大家都平等相处，开诚布公，说话很少顾虑，都有点书生气，书卷气。他的这种领导风格，正是我们今天很多文化单位的领导所缺少的。

老舍先生是市文联的主席，自然也要处理一些“公务”，看文件，开会，做报告（也是由别人起草的）……但是作为一个北京市的文化工作的负责人，他常常想一些别人没有想到或想不到的问题。

北京解放前有一些盲艺人，他们沿街卖艺，有时还兼带算命，生活很苦。他们的“玩意儿”和睁眼的艺人不全一样。老舍先生和一些盲艺人熟识，提议把这些盲艺人组织起来，使他们的生活有出路，别让他们的“玩意儿”绝了。为了引起各方面的重视，他把盲艺人请到市文联演唱了一次。老舍先生亲自主持，作了介绍，还特烦两位老艺人翟少平、王秀卿唱了一段《当皮箱》。这是一个喜剧性的牌子曲，里面有一个人物是当铺的掌柜，说山西话；有一牌子叫“鹦哥调”，句尾和声用喉舌作出有点像母猪拱食的声音，很特别，很逗。这个段子和这个牌子，是睁眼艺人没有的。老舍先生那天显得很兴奋。

北京有一座智化寺，寺里的和尚做法事和别的庙里的不一样，演奏音乐。他们演奏的乐调不同凡响，很古。所用乐谱别人不能识，记谱的符号不是工尺，而是一些奇奇怪怪的笔道。乐器倒也和现在常见的差不多，但主要的乐器却是管。据说这是唐代的“燕乐”。解放后，寺里的和尚多半已经各谋生计了，但还能集拢在一起。老舍先生把他们请来，演奏了一次。音乐界的同志对这堂活着的古乐都很感兴趣。老舍先生为此也感到很兴奋。

《当皮箱》和“燕乐”的下文如何，我就不知道了。

老舍先生是历届北京市人民代表。当人民代表就要替人民说话，以前人民代表大会的文件汇编是把代表提案都印出来的。有一年老舍先生的提案是：希望政府解决芝麻酱的供应问题。那一年北京芝麻酱缺货。老舍先生说：“北京人夏天离不开芝麻酱！”不久，北京的油盐店里有芝麻酱卖了，北京人又吃上了香喷喷的麻酱面。

老舍是属于全国人民的，首先是属于北京人的。

一九五四年，我调离北京市文联，以后就很少上老舍先生家里去了。听说他有时还提到我。

晚岁渐于诗律细

我知道刃锋，在四十年代。刃锋成名甚早。解放前历次全国木刻展览，刃锋的作品都很突出。展品选为画册，刃锋之作，常居于显著地位。所表现的多为苦难的土地和人民，刀法刚劲，充满反抗意识。

五十年代初，得识刃锋于北京，我们都在市文联。我在《说说唱唱》当编辑。编辑部在霞公府楼上，两间日本人留下来的房子，——门是纸门。刃锋的画室和编辑部之间，只隔了端木蕻良的书斋。我时常踱到刃锋屋里，看他作画，听他聊天。刃锋读书多，哲学、美术史、美术理论，无不涉猎。说话很慷慨，多顿挫，有点白居易所说“气粗言语大”的劲头。一九五五年我调到中国民间文艺研究会，刃锋仍留在市文联，彼此见面遂少。

刃锋一生坎坷。解放前过了多年流亡生活，颠沛于沪渝等地。解放后生活稍稍安定。一九五七年被划成右派。这是意料中事。他是最早划为右派的，而摘掉帽子又甚晚，直到七十年代，原因是属于“死不悔改的右派”云云。这却是没有想到的。这些年我没有见到过刃锋，只听说他境遇很不好，但还在作画。

一天，刃锋忽然来看我。谈锋依然很健，谈论书画、臧否人物，毫无保留。我心里想：汪刃锋还是汪刃锋，真是死不悔改的了。

刃锋告诉我他要办一次回顾展，带来一些国画彩色照片让我看，我看了，觉得二十多年，刃锋还是有变化的。第一，“庾信文章老更成”，刃锋更成熟了。这没有什么奇怪，画家总是越老越成熟的。第二，对我说起来倒是有点新鲜的“晚岁渐于诗律细”。刃锋早年的画，奔放的多，近期的画却趋于严谨了。画属“小写意”，笔笔都交待得很清楚，有笔有墨，画面极干净，不像时下许多画家，看起来大刀阔斧，水墨淋漓，很能“虎”人，但笔笔经不起推敲。刃锋的构图很稳，不以险怪取胜。这是不能藏拙，也不易讨巧的。但是刃锋选择了一条不欺世、不骇俗、扎扎实实的路子，这是需要勇气的。

刃锋长于书法，中年后写怀素，用中锋，但有法度，不像包世臣所说的“信笔”，——目下写狂草的，多“信笔”，让笔牵着自己走。刃锋题大幅画，每用隶书，但很舒展秀丽，不像许多人写的隶书似乎苍苍莽莽，实是美术字而已。看来刃锋是写了几年《曹全碑》《张迁碑》的。

刃锋稍长于我，才过了七十，身体精力都不错，他还能画好多年。相信他会进入一个更新的境界。

沙岭子

我曾在沙岭子农业科学研究所下放劳动过四个年头——一九五八年至一九六一年。沙岭子是京包线宣化至张家口之间的一个小站。从北京乘夜车，到沙岭子，天刚刚亮。从车上下来十多个旅客，四散走开了。空气是青色的。下车看看，有点凄凉。我以后请假回北京，再返沙岭子，每次都是乘的这趟车，每次下车，都有凄凉之感。

这是一个极其普通的小车站。四年中，我看到它无数次了，它总是那样。四年不见一点变化。照例是涂成浅黄色的墙壁，灰色板瓦盖顶，冷清清的。

靠站的客车一天只有几趟。过境的货车比较多。往南去的最常见的是大兴安岭下来的红松。其次是牲口，马、牛，大概来自坝上或内蒙草原。这些牛马站在敞顶的车厢里，样子很温顺。往北去的常有现代化的机器，装在高大的木箱里，矗立着。有时有汽车，都是崭新的。小汽车的车头爬在前面小车的后座上，一辆搭着一辆，像一串甲虫。

运往沙岭子到站的货物不多。有时甩下一节车皮，装的是铁矿砂。附近有一个铁厂。铁矿砂堆在月台上。矿砂运走了，月台被染成了紫红色；有时卸一车石灰，月台就被染得雪白的。紫颜色、白颜色，被人们的鞋底带走了，过不几天，月台又恢复了原先的浅灰的水泥颜色。

从沙岭子起运的，只有石头。东边有一个采石场——当地叫作“片石山”，每天十一点半钟放炮崩山。山已经被削去一半了。

农科所原来的房子很好，疏疏朗朗，布置井然。迎面是一排青砖的办公室，整整齐齐。办公室后是一个空场。对面是种子仓库，房梁上挂了很多整株的作物良种。更后是食堂，再后是猪舍。东面是职工宿舍，有两间大的是单身合同工住的，每间可容三十人。我就在东边一间的一张木床上睡了将近三年，直到摘了右派帽子，结束劳动后，才搬到干部宿舍里，和一个姓陈的青年技术员合住一间。种子仓库西边有一条土路，略高出于地面。路之西，有一排矮矮的圆锥形的谷仓，状如蘑菇，工人们就叫它为“蘑菇仓库”，是装牲口饲料玉米豆的。蘑菇仓库以西，是马号。更西，是菜园、温室。农科所的概貌尽于此。此外，所里还有一片稻田，在沙岭子堡（镇）以南；有一片果园，在车站南。

头两年参加劳动，扎扎实实地劳动。大部分农活我差不多都干过。除了一些全所工人一齐出动的集中的突击性的活，如插秧、锄地、割稻子之外，我相对固定在果园干活。干得最多的是喷波尔多液。硫酸铜加石灰兑水，这就是波尔多液。果园一年不知道要喷多少次波尔多液，这是果树防病所必需的。梨树、苹果要喷，葡萄更是十天八天就得喷一回。果园有一本工作日记似的本本，记录每天干的活，翻开到处是“葡萄喷波尔多液”。这日记是由果园组组长填写的。不知道什么道理，这里的干部工人都把葡萄写成“艿艿”。两个字一样，为什么会读出两个字音呢？因为我喷波尔多液喷得细致，到后来这活都交给了我。波尔多液是天蓝色的，很漂亮。因为喷波尔多液的次数太多，我的几件白衬衫都变成浅蓝的了。

结束劳动后暂时无法分配工作，我就留在所里打杂，主要是画画。我曾参加过张家口地区农业展览会的美术工作，在画布或三合板上用水粉画白菜、萝卜、大葱、大蒜、短角牛、张北马。布置过一个超声波展览馆——那年不知怎么兴起了超声波，很多单位都试验这东西，好像这是一种增产的魔术。超声波怎么表现呢？这东西又看不见。我于是画了许多动物、植物、水产，农林牧副渔，什么都有，而在所有的画面上一律加了很多同心圆，表示这是超声波的振幅！我画过一套颇有学术价值的画册：《中国马铃薯图谱》。沽源有个马铃薯研究站，集中了全国各地的，各种品种的马铃薯。研究站归沙岭子农科所领导。领导研究，要出版一套图谱，绘图的任务交给了我。在马铃薯花盛开的时候，我坐上二饼子牛车到了沽源研究站。每天蹚着露水到地里掐一把花，几枝叶子，拿回办公室，插在玻璃杯里，照着画。我的工作实在是舒服透顶，不开会，不学习，没人管，自由自在，也没有指标定额，画多少算多少。画起来是不费事的。马铃薯的花大小只有颜色的区别，花形都一样；叶片也都差不多，有的尖一点，有的圆一点。花和叶子画完，画薯块。一个整个的马铃薯，一个剖面。画完一种薯块，我就把它放进牛粪火里烤熟了，吃掉。这里的马铃薯不下七八十种，每一种我都尝过。中国吃过那么多种马铃薯的人，大概不多。天冷了，马铃薯块还没有画完，有一部分是运到沙岭子画的。还是那样的舒服。一个人一间屋子，升一个炉子，画一块，在炉子上烤烤，吃掉。我还画过一套口蘑图谱，钢笔画。口蘑都是灰白色，不需要着色。

我就这样在沙岭子度过了四个年头。

一九八三年，我应张家口市文联之邀，去给当地青年作家讲过一次课。市文联的两个同志是曾和我同时下放沙岭子农科所劳动过的，他们为我安排的活动，自然会有一项：到沙岭子看看。吉普车开到农科所门前，下车看看，可以说是面目全非。盖了一座办公楼，是灰绿色的。我没有进去，但是觉得在里面办公是不舒服的，不如原先的平房宽敞豁亮。楼上下来一个人，是老王，我们过去天天见。老王见我们很亲热。他模样未变，但是苍老了。他说起这些年的人事变化，谁得了癌症；谁受了刺激，变得糊涂了；谁病死了；谁在西边一棵树上上了吊死了。说不清是什么原因。

他说起所里“文化大革命”的一些情况，说起我画的那套马铃薯图谱在“文化大革命”中毁了，很可惜。我在的时候，他是大学刚刚毕业，现在大概是室主任了。那时他还没有结婚，现在女儿已经上大学了。真是“昔别君未婚，儿女忽成行”。他原来是个很精神的小伙子，现在说话却颇有不胜沧桑之感。

老王领我们到后面去看看。原来的格局已经看不出多少痕迹。种子仓库没有了，蘑菇仓库没有了。新建了一些红砖的房屋，横七竖八。我们走到最后一排，是木匠房。一个木匠在干活，是小王！我住在工人集体宿舍的时候，小王的床挨着我的床。我在的时候，所里刚调他去学木匠，现在他已经是四级工，带两个徒弟了。小王已经有两个孩子。他说起他结婚的时候，碗筷还是我给他买的，锁门的锁也是我给他买的，这把锁他现在还在用着。这些，我可一点不记得了。

我们到果园看了看。果园可是大变样了。原来是很漂亮的，葱葱茏茏，蓬蓬勃勃。那么多的梨树。那么多的苹果。尤其是葡萄，一行一行，一架一架，整整齐齐，真是蔚为大观。葡萄有很多别处少见的名贵品种：白香蕉、柔丁香、秋紫、金铃、大粒白、白拿破仑、黑罕、巴勒斯坦……现在，全都不见了。果园给我的感觉，是荒凉。我知道果树老了，需要更新，但何至于砍伐成这样呢？有一些新种的葡萄，才一人高，挂了不多的果。

遇到一个熟人，在给葡萄浇水。我想不起他的名字了。他原来是猪倌，后来专管“下夜”，即夜间在所内各处巡看。这是个窝窝囊囊的人，好像总没有睡醒，说话含糊不清，而且他不爱洗脸。他的老婆跟他可大不一样，身材颀长挺拔，而且出奇的结实，我们背后叫她阿克西尼亚。老婆对他“死不待见”。有一天，我跟他一同下夜，他走到自己家门口，跟我说：“老汪，你看着点，俚去闹渠一桠。”他是柴沟堡人。那里人说话很奇怪，保留了一些古音。“倨”即我（像客家话），“渠”即她（像广东话）。“闹渠一棰”是搞她一次。他进了屋，老婆先是不答应，直骂娘。后来没有声音了。待了一会儿，他出来了，继续下夜。我见了他，不禁想起那回事，问老王：“他老婆还是不待见他吗？”老王说：“他们已经有了两个孩子了。”我很想见见阿克西尼亚，不知她现在是什么样子。

去看看稻田。

稻田挨着洋河。洋河相当宽，但是常常没有水，露出河底的大块卵石。水大的时候可以齐腰。不能行船，也无需架桥。两岸来往，都是徒涉。河南人过来，到河边，就脱了裤子，顶在头上，一步一步蹚着水。因此当地人揶揄之道：“河南汉，咯吱咯吱两颗蛋。”

河南地薄而多山。天晴时，在稻田场上可以看到河南的大山，山是干山，无草木，山势险峻，皱皱褶褶，当地人说：“像羊肚子似的。”形容得很贴切。

稻田倒还是那样。地块、田埂、水渠、渠上的小石桥、地边的柳树、柳树下一间土屋，土屋里有供烧开水用的锅灶，全都没有变。二十多年了，好像昨天我们还在这里插过秧，割过稻子。

稻田离所里比较远。到稻田干活，一般中午就不回所里吃饭了，由食堂送来。都是蒸莜面饸饹，疙瘩白熬山药，或是一人一块咸菜。我们就攥着饸饹狼吞虎咽起来。稻田里有很多青蛙。有一个同我们一起下放的同志，是浙江人。他提了好些青蛙，撕了皮，烧一堆稻草火，烤田鸡吃。这地方的人是不吃田鸡的，有几个孩子问：“这东西好吃？”他们尝了一个：“好吃好吃！”于是七手八脚捉了好多，大家都来烤田鸡，不知是谁，从土屋里翻出一碗盐，烤田鸡蘸盐水，就莜面，真是美味。吃完了，各在柳荫下找个地方躺下，不大一会，都睡着了。

在水渠上看见渠对面走来两个女的，是张素花和刘美兰。我过去在果园经常跟她们一起干活。我大声叫她们的名字。刘美兰手搭凉棚望了一眼，问:“是不是老汪？”

“就是！”

“你咋会来了？”

“来看看。”

“一下来家吃饭。”

“不了，我要回张家口，下午有个会。”

“没事儿来！”

“来！——你和你丈夫还打架吗？”

刘美兰和丈夫感情不好，丈夫常打她，有一次把她的小手指都打弯了。

“倨都当了奶奶了！”

刘美兰和张素花不知道说了什么，两个人嘻嘻笑着，走远了。

重回沙岭子，我似乎有些感触，又似乎没有。这不是我所记忆、我所怀念的沙岭子，也不是我所希望的沙岭子。然而我所希望的沙岭子又应是什么样子的呢？我也说不出。我只是觉得这一代的人都糊里糊涂地老了。是可悲也。

赵树理同志二三事

赵树理同志身高而瘦。面长鼻直，额头很高。眉细而微弯，眼狭长，与人相对，特别是倾听别人说话时，眼角常若含笑。听到什么有趣的事，也会咕咕地笑出声来。有时他自己想到什么有趣的事，也会咕咕地笑起来。赵树理是个非常富于幽默感的人。他的幽默是农民式的幽默，聪明，精细而含蓄，不是存心逗乐，也不带尖刻伤人的芒刺，温和而有善意。他只是随时觉得生活很好玩，某人某事很有意思，可发一笑，不禁莞尔。他的幽默感在他的作品里和他的脸上随时可见（我很希望有人写一篇文章，专谈赵树理小说中的幽默感，我以为这是他的小说的一个很大的特点）。赵树理走路比较快（他的腿长；他的身体各部分都偏长，手指也长），总好像在侧着身子往前走，像是穿行在热闹的集市的人丛中，怕碰着别人，给别人让路。赵树理同志是我见到过的最没有架子的作家，一个让人感到亲切的、妩媚的作家。

树理同志衣着朴素，一年四季，总是一身蓝咔叽布的制服。但是他有一件很豪华的“行头”，一件水獭皮领子、礼服呢面的狐皮大衣。他身体不好，怕冷，冬天出门就穿起这件大衣来。那是刚“进城”的时候买的。那时这样的大衣很便宜，拍卖行里总挂着几件。奇怪的是他下乡体验生活，回到上党农村，也是穿了这件大衣去。那时作家下乡，总得穿得像个农民，至少像个村干部，哪有穿了水獭领子狐皮大衣下去的？可是家乡的农民并不因为这件大衣就和他疏远隔阂起来，赵树理还是他们的“老赵”，老老少少，还是跟他无话不谈。看来，能否接近农民，不在衣裳。但是敢于穿了狐皮大衣而不怕农民见外的，恐怕也只有赵树理同志一人而已。——他根本就没有考虑穿什么衣服“下去”的问题。

他吃得很随便。家眷未到之前，他每天出去“打游击”。他总是吃最小的饭馆。霞公府（他在霞公府市文联宿舍住了几年）附近有几家小饭馆，树理同志是常客。这种小饭馆只有几个菜。最贵的菜是小碗坛子肉，最便宜的菜是“炒和菜盖被窝”——菠菜炒粉条，上面盖一层薄薄的摊鸡蛋。树理同志常吃的菜便是炒和菜盖被窝。他工作得很晚，每天十点多钟要出去吃夜宵。和霞公府相平行的一个胡同里有一溜卖夜宵的摊子。树理同志往长板凳上一坐，要一碗馄饨，两个烧饼夹猪头肉，喝二两酒，自得其乐。

喝了酒，不即回宿舍，坐在传达室，用两个指头当鼓箭，在一张三屉桌子打鼓。他打的是上党梆子的鼓。上党梆子的锣经和京剧不一样，很特别。如果有外人来，看到一个长长脸的中年人，在那里如醉如痴地打鼓，绝不会想到这就是作家赵树理。

赵树理是一个多才多艺的农村才子。王春同志在一篇文章中提到过树理同志曾在一个集上一个人唱了一台戏：口念锣经过门，手脚并用作身段，还误不了唱。这是可信的。我就亲眼见过树理同志在市文联内部晚会上表演过起霸。见过高盛麟、孙毓堃起霸的同志，对他的上党起霸不是那么欣赏，他还是口念锣经，一丝不苟地起了一趟“全霸”，并不是比画两下就算完事。虽是逢场作戏，但是也像他写小说、编刊物一样地认真。

赵树理同志很能喝酒，而且善于划拳。他的划拳是一绝：两只手同时用，一会儿出右手，一会儿出左手。老舍先生那几年每年要请两次客，把市文联的同志约去喝酒。一次是秋天，菊花盛开的时候，赏菊（老舍先生家的菊花养得很好，他有个哥哥，精于艺菊，称得起是个“花把式”）；一次是腊月二十三，那天是老舍先生的生日。酒、菜都很丰盛而有北京特点。老舍先生豪饮（后来因血压高戒了酒），而且划拳极精。老舍先生划拳打通关，很少输的时候。划拳是个斗心眼的事，要捉摸对方的拳路，判定他会出什么拳。年轻人斗不过他，常常是第一个“俩好”就把小伙子“一板打死”。对赵树理，他可没有办法，树理同志这种左右开弓的拳法，他大概还没有见过，很不适应，结果往往败北。

赵树理同志讲话很“随便”。那一阵很多人把中国农村说得过于美好，文艺作品尤多粉饰，他很有意见。他经常回家乡，回来总要做一次报告，说说农村见闻。他认为农村还是很穷，日子过得很艰难。他戏称他戴的一块表为“五驴表”，说这块表的钱在农村可以买五头毛驴。——那时候谁家能买五头毛驴，算是了不起的富户了。他的这些话是不合时宜的，后来挨了批评，以后说话就谨慎一点了。

赵树理同志抽烟抽得很凶。据王春同志的文章说，在农村的时候，嫌烟袋锅子抽了不过瘾，用一个山药蛋挖空了，插一根小竹管，装了一“蛋”烟，狂抽几口，才算解气。进城后，他抽烟卷，但总是抽最次的烟。他抽的是什么牌子的烟，我不记得了，只记得是棕黄的皮儿，烟味极辛辣。他逢人介绍这种牌子的烟，说是价廉物美。

赵树理同志担任《说说唱唱》的副主编，不是挂一个名，他每期都亲自看稿，改稿。常常到了快该发稿的日期，还没有合用的稿子，他就把经过初、二审的稿子抱到屋里去，一篇一篇地看，差一点的，就丢在一边，弄得满室狼藉。忽然发现一篇好稿，就欣喜若狂，即交编辑部发出。他把这种编辑方法叫作“绝处逢生法”。有时实在没有较好的稿子，就由编委之一自己动手写一篇。有一次没有像样的稿子，大概是康濯同志说：“老赵，你自己搞一篇！”老赵于是关起门来炮制。《登记》（即《罗汉钱》）

就是在这种等米下锅的情况下急就出来的。

赵树理同志的稿子写得很干净清楚，几乎不改一个字。他对文字有“洁癖”，容不得一个看了不舒服的字。有一个时候，有人爱用“妳”字。有的编辑也喜欢把作者原来用的“你”改“妳”。树理同志为此极为生气。两个人对面说话，本无需标明对方是不是女性。世界语言中第二人称代名词也极少分性别的。“妳”字读“奶”，不读“你”。有一次树理同志在他的原稿第一页页边写了几句话：“编辑、排版、校对同志注意：文中所有‘你’字一律不得改为‘妳’字，否则要负法律责任。”

树理同志的字写得很好。他写稿一般都用红格直行的稿纸，钢笔。字体略长，如其人，看得出是欧字、柳字的底子。他平常不大用毛笔。他的毛笔字我只见过一幅，字极潇洒，而有功力。是在劳动人民文化宫见到的。劳动人民文化宫刚成立，负责“宫务”的同志请十几位作家用宣纸毛笔题词，嵌以镜框，挂在会议室里。也请树理同志写了一幅。树理同志写了六句李有才体的通俗诗：

古来数谁大，
皇帝老祖宗。
今天数谁大，
劳动众弟兄。
还是这座庙，
换了主人翁！

遥寄爱荷华

——怀念聂华苓和保罗·安格尔

一九八七年九月，我应安格尔和聂华苓之邀，到爱荷华去参加爱荷华大学“国际写作计划”，认识了他们夫妇，成了好朋友。安格尔是爱荷华人。他是爱荷华城的骄傲。爱荷华的第一国家银行是本城最大的银行，和“写作计划”的关系很密切（“国际写作计划”作家的存款都在第一银行开户），每一届“国际写作计划”，第一银行都要举行一次盛大的招待酒会。第一银行的墙壁上挂了一些美国伟人的照片或图像。酒会那天，银行特意把安格尔的巨幅淡彩铅笔图像也摆了出来，画像画得很像，很能表现安格尔的神情：爽朗，幽默，机智。安格尔拉了我站在这张画像的前边拍了一张照片。可惜我没有拿到照相人给我加印的一张。

江迪尔是一家很大的农机厂。这家厂里请亨利摩尔做了一个很大的抽象的铜像，特意在一口湖当中造了一个小岛，把铜像放在岛上。江迪尔农机厂是“国际写作计划”的赞助者之一，每年要招待国际作家一次午宴。在宴会上，经理致辞，说安格尔是美国文学的巨人。

我不熟悉美国文学的情况，尤其是诗，不能评价安格尔在美国当代文学中的位置。我只读过一本他的诗集《中国印象》，是他在中国旅行之后写的，很有感情。他的诗是平易的，好懂的，是自由诗。有一首诗的最后一段只有一行：

中国也有萤火虫吗？

我忽然非常感动。

我真想给他捉两个中国的萤火虫带到美国去。

我三天两头就要上聂华苓家里去，有时甚至天天去。有两天没有去，聂华苓估计我大概一个人在屋里，就会打电话来。我们住在五月花公寓，离聂华苓家很近，五分钟就到了。

聂华苓家在爱荷华河边的一座小山半麓。门口有一块铜牌，竖写了两个隶书："安寓"。这大概是聂华苓的主意。这是一所比较大的美国中产阶级的房子，买了已经有些年了。木结构。美国的民居很多是木结构，没有围墙，一家一家不挨着。这种木结构的房子也是不能挨着，挨在一起，一家着火，会烧成一片。我在美国看了几处遭了火灾的房子，都不殃及邻舍。和邻舍保持一段距离，这也反映出美国人的以个人主义为基础的文化心理。美国人不愿意别人干扰他们的生活，不讲什么"处街坊"，不讲"闻多素心人，乐与数晨夕"。除非得到邀请，美国人不随便上人家"串门儿"。

是一座两层的房子。楼下是聂华苓的书房，有几张中国字画。我给她带去一个我自己画的小条幅，画的是一丛秋海棠，一个草虫，题了两句朱自清先生的诗"解得夕阳无限好，不须惆怅近黄昏"。第二天她就挂在书桌的左侧，以示对我的尊重。

楼上是卧室、厨房、客厅。一上楼梯，对面的墙上在一块很大的印第安人的壁衣上挂满了各个民族、各个地区、各色各样的面具，是安格尔搜集来的。安格尔特别喜爱这些玩意。他的书架上、壁炉上，到处都是这一类东西（包括一个黄铜敲成的狗头鸟脚的非洲神像，一些东南亚的皮影戏人形……）。

餐厅的一壁横挂了一柄船桨，上面写满了字，想是安格尔在大学划船比赛获奖的纪念。

一个书柜里放了一张安格尔的照片，坐在一块石头上，很英俊，一个典型的美国年轻绅士。聂华苓说："我认识他的时候，他就是这个样子！"

南面和西面的墙顶牵满了绿萝。美国很多人家都种这种植物，有的店铺里也种。这玩意只要一点土，一点水，就能陆续抽出很长的条，不断生出心形的浓绿肥厚的叶子。

白色羊皮面的大沙发是可以移动的。一般是西面、北面各一列，成直角。有时也可以拉过来，在小圆桌周围围成一圈。人多了，可以坐在地毯上。台湾诗人蒋勋好像特爱坐在地毯上。

客厅的一角散放着报纸、刊物、画册。

这是一个舒适、随便的环境，谁到这里都会觉得无拘无束。美国有的人家过于整洁，进门就要脱鞋，又不能抽烟，真是别扭。

安格尔和聂华苓都非常好客。他们家几乎每个晚上都是座上客常满，杯中酒不空。爱荷华是个安静、古板的城市（城市人口六万，其中三万是大学生），没有夜生活。有一个晚上，台湾诗人郑愁予喝了不少酒，说他知道有一家表演脱衣舞的地方，要带几个男女青年去看看。不大一会，回来了！这家早就关闭了。爱荷华原来有一家放色情片子的电影院，让一些老头儿、老太太轰跑了。夜间无事，因此，家庭聚会就比较多。

"国际写作计划"会期三个月，聂华苓星期六大都要举行晚宴，招待各国作家。分拨邀请。这一拨请哪些位，那一拨请哪些位，是用心安排的。她邀请中国作家（包括大陆的、台湾的、香港的，和在美国的华人作家）次数最多。有些外国作家（主要是说西班牙语的南美作家）有点吃醋，说聂华苓对中国作家偏心。聂华苓听到了，说："那是！"我跟她说："我们是你的娘家人。"——"没错！"

美国的习惯是先喝酒，后吃饭。大概六点来钟，就开始喝。安格尔很爱喝酒，喝威士忌。我去了，也都是喝苏格兰威士忌或伯尔本（美国威士忌）。伯尔本有一点苦味，别具特色。每次都是吃开心果就酒。聂华苓不知买了多少开心果，随时待客，源源不断。有时我去早了，安格尔在他自己屋里，聂华苓在厨房忙着，我就自己动手，倒一杯先喝起来。他们家放酒和冰块的地方我都知道。一边喝加了冰的威士忌，一边翻阅一大摞华文报纸，蛮惬意。我在安格尔家喝的威士忌加在一起，大概不止一箱。我一辈子没有喝过那样多威士忌。有两次，聂华苓说我喝得说话舌头都直了！临离爱荷华前一晚，聂华苓还在我的外面包着羊皮的不锈钢扁酒壶里灌了一壶酒。

晚饭烤牛排的时候多。我爱吃烤得很嫩的牛排。聂华苓说："下次来，我给你一块生牛排你自己切了吃！"

吃过一次核桃树枝烤的牛肉。核桃树枝是从后面小山上捡的。

美国火锅吃起来很简便。一个长方形的锅子，各人自己涮鸡片、鱼片、肉片……

聂华苓表演了一次豆腐丸子。这是湖北菜。

聂华苓在美国二十多年了，但从里到外，都还是一个中国人。

她有个弟弟也在美国，我听到她和弟弟打电话，说的是地地道道的湖北话！

有一次中国作家聚会，合唱了一支歌"我的家在东北松花江上"。聂华苓是抗战后到台湾的，她会唱相当多这样的救亡歌曲。台湾小说家陈映真、诗人蒋勋，包括年轻的小说家李昂也会唱这支歌。唱得大家心里酸酸的。聂华苓热泪盈眶。

聂华苓是个很容易动感情的人。有一次她和在美的华人友好欢聚，在将近酒阑人散（有人已经穿好外衣）的时候，她忽然感伤起来，失声痛哭，招得几位女士陪她哭了一气。

有一次陈映真的父亲坐一天的汽车，特意到爱荷华来看望中国作家。老先生年轻时在台湾教学，曾把鲁迅的小说改成戏剧在台演出，大概是在台湾最早介绍鲁迅的学人之一。老先生对祖国怀了极深的感情。陈映真之成为台湾"统派"的代表人物之一，与幼承庭训有关。陈老先生在席间作了热情洋溢的讲话。我听了，一时非常激动，不禁和老先生抱在一起，哭了。聂华苓陪着我们流泪，一面攥着我的手说："你真好！你真好！你真可爱！"

我跟聂华苓说："我已经好多年没有哭过了。"

聂华苓原来叫我"汪老"，有一天，对我说："我以后不叫你'汪老'了，把你都叫老了！我叫你汪大哥！"我说："好！"不过似乎以后她还是一直叫我"汪老"。

中国人在客厅里高谈阔论，安格尔是不参加的，他不会汉语。他会说的中国话大概只有一句："够了！太够了！"一有机会，在给他分菜或倒酒时，他就爱露一露这一句。但我们在聊天时，他有时也在一边听着，而且好像很有兴趣。我跟他不能交谈，但彼此似乎很能交流感情，能够互相欣赏。有一天我去得稍早，用英语跟他说了一句极其普通的问候的话"你今天看上去气色很好"，他大叫："华苓！他能说完整的英语！"

安格尔在家时衣着很随便，总是穿一件宽大的紫色睡袍，软底的便鞋，跑来跑去，一会儿回他的卧室，一会儿又到客厅里来。我说他是个无事忙。聂华苓说："就是，就是！整天忙忙叨叨，busy！ busy！不知道他忙什么！"

他忙活的事情之一，是伺候他的那群鹿和浣熊。有一群鹿和浣熊住在

“安寓”后山的杂木林里，是野生的，经常到他的后窗外来做客。鹿有时两三只，有时七八只；浣熊一来十好几只，他得为它们准备吃的。鹿吃玉米粒。爱荷华是产玉米的州，玉米粒多的是，鹿都站在较高的山坡上，低头吃玉米粒，忽然又扬起头来很警惕地向窗户里看一眼。浣熊吃面包。浣熊憨头憨脑，长得有点像熊猫，胆小，但是在它们专心吃面包片时，就不顾一切了，美国面包隔了夜，就会降价处理，很便宜。聂华苓隔一两天就要开车去买面包。“浣熊吃，我们也吃！”鹿和浣熊光临，便是神圣的时刻。安格尔深情的注视窗外，一面伸出指头示意：不许作声！鄂温克族作家乌热尔图是猎人，看着窗外的鹿，说：“我要是有一杆枪，一枪就能打倒一只。”安格尔瞪着灰蓝色的眼睛说：“你要是拿枪打它，我就拿枪打你！”

安格尔是个心地善良，脾气很好，快乐的老人，是个老天真，他爱大笑，大喊大叫，一边叫着笑着，一边还要用两只手拍着桌子。

他很爱聂华苓，老是爱说他和聂华苓恋爱的经过：他在台北举行酒会，聂华苓在酒会上没有和他说话。聂华苓要走了，安格尔问她：“你为什么不理我？”聂华苓说：“你是主人，你不主动找我说话，我怎么理你？”后来，安格尔约聂华苓一同到日本去，聂华苓心想：一个外国人，约我到日本去？她还是同意了。到了日本，又到了新加坡、菲律宾……后来呢？后来他们就结婚了。他大概忘了，他已经跟我说过一次他的罗曼史。我告诉蒋勋，我已经听他说过了，蒋勋说：“我已经听过五次！”他一说起这一段，聂华苓就制止他：“No more！ no more！”

聂华苓从客厅走回她的卧室，安格尔指指她的背影，悄悄地跟我说：“她是一个了不起的女人！”

十二月中旬，我到纽约、华盛顿、费城、波士顿走了一圈。走的时候正是爱荷华的红叶最好的时候，橡树、元宝树、日本枫……层层叠叠，如火如荼。

回到爱荷华，红叶已经落光，这么快！

我是年底回国的。离开爱荷华那天下了大雪，爱荷华一点声音没有。

一九八八年，安格尔和聂华苓访问了大陆一次。作协外联部不知道是哪位出了一个主意，不在外面宴请他们，让我在家里亲手给他们做一顿饭，我说："行！"聂华苓在美国时就一直希望吃到我做的菜（我在她家里只做过一次炸酱面），这回如愿以偿了。我给他们做了几个什么菜，已经记不清了，只记得有一碗扬州煮干丝、一个炝瓜皮，大概还有一盘干煸牛肉丝，其余的，想不起来了。那天是蒋勋和他们一起来的。聂华苓吃得很开心，最后端起大碗，连煮干丝的汤也喝得光光的。安格尔那天也很高兴，因为我还有一瓶伯尔本，他到大陆，老是茅台酒、五粮液，他喝不惯。我给他斟酒时，他又找到机会亮了他的唯一的一句中国话："够了！太够了！"

一九九〇年初秋，我有个亲戚到爱荷华去（他在爱荷华大学读书），我和老伴请他带两件礼物给聂华苓，一个仿楚器云纹朱红漆盒，一件彩色扎花印染的纯棉衣料。她非常喜欢，对安格尔说："这真是汪曾祺！"

安格尔因心脏病突发，在芝加哥去世。大概是一九九一年初。

安格尔去世后，我和聂华苓没有通过信。她现在怎么生活呢？前天给她寄去一张贺年卡，写了几句话，信封上写的是她原来的地址，也不知道她能不能收到。

怀念德熙

德熙原来是念物理系的，大学二年级，才转到中文系来。他的数学底子很好。这样，他才能和王竹溪先生合作，测定一件青铜器的容积。

我和德熙大一时就认识。我们认识是因为在一起唱京剧。有时也一同去看厉家班的戏。后来云南大学组织了一个曲社，我们一起去拍曲子，做“同期”，几乎一次不落。我后来不唱昆曲了，德熙是一直唱着的。他的爱好影响了他的夫人何孔敬。他们到美国去，我想是会带了一支笛子去的。

德熙不蓄字画。他家里挂着的只有一条齐白石的水印木刻梨花，和我给他画的墨菊横幅。他家里没有什么贵重的摆设，但是窗明几净，一尘不染，瓶花灯罩朴朴素素，位置得宜，表现出德熙一家的审美趣味。

同时具备科学头脑和艺术家的气质，我以为是德熙能在语言学、古文字学上取得很大成绩的优越条件。也许这是治人文科学的学者都需要具备的条件。

德熙的治学，完全是超功利的。在大学读书时生活清贫，但是每日孜孜，手不释卷。后来在大学教书，还兼了行政职务，往来的国际、国内学者又多，很忙，但还是不疲倦地从事研究写作。我每次到他家里去，总看到他的书桌上有一篇没有写完的论文，摊着好些参考资料和工具书。研究工作，在他是辛苦的劳动，但也是一种超级的享受。他所以乐此不倦，我觉得，是因为他随时感受到语言和古文字的美。一切科学，到了最后，都是美学。德熙上课，是很能吸引学生的。我听过不止一个他的学生说过：语法本来是很枯燥的，朱先生却能讲得很有趣味，常常到了吃饭的钟声响了，学生还舍不得离开。为什么能这样？我想是德熙把他对于语言，对于古文字的美感传染给了学生。感受到工作中的美，这样活着，才有意思。

德熙是个感情不甚外露的人，但是是一个很有感情的人。他对家人子女，第三代，都怀有一种含蓄，温和，但是很深的爱。对青年学者也是如此。我不止一次听他谈起过裘锡圭先生，语气是发现了一个天才。“君有奇才我不贫”，德熙就是这样对待后辈的。

德熙对师长是很尊敬的，对唐立厂先生、王了一先生、吕叔湘先生，都是如此。他后来是国际知名的学者了，但没有一般的“后起之秀”的傲气。我没有听他说过一句关于前辈的刻薄话。

德熙乐于助人，师友中遇有困难，德熙总设法帮助他“解决问题”。因此他的人缘很好。不少人提起德熙，都说“朱德熙人很好”。一个人被人说是“人很好”并不容易。我以为这是最高的称赞。

德熙今年七十二岁（他、李荣和我是同年），按说寿数也不算短，但是他还有许多工作可以做，他应该再过几年清闲安静的日子，遽然离去，叫人不得不感到非常遗憾。

金陵王气

我对南京几乎一无所知，也一无可记。

解放前我只去过南京一次，一九三六年夏天，去接受蒋介石检阅，听他“训话”。

国民党在学校里实行军事化，所有中学都派了军事教官，设军事课，当时强邻虎视，我们从初中时就每天听到“国难当头”的宣传教育，学生的救国意识都很浓厚，对军事化并无反感。

国民党政府规定高中一年级学生暑假要分地区集中军训。苏州、扬州、无锡、常州、江阴等地的高一学生在镇江集训。地点在镇江郊区的三十六标。“标”即营房，这名称大概是从清朝的绿营兵时代沿袭下来的。

集训无非是学科、术科、“筑城教范”“打野外”、打靶……这一套。再就是听国民党中要人的演讲。如“中国国民党是中国青年的党，中国青年是中国国民党的青年”（叶楚伧语）；“信仰领袖要信仰到迷信的地步，服从领袖要服从到盲从的地步”（周佛海语）……

集训队有一个特殊人物，蒋纬国。他那时在苏州东吴大学读一年级（大学一年级学生也和高中一年级一同参加集训）。一到星期六下午，就听到政治处的秘书大声呼叫：“二少爷！二少爷！”不是南京来了长途电话，就是来接二少爷的汽车到了。“二少爷”长得什么模样，我当时就没有记住。

集中军训快要结束时，江浙两省的高一学生调集南京，去听委员长训话。

从镇江坐铁闷子车，到南京出站后整队齐步走，开往宿营处中央军校。一个个全都挺胸收腹，气宇轩昂。受了两个月的训，步伐很整齐，鞋底踏地，夸、夸、夸、夸……人行道上有两个外国年轻女人，看样子是使馆外交官的家属，随着我们的大队走，也是齐步走。我们喊："一、二、三、——四！"她们也跟着一块喊。她们觉得很有趣，我们也觉得很有趣。这里有使馆，有使馆的年轻女人，让人感觉到这是"国府"所在地。

看了一些在当时看来是很高大华美的建筑，如励志社，觉得"国都"果然气势不凡。

树木很多，南京的绿化搞得很好，那时就打下了基础。听说现在有些高大的法国梧桐还是蒋介石时期种的。

听蒋介石训话的地方在中山陵。

中山陵设计得很好，甚至可以说是完美。蓝琉璃瓦顶，白墙、白柱。陵在半山，自平地至半山享堂有很多层极宽的石级，也是白色的。石级两侧皆植松柏。这种蓝白两色的设计思想，想来是和国民党的党旗青天白日有关，但来谒陵的人似乎不大有人联想到三民主义，只觉得很美，既很肃静，又很有气魄。我在美国曾和参加爱荷华写作计划的外国作家一同参观林肯墓，一位哥伦比亚诗人说他在南京看过中山陵，认为林肯墓不能和中山陵比，不如中山陵有气魄。他不知道林肯墓是墓，中山陵是"陵"呀！

蒋介石来了。穿的是草绿色毛料军服，裁剪得很合身。露出裤口外的马刺则是金色的。蒋介石这时的身体还挺不错，从平地到上面的平台，是缓步走上去的。

检阅的总指挥是桂永清，他那时是师长，是蒋介石的嫡系亲信。他上去向蒋介石报告。这家伙真有两下子，从平地到蒋介石站着的平台，是一直用正步走上去的！蒋介石的“训话”实在不精彩，只是把国民党的党歌像讲国文似的从头至尾讲了一遍。他讲一段，就用一个很大的玻璃杯喝一大杯水。有人猜想，这水是参汤。幸亏国民党的党歌很短，蒋介石的“训话”时间也不长，否则在大太阳下面立正太久，真受不了。

这一天给我们每人发了一个纸袋，内装一块榨菜、一块牛肉、两个小圆面包。这一袋东西我是什么时候吃掉的，记不得了。很好吃，以致我一想起南京，就想起榨菜牛肉圆面包。

第二天一早，我们就回镇江了。在南京，除了中山陵，哪儿也没去。

哲人其萎

——悼端木蕻良同志

端木蕻良真是一位才子。二十来岁，就写出了《科尔沁旗草原》。稿子寄到上海，因为气魄苍莽，风格清新，深为王统照、郑振铎诸先生所激赏，当时就认为这是一部划时代的大小说，应该尽快发表、出版。原著署名“端木红粮”，王统照说“红粮”这个名字不好，亲笔改为“端木蕻良”。从此端木发表作品就用了这个名字。他后在上海等地发表了一些短篇小说，其中《鸢鹭湖的忧郁》最受注意。这篇小说发散着东北黑土的浓郁的芳香，我觉得可以和梭罗古柏比美。端木后将短篇小说结集，即以此篇为书名。

端木多才多艺。他从上海转到四川，曾写过一些歌词，影响最大的是由张定和谱曲的《嘉陵江上》。这首歌不像“我的家在东北松花江上”那样过于哀伤，也不像“大刀向鬼子们的头上砍去”那样直白，而是婉转深挚，有一种“端木蕻良式”的忧郁，又不失“我必须回去”的信念，因此在大后方的流亡青年中传唱甚广。他和马思聪好像合作写过一首大合唱，我于音乐较为隔膜，记不真切了。他善写旧体诗，由重庆到桂林后常与柳亚子、陈迩冬等人唱和。他的旧诗间有拗句，但俊逸潇洒，每出专业诗人之上。他和萧红到香港后，曾两个人合编了一种文学杂志，那上面发表了一些端木的旧体诗。我只记得一句：

“落花无语对萧红。”

我觉得这颇似李商隐，在可解不可解之间。端木的字很清秀，宗法二王。他的文稿都很干净。端木写过戏曲剧本。他写戏曲唱词，是要唱着写的。唱的不是京剧，却是桂剧。端木能画。和萧红在香港合编的杂志中有的小说插图即是端木手笔。不知以何缘由，他和王梦白有很深的交情。我见过他一篇写王梦白的文章，似传记性的散文，又有小说的味道，是一篇好文章！王梦白在北京的画家中是最为萧疏淡雅的，结构重留白，用笔如流水行云，可惜死得太早了。一个人能对王梦白情有独钟，此人的艺术欣赏品位可知矣！

端木到北京市文联后，没有得到应有的重视，不知是什么原因。他被任为创研部主任，这是一个闲职。以端木的名声、资历，只在一个市级文联当一个创研部主任，未免委屈了他。然而端木无所谓。

关于端木的为人，有些议论。不外是两个字，一是冷，二是傲。端木交游不广，没有多少人来探望他，他也很少到显赫的高门大宅人家走动，既不拉帮结伙，也无酒食征逐，随时可以看到他在单身宿舍里伏案临帖，——他写“玉版十三行洛神赋”；看书；哼桂剧。他对同人疾苦，并非无动于衷，只是不善于逢年过节，“代表组织”到各家循例作礼节性的关怀。这种“关怀”也实在没有多大意思。至于“傲”，那是有的。他曾在武汉待过一些时候。武汉文化人不多，而门户之见颇深，他也不愿自竖大旗希望别人奉为宗师。他和王采比较接近。王采即因酒后鼓腹说醉话“我是王采，王采是我。王采好快活”而被划为右派的王采。王采告诉我，端木曾经写过一首诗，有句云：

“赖有天南春一树，

不负长江长大潮……”

这可真是狂得可以！然而端木不慕荣利，无求于人，“帝力于我何有哉”，酒后偶露轻狂，有何不可，何必“世人皆欲杀”！

真知道端木的“实力”的，是老舍。老舍先生当时是市文联主席，见端木总是客客气气的（不像一些从解放区来的中青年作家不知道端木这位马王爷有“三只眼”）。老舍先生在一次大家检查思想的生活会上说：“我在市文联只‘怕’两个人，一个是端木，一个是汪曾祺。端木书读得比我多，学问比我大。今天听了他们的发言，我放心了。”老舍先生说话有时是非常坦率的。

端木晚年主要力量放在写《曹雪芹》上。有人说端木这一招是失算。因为材料很少，近乎是无米之炊。我于此稍有不同看法。一是作为小说的背景材料是不少的。端木对北京的礼俗、节令、吃食、赛会，搜集了很多，编组织绘，使这大部头小说充满历史生活色彩，人物的活动便有了广宽天地，此亦曹雪芹写《红楼梦》之一法。有些对人物的设计，诚然虚构的成分过大。如小说开头写曹雪芹小时候是当女孩子养活的。有评论家云：“这个端木蕻良真是异想天开！说曹雪芹打扮成丫头，有何根据？！”没有根据！然而何必要有根据？这是小说，是充满浪漫主义色彩的小说，不是传记，不是言必有据的纪实文学。是想象，不是考证。我觉得治“红学”的专家缺少的正是想象。没有想象，是书呆子。

端木的身体一直不好。我认识他时他就直不起腰来，天还不怎么冷就穿起貉绒的皮裤，他能“对付”到八十五岁，而且一直还不放笔，写出不少东西，真是不容易。只是我还是有些惋惜，如果他能再“对付”几年，把《曹雪芹》写完，甚至写出《科尔沁旗草原》第二部，那多好！

林斤澜！哈哈哈哈……

林斤澜这个名字很怪。他原名庆澜，意思是庆祝河水安澜，大概生他那年他们家乡曾遭过一次水灾，后来水退了。不知从哪年，他自己改名“斤澜”。我跟他说过，“斤澜”没讲，他也说：没讲！他们家的人名字都有点怪。夫人叫“古叶”，女儿叫“布谷”。大概都是他给起的。斤澜好怪，好与众不同。他的《矮凳桥风情》里有三个女孩子，三姐妹叫笑翼、笑耳、笑杉。小城镇哪里会有这样的名字呢？我捉摸了很久，才恍然大悟：原来只是小一、小二、小三。笑翼的妈妈给儿女起名字时不会起这样的怪名字的，这都是林斤澜搞的鬼。夏尚质，周尚文，林尚怪。林斤澜被称为“怪味胡豆”，罪有应得。

斤澜曾患心脏病，三十岁就得过一次心肌梗死。后来又得过一次，但都活下来了。六十岁时他就说过他活得已经够了本，再活就是白饶。斤澜的身体不算好，但他不在乎。我这些年出外旅游，总是“逢高不上，遇山而止”，斤澜则是有山就爬。他慢条斯理的，一步一步地走，还误不了看山看水，结果总是他头一个到山顶。一览众山小，笑看众头低。他应该节制饮食，但是他不，每有小聚，他都是谈笑风生，饮啖自若。不论是黄酒、白酒、葡萄酒、啤酒，全都招呼。最近有一次，他同时喝了三种酒。人常说酒喝杂了不好，斤澜说：“没事！”斤澜爱吃肉。“三天不吃肉就觉得难受。”他吃肉不讲究部位，冰糖肘子、腌笃鲜、蒜泥白肉，都行。他爱吃猪头肉，尤其爱吃“拱嘴”——猪鼻子，以为乃人间之“大美”。他是温州人，说起生吃海鲜，眉飞色舞。吃海鲜，喝黄酒，嘿！不过温州的“老酒汗”（黄酒再蒸一次）我实在喝不出好来。温州人还有一种喝法，在黄酒里加鸡蛋，煮热，这算什么酒！斤澜的吃喝是很平民化的。我和他曾在屯溪街头一小吃店的檐下，就一盘煮螺蛳，一人喝了两瓶加饭。他爱吃豆腐，老豆腐、嫩豆腐、毛豆腐、臭豆腐，都好。煎炒煮炸，都好。我陪他在乐山小饭馆吃了乡坝头上的菜豆花，好！

斤澜的生活是很平民化的。他不爱洗什么桑那浴，愿意在澡塘的大池子里（水很烫）泡一泡，泡得大汗淋漓，浑身作嫩红色。他大概是有几身西服的，但我从未见过他穿了整齐的套服，打了领带。他爱穿夹克，里面是条纹格子衬衫。衬衫就是街上买的，棉料的多，颜色倒是不怕花哨。

斤澜的平民化生活习惯来自于他对生活的平民意识。这种平民意识当然会渗入他的作品。

斤澜的哈哈笑是很有名的。这是他的保护色。斤澜每遇有人提到某人、某事，不想表态，就把提问者的原话重复一次，然后就殿以哈哈的笑声。“×××，哈哈哈哈……”“这件事，哈哈哈哈……”把想要从口中掏出他的真实看法的新闻记者之类的人弄得莫名其妙，斤澜这种使人摸不着头脑抓不住尾巴的笑声，使他摆脱了尴尬，而且得到一层安全的甲壳。在反右派运动中，他就是这样应付过来的。林斤澜不被打成右派，是无天理，因此我说他是“漏网右派”，他也欣然接受。

斤澜极少臧否人物，但是是非清楚，爱憎分明。他一直在北京市文联工作，对市文联的领导，一般干部的遗闻佚事了如指掌。比如老舍挨斗，是他亲眼所见，亲耳所闻，揭发批判老舍的人是赖也赖不掉的。他觉得萧军有骨头有侠气，真是一条汉子。红卫兵想要萧军低头认罪，萧军就是不低头，两腿直立，如同生了根。萧军没有动手，他说：“我要是一动手，七八个小青年就得趴下。”红卫兵斗骆宾基，萧军说：“你们谁敢动骆宾基一根毫毛！”京剧演员荀慧生病重，是萧军背着他上车的。“文化大革命”后，文联作协批斗浩然，斤澜听着，忽然大叫：“浩然是好人哪！”当场昏厥。斤澜平时似很温和，总是含笑看世界，但他的感情是非常强烈的。

斤澜对青年作家（现在都已是中年了）是很关心的。对他们的作品几乎一篇不落地都看了，包括一些评论家的不断花样翻新，用一种不中不西希里古怪的语言所写的论文。他看得很仔细，能用这种古怪语言和他们对话。这一点，他比我强得多。

林斤澜！哈哈哈哈……